DU MÊME AUTEUR

Aux Éditions Gallimard

PARTIR, 2006 (Folio nº 4525)

GIACOMETTI. LA RUE D'UN SEUL suivi de VISITE FANTÔME DE L'ATELIER, 2006 (Folio nº 6224)

LE DISCOURS DU CHAMEAU suivi de JÉNINE ET AUTRES POÈMES, 2007 (Poésie/Gallimard nº 427)

SUR MA MÈRE, 2008 (Folio nº 4923)

AU PAYS, 2009 (Folio nº 5145)

MARABOUTS, MAROC, 2009, avec des photographies d'Antonio Cores, Beatriz del Rio et des dessins de Claudio Bravo

LETTRE À DELACROIX, 2010 (Folio nº 5086), précédemment paru en 2005 dans *Delacroix au Maroc* aux éditions F.M.R.

HARROUDA, 2010

BECKETT ET GENET, UN THÉ À TANGER, 2010

JEAN GENET, MENTEUR SUBLIME, 2010 (Folio nº 5547)

L'ÉTINCELLE. RÉVOLTES DANS LES PAYS ARABES, 2011

PAR LE FEU, 2011

QUE LA BLESSURE SE FERME, 2012

LE BONHEUR CONJUGAL, 2012 (Folio nº 5688)

LETTRE À MATISSE ET AUTRES ÉCRITS SUR L'ART, 2013 (Folio nº 5656)

L'ABLATION, 2014 (Folio nº 5922)

POÈMES, PEINTURES, en coédition avec Il Cigno GG Edizioni, 2015

LE MARIAGE DE PLAISIR, 2016 (Folio nº 6385)

ROMANS, 2017 (Quarto)

J'ESSAIE DE PEINDRE LA LUMIÈRE DU MONDE, en coédition avec l'Institut du monde arabe, avec un entretien de l'auteur par Éric Delpont, 2017

LA PUNITION, 2018 (Folio nº 6714)

LE MIEL ET L'AMERTUME, 2021, Folio nº 7092, 2022

Suite des œuvres de Tahar Ben Jelloun en fin de volume

LES AMANTS DE CASABLANCA

TAHAR BEN JELLOUN
de l'Académie Goncourt

LES AMANTS DE CASABLANCA

roman

nrf

GALLIMARD

I

LE COUPLE

1

2016

Ils avaient regardé ensemble *Scènes de la vie conjugale* d'Ingmar Bergman. Ils étaient jeunes et amoureux. Très amoureux. Ils avaient trouvé ce film fort et désespéré. Ils en avaient ri. Ils venaient juste de se marier et, leurs études terminées, chacun entrait dans la vie active. Lui comme médecin pédiatre, elle, pharmacienne. Ce fut son père qui lui acheta la pharmacie Derb Ghellef dans un des quartiers les plus vivants du centre-ville, dans la médina de Casablanca. Lui, reprit le cabinet de son oncle qui avait une clientèle fidèle. La vie était facile, le ciel d'un bleu limpide et la paix régnait sur leur monde.

Ils avaient ri à la fin du film, convaincus que cela ne leur arriverait jamais. Eux, c'était du solide. Et puis ils appartenaient à des familles où l'on ne divorçait pas, où l'infidélité était de l'ordre de l'inconcevable. La famille était la base de tout, on ne faisait rien en dehors.

Fès, dont étaient originaires leurs parents, est la ville de la tradition et de l'authenticité. On ne badine pas avec ses valeurs. Les Fassis ne se mélangent pas et ont peur du changement. Ce sont des conservateurs. Ils se marient entre eux, se fréquentent entre eux. Quand, au début des années cinquante, les affaires ont périclité, ils ont tous ou presque émigré à Casablanca où ils ont recréé non pas la ville de Fès, mais son esprit, ses coutumes, ses façons d'être. Et les affaires ont prospéré. Les Fassis ne sortent pas des rails, ne divaguent pas, ne laissent pas de place à la fantaisie ou au désordre.

Lui était brun, grand de taille, les yeux tirant vers le gris, assez sportif. On disait de lui qu'il était « beau gosse ». Élégant, il soignait son apparence et s'habillait sans chercher à être à la mode. C'était un homme simple dont les principales qualités étaient la gentillesse et la courtoisie. Éduqué, il avait une passion pour la culture. En cela, il était différent de ses camarades d'études. L'habitude de la lecture lui avait été transmise par son père.

Elle était petite de taille, assez menue, bien proportionnée, elle avait la peau très blanche comme la plupart des filles de Fès, un joli grain de beauté sur la joue gauche. Intelligente et volontaire, elle était ambitieuse et le disait. La couleur de ses yeux variait, ils étaient tantôt bleus, tantôt verts. Son corps était svelte. Elle aussi faisait du sport. Lire des romans n'était pas sa préoccupation principale ; elle préférait regarder des films ou des séries romantiques. Elle choisissait ses vêtements avec soin, se maquillait légèrement, se moquait des marques depuis qu'elle avait parcouru le livre de Naomi Klein *No Logo.* Elle disait : « Pas de tyrannie. »

Ils s'étaient installés dans un appartement à mi-distance de la pharmacie et du cabinet. Ils avaient pour projet de se faire construire une villa dans les hauteurs d'Anfa, quartier résidentiel bourgeois. C'est une partie de Casa où on a préservé les espaces verts. Anfa est une colline dominant toute la ville et qui donne sur la mer ; les premières villas y ont été construites au début des années trente dans un style mêlant l'Art déco et l'art traditionnel de l'artisanat fassi.

La vie leur souriait. Ils aimaient leur travail et ne crachaient pas sur l'argent. Les deux familles se fréquentaient et s'appréciaient. Les jeunes mariés, issus du même milieu, étaient satisfaits. L'appartement était tenu par deux femmes, des bonnes, des paysannes qui travaillaient sans compter.

Deux enfants sont nés de ce mariage. Un garçon et une fille. Comme a dit la grand-mère : « Le choix du roi ! » Ils avaient des amis qui leur ressemblaient. Tous mariés, plus ou moins fortunés, un pied dans la tradition, l'autre dans la vie moderne. Des dîners arrosés, sauf à l'approche du mois de ramadan. Ils respectaient la religion, même s'il leur arrivait de manquer quelques prières, voire de ne pas prier durant plusieurs mois. Ils avaient appris à boire avec modération, contrairement à certains de leurs amis qui ne savaient pas s'arrêter. Mais dès le début du mois de chaabane précédant le ramadan, abstinence générale. Plus une goutte d'alcool.

Ils avaient leurs habitudes, calquées sur celles de leurs parents. Des vacances en Espagne ; Marbella leur convenait parfaitement. De temps en temps, ils s'offraient une virée à Madrid ou à Barcelone pour visiter le musée du Prado ou le musée Picasso. Ils aimaient Marbella, ville très prisée par la bourgeoisie marocaine. Elle, plus que lui. Quand elle partait faire du shopping, il en profitait pour lire. Il adorait cela et ne pouvait s'endormir sans avoir lu quelques pages d'un roman ou d'un essai, classique ou contemporain. Il avait l'ambition d'amener sa femme à la lecture, c'était une façon de la différencier des Marocaines de Casablanca qui s'intéressaient davantage à la mode.

Il faisait des concessions pour plaire à sa femme. Elle aussi consentait à quelque sacrifice en s'efforçant de lire des romans faciles. Elle reconnaissait, malgré son intelligence, ne pas arriver à se passionner pour un livre. C'était un manque. Mais elle ne parvenait pas à se concentrer suffisamment. Durant un voyage entre Casa et Fès où ils devaient assister au mariage d'une cousine, le mari lui offrit un livre audio : il l'avait téléchargé sur son téléphone et elle l'écouta pendant qu'il conduisait. C'était un roman de Naguib Mahfouz traduit de l'arabe. Elle apprécia ce conte des temps modernes. Au retour, il lui mit aux oreilles *L'Amant* de

Marguerite Duras. Cette initiation lui plaisait. Il était attentif et elle lui était reconnaissante de combler ses lacunes.

Ils s'aimaient. Au nom de cet amour, ils s'acceptaient et faisaient des projets d'avenir.

Il fallut trois années pour construire la villa. Un parent leur avait dit : « Si vous voulez connaître un pays de l'intérieur, affronter à tout instant l'absurde et l'irrationnel, le découragement et la colère, le stress et la fatigue, la mesquinerie et la laideur, la face cachée des gens, alors faites construire une maison. C'est le meilleur moyen d'avoir une idée concrète de ce qu'est un pays. » Effectivement, ils connurent des ennuis de toutes sortes avec les corps de métier. L'entrepreneur, un homme sérieux, cousin par ailleurs de la femme, s'arrachait les cheveux avec les menuisiers, les plombiers, les électriciens. Ce parcours du combattant est bien connu, il y aurait de quoi écrire une comédie. Mais tout finit toujours par s'arranger. Ils disaient : « C'est ça, le Maroc ! Il y a plein de problèmes, mais le miracle se produit à la dernière minute. Tout s'arrange, il faut être patient, patient comme Jonas ! »

Les enfants étaient inscrits à l'école privée Louis-Massignon. Système de la Mission française, très prisé par la bourgeoisie casablancaise. À la maison, on parlait un arabe mâtiné de français. Leur télé était toujours branchée sur la France. Tout baignait dans cette petite famille modèle. Comme disait le père de la pharmacienne : « Le monde est en paix et le ciel est sans nuages. » Il répétait en arabe : « *Dounia Hanya, we Sma safia.* »

Les nuages arrivèrent après leur dixième anniversaire de mariage. Une histoire de suspicion. Elle le soupçonnait d'avoir des aventures, notamment avec une certaine voisine, dont il soignait les enfants, et qui venait de divorcer. Petite dispute classique. Il parvint à la convaincre qu'il était fidèle. Il jura même sur le Coran qui se trouvait sur la table de chevet. Elle le crut et lui présenta ses excuses. Le lendemain elle revint à la charge :

— Tu sais, je suis jalouse, très jalouse. Ma cousine Naima me dit que c'est une preuve d'amour. Mais tu peux tout m'avouer, je suis capable de tout encaisser, ce que je ne supporte pas, c'est le doute, cet ennemi du sommeil. Alors, tu me racontes ? Quand est-ce que tu la vois, et où ?

— Mais arrête, je ne vois cette pauvre femme que dans mon cabinet avec son enfant épileptique !

— Avoue qu'elle te plaît... Elle a une belle poitrine, et je sais que tu raffoles des belles poitrines. Avoue.

— Je n'ai rien à avouer. Cesse cet interrogatoire. Je suis un mari fidèle.

Au printemps 2016, ils invitèrent leurs amis à un pique-nique dans la maison de campagne d'un de leurs oncles. Méchoui, champagne, vins, fruits exotiques, glaces et sorbets. Une fête entre amis dans un cadre somptueux. Des rires, de la joie, de la légèreté. Il y avait le célibataire endurci qui avait dépassé la quarantaine, Hakim Walid, architecte. Il y avait les frères et sœurs de l'épouse, tous étudiants et en voie de se marier avec quelqu'un du même milieu. Il y avait les oncles et tantes, pas du tout offusqués de voir leurs rejetons boire du vin. L'un des oncles intervint même pour rappeler : « L'alcool n'est pas interdit par l'islam. Ce qui est interdit, c'est l'ivresse, le fait de se saouler au point de perdre la maîtrise de ses actes. Boire, oui, modérément, et sans être ivre – l'islam n'est pas contre ! » S'ensuivit une discussion agitée sur le sujet. Un autre lui répondit :

— Oui, ce qui est interdit c'est l'ivresse, mais nous, les Marocains, on aime boire jusqu'à devenir saouls ; c'est une mauvaise manière de consommer l'alcool. On va quand même essayer d'être raisonnables.

Un autre encore intervint :

— Le meilleur moyen de ne pas être ivre, c'est de se contenter de boire de la limonade.

— Oui, l'amie du diabète…

Ce fut après ce week-end que quelque chose se passa.

2

Lui jouait sur son téléphone. Elle rangeait la chambre avant de passer à la salle de bain. Il était absorbé par un de ces jeux pour adolescents. Il disait que cela le reposait ; quand il ne lisait pas, cela l'aidait à faire venir le sommeil. Elle s'attarda ce soir-là à faire sa toilette. Il l'appela plusieurs fois. Quand elle sortit, il vit qu'elle avait pleuré. Son visage était rouge.

— Que se passe-t-il, chérie ?

— Rien.

— C'est incroyable, les femmes disent toujours qu'il n'y a rien quand on les interroge.

— C'est mon amie, mon amie d'enfance, on vient de lui découvrir un cancer du sein.

— Ah, je comprends. C'est terrible, en même temps, c'est un cancer qui se soigne…

— Oui, mais il est à un stade avancé… Je vais prendre un somnifère.

— Moi aussi. Mais d'abord, je vais lire quelques pages des *Yeux d'Elsa* d'Aragon. Tu sais, Aragon comme homme n'était pas très net, c'était un communiste, stalinien, mais il reste le meilleur poète du vingtième siècle en France.

Elle n'en avait rien à faire d'Aragon. Elle pleurait parce que sa meilleure amie était gravement malade.

La même scène se reproduisit les autres soirs de la semaine. Enfermée dans la salle de bain, elle en sortait en larmes. Il la prenait dans ses bras et la consolait. Elle disait : « C'est la volonté de Dieu, mais j'ai beau être croyante, je ne supporte pas ce genre d'injustice ! »

Quelques semaines plus tard, l'amie en question vint consulter avec son fils de six ans. Des problèmes de respiration, peut-être un début d'asthme. Il en profita pour lui demander des nouvelles de sa santé.

— Très bien, je vais très bien, c'est mon fils qui m'inquiète…

— Tu n'as pas eu de problème de santé récemment ?

— Que Dieu m'en garde ! Pourquoi cette question ?

— Ma femme m'a dit que tu avais mauvaise mine…

— Non, j'ai été un peu fatiguée après avoir participé au Rallye des Gazelles, mais c'est normal, c'est crevant. Nous sommes allées à Dakhla, c'est magnifique. Il faut que tu prévoies un week-end avec ta femme là-bas, vous serez heureux. Autrement, je suis en pleine forme, je touche du bois !

Le soir, il n'en parla pas à sa femme. Mais il la scrutait d'un œil inquiet. Au lit, quand il s'approcha d'elle pour faire l'amour, elle prétendit avoir mal à la tête et le repoussa. Il avait pour principe de garder son calme et de tout faire pour éviter les éclats, dans sa vie de couple comme dans son travail.

Il éteignit son téléphone, ouvrit *L'insoutenable légèreté de l'être* de Milan Kundera. C'était son livre fétiche. Il y avait puisé sa devise : « Ne pouvoir vivre qu'une vie, c'est comme ne pas vivre du tout. » Mais il était loin d'y croire. Sa vie était faite et rien ne pouvait la détourner de son chemin.

Le lendemain, elle fit ses valises et lui annonça :

— J'ai besoin de me retrouver, je vais aller passer quelques jours chez mes parents. J'ai besoin de prendre un peu de recul… même si prendre du recul n'est pas vraiment un luxe que je peux me permettre. Tu ne m'en veux pas ?

— Non, ma chérie. Va te reposer, tu as les traits tirés, tu as trop travaillé ces derniers temps. Mais je ne comprends pas en quoi la maladie de ton amie t'oblige à prendre du recul. Du recul par rapport à quoi ?

— Tu m'embêtes, c'est une façon de parler. Je veux juste changer d'air.

Il baissa la tête et répéta comme s'il parlait à lui-même : « Prendre du recul… Mais pourquoi ? Qu'est-ce qu'il se passe ? Restons calme. C'est la règle. » Il passa à la salle de bain, contrôla sa tension artérielle et se pesa. Tout allait bien. Il devait juste perdre un ou deux kilos. Il songea : « C'est la faute de ma femme, elle adore mes poignées d'amour. »

Une pointe d'inquiétude planait. Pourquoi mentait-elle ? Son amie n'était pas malade. Alors, le ciel n'était pas si clair que ça. Il y avait du mensonge dans l'air. Des magouilles. Des choses pas nettes.

3

Le hasard fit que la meilleure amie repassa voir le pédiatre, cette fois-ci avec un autre de ses enfants. Elle remarqua qu'il n'était pas à l'aise. Il bafouillait, se reprenait, hésitait. Puis il finit par lui poser la question :

— Dis-moi, toi qui es si proche de ma femme, sais-tu quelque chose ? Elle est partie se reposer chez ses parents, c'est la première fois que nous avons une crise, et pourtant il n'y a pas eu de dispute, rien, seulement elle pleure souvent en s'enfermant dans la salle de bain et quand je l'ai interrogée, elle m'a parlé de toi et de ta supposée maladie. Je sais qu'elle ment, qu'elle cache quelque chose, serais-tu au courant de…

— Écoute mon ami, je ne m'immisce jamais dans les affaires de couple. Désolée.

Le soir même, l'épouse réapparut. Elle avait l'air reposé mais quelque chose avait changé dans son comportement. Le soir, après avoir couché les enfants, elle s'enferma longuement dans la salle de bain, dont elle ressortit les yeux rouges. Puis elle se fit un café et en proposa un à son mari, sachant pertinemment qu'il n'en buvait pas, surtout après le dîner.

— Tu devrais en prendre un, et serré, car tu vas en avoir besoin.

— Ah bon ! Que Dieu nous apporte de bonnes nouvelles.

— Dieu n'a rien à faire dans cette histoire. Il n'est pas un distributeur de courrier.

— Bien, je t'écoute.

Un silence, et des larmes.

— Il m'a quittée… et je te quitte.

Silence.

— Il ne veut plus me voir… Je suis perdue sans lui… Il m'a quittée… et je te quitte.

— Tu parles de qui ? Bon, je ne vais pas faire l'imbécile, je comprends, tu as un amant, et là, il vient de te larguer, c'est ça ?

— C'est arrivé comme ça, ça m'est tombé sur la tête, tu vois, je n'ai pas voulu ça et pourtant je suis tombée amoureuse de ce type, follement amoureuse, et voilà, six mois après, il me quitte, c'est injuste ! J'aurais dû t'en parler, mais je pensais que c'était une passade, quelque chose d'accidentel, un feu vite éteint. Pas du tout. Je suis détruite, je suis humiliée.

— Injuste ? Mais enfin, tu te rends compte de ce que tu dis ?

— Ne crie pas s'il te plaît… Oui, il m'a larguée comme une merde, je te parle comme à un frère et tu sais combien je t'aime, mais tu sais aussi qu'en plus de dix ans de vie commune, l'amour s'essouffle. Je suis désolée, j'ai essayé de te le faire comprendre, mais toi, tu étais bouché, pour toi tout est acquis pour toujours. Tu as ton boulot, ta femme, ta maison, ta voiture, tes enfants, tes amis et tout doit rouler naturellement. Eh bien non, il y a eu un grain de sable dans l'engrenage bien huilé.

— Un gros grain de sable, un énorme grain de sable… Un rocher !

— Je te dis que je suis désolée.

— Mais qu'est-ce que j'ai fait de mal ?

— Rien. Tu t'es endormi sur notre amour et tu l'as éteint, tu l'as étouffé à force d'habitudes et de routine. Et moi, j'avais besoin d'être étonnée, surprise, aimée différemment. J'avais besoin de me sentir vivante.

— C'est pour ça que tu t'es abonnée à ces magazines féminins ?

— Oui, si tu veux. Avant, j'avais aussi pris un abonnement à des cours de yoga, puis de sport. J'avais besoin d'air. De l'air, oui, j'avais besoin d'air. Et toi, avec ces déjeuners immuables tous les vendredis chez tes parents, et cette djellaba blanche que tu mets comme pour faire croire que tu vas prier à la mosquée, et ces petites habitudes minables, consistant à faire l'éloge de la cuisinière de tes parents comme si elle était une perle, tu es lourd, très lourd. C'est ton poids qui m'a jetée dans les bras d'un autre homme, oui, si je t'ai trompé c'est à cause de ce que tu es devenu, un homme pesant, prévisible, sans éclat, sans humour… Un homme rangé, casé, sans imagination…

Il s'efforça de rester calme et de ne surtout pas crier.

— Et tu as mauvaise conscience ?

— Non, je n'ai pas mauvaise conscience. Mais un sentiment de liberté nouvelle. Je me suis éclatée dans les bras de cet homme, même s'il est un peu salaud, légèrement voyou. Il m'a rendue vivante, il m'a révélée à moi-même et puis il est parti. À présent je pleure, et si tu décides de mettre fin à notre union, tu auras raison. Je suis prête.

— N'inverse pas les rôles ! Ce n'est pas parce que je fais des efforts pour être calme qu'il faut croire que je ne suis pas en colère.

— Justement, c'est tout à fait toi, merde ! Tu m'énerves. Mets-toi en colère, casse des vases, prends des décisions… Réveille-toi ! Notre couple a merdé. Tu ne le vois pas, eh bien, moi je te le dis et je te le prouve. Je ne te désire plus. J'ai trop fait semblant. Ça fait longtemps que faire l'amour avec toi est devenu une épreuve. Tu ne t'es rendu compte de rien. Tous les samedis, tu prenais ta douche et c'était le signal. Et moi, bête et soumise, je me mettais au lit et je te laissais faire. Tu éjaculais vite, comme un adolescent. Je ne disais rien. Je passais à la salle de bain, et il m'arrivait de chialer. Puis tu t'endormais aussi vite et tu ronflais, avec le sourire satisfait de l'homme ayant accompli son devoir hebdomadaire. Merde, je mérite mieux que cette petite vie rangée, qui pue la naphtaline et la tristesse !

En société, nous étions un couple bien assorti. Je ne disais rien, je ne me plaignais pas. Là, ça suffit. J'arrête. Je demande le divorce. De toute façon, il n'y a plus rien entre nous.

— Non seulement tu me trahis, mais tu m'attaques, tu me dis des choses blessantes. Tu es cruelle et puisque tu veux le divorce, tu vas souffrir.

Après un long moment de silence, il revient à la charge comme s'il venait juste de se réveiller. Son ton est différent, ferme et déterminé.

— Reprenons : il t'a quittée et de ce fait tu me quittes, c'est bien ça ?

— Oui, c'est ça. Et je l'aime.

— Depuis quand ?

— Ce n'est pas une question de temps. C'est arrivé, point. Je n'y peux rien.

— Mais on était heureux, tous les deux, non ?

— Oui, si tu veux…

— Et tu vas vivre avec lui ?

— Il m'a quittée, tu comprends ça ?

— Je ne comprends rien. Tu as mis un manteau de peur de recevoir des coups ? Mais tu sais que je n'ai jamais levé la main sur toi ni sur aucune femme. Pour qui tu me prends ?

Silence. Elle baisse les yeux.

— Il baise bien ?

— Arrête !

— Réponds à ma question : est-ce un bon coup ?

— Oui.

— Meilleur que moi ?

— C'est différent. Il est plus tendre, plus attentif…

— C'est quoi plus tendre ? T'ai-je un jour manqué de respect ?

— Je suis désolée pour nous deux.

— Ne dis pas ça. Ne me dis pas des phrases stupides du genre « je ne te mérite pas ; tu es trop bien pour moi… ». Tu as pris une bonne douche après la bonne baise ?

— Tu es vulgaire !

— Tu t'es lavée pour supprimer son odeur, c'est ça…

— Je sais, je suis coupable, c'est pour ça que je m'en vais.

— Mais on s'aimait…

Silence. Il met les mains sur son visage. Peut-être qu'il pleure. Elle lui tourne le dos. Puis il crie :

— Tu as joui ?

— Que cherches-tu ?

— J'ai le droit de savoir, tout savoir, tous les détails !

— Oui, j'ai joui, j'ai même joui plusieurs fois.

— Comment ?

— Il a mis sa langue dans mon vagin et m'a longuement embrassée… Ensuite, il m'a chevauchée et on a fait l'amour.

— Comment ? Lui sur toi ou toi sur lui ?

— Arrête ! Pourquoi ça compte tant pour toi ?

— Parce que je suis comme un animal blessé, je ne sais où aller avec mes blessures. Je suis un homme simple et je veux tout savoir dans le moindre détail. Raconte.

— On a fait ce qu'un homme et une femme font quand ils s'aiment.

— Tu as aimé le prendre dans ta bouche ? Qu'il jouisse dans ta putain de bouche ?

— Oui, oui !

— Peux-tu me dire quel goût ça a ?

— Un goût de fruit !

— Ah bon ! Maintenant c'est clair. Va-t'en. Ne t'approche plus de moi. Va le rejoindre, il a encore des choses à faire avec ton putain de joli cul.

Silence. Personne ne bouge.

Au loin on entend un chien aboyer.

4

Dès lors, le mari sentit tout s'écrouler sous ses pieds, la maison, le cabinet, les projets, les relations. Il lui restait ses enfants – encore faudrait-il se battre pour les garder. Et, comme dernier refuge, sa famille, ses parents surtout.

L'échec était comme une bourrasque venue de loin pour l'emporter. Il ne parlait plus, tremblait de tous ses membres pendant qu'elle faisait ses valises. Elle avait une énergie particulière. Il se demandait comment cette femme si fragile pouvait faire preuve d'une telle détermination. Elle avait changé d'attitude, son visage était fermé, dur. Il ne la reconnaissait pas.

Il avait beau se dire que l'être ne change pas fondamentalement, il était surpris par l'image de cette femme résolue, sans état d'âme, faisant le ménage dans leur mariage. Elle attrapa *Belle du Seigneur*, qu'elle avait à moitié lu, et le fourra dans son sac. Puis elle le reprit et le rangea sur une étagère. Pas le moment ni l'envie de lire.

Il était là, assis sur le bord du lit. Impossible de

faire ou de dire quoi que ce fût. Était-il faible ou orgueilleux ? Elle l'avait provoqué et plus elle prenait le dessus, plus elle lui disait des horreurs, moins il se sentait capable de réagir, de hurler ou de casser des objets. Il était anéanti. Réduit à l'état de serpillière.

Son épouse, la femme de sa vie, son unique amour, le quittait et il sut d'instinct qu'il ne pourrait rien faire pour l'en empêcher. Il la regardait s'affairer et attendait son départ. Femme adultère, traîtresse et accusatrice.

Il se rappela que, dans le film de Bergman, c'était le mari qui avait une liaison et qui quittait sa femme, laquelle s'accrochait à lui pour le retenir. C'était pathétique. Il ne pensait pas qu'un jour il se retrouverait dans la même situation que Marianne. Il se dit que les temps avaient changé. Que la vie conjugale était problématique aussi bien dans un pays très démocratique où la femme avait les mêmes droits que l'homme, comme la Suède, que dans le Maroc de Mohammed VI qui avait réformé la Moudawana, le code de la famille, lequel donnait le droit à la femme de demander le divorce à égalité avec l'homme.

Dans tous les cas, la souffrance est la même.

Marianne pleurait. Lui, ses larmes étaient sèches, coincées à l'intérieur. La douleur le prenait au ventre. Il se souvint d'une déclaration de Jacques Brel : « Un homme qui ne pleure pas n'est pas un homme. » Il songea : « Chez nous, ce n'est pas possible, je passerais pour un moins-que-rien ; on ne pleure qu'aux enterrements des êtres chers. »

Ce jour-là, il lui fut impossible d'aller au cabinet. Il fit annuler ses rendez-vous, prit un calmant et décida de dormir le plus longtemps possible.

Discuter ? Cela ne servait à rien.

Que faire quand l'amour n'est plus ?

Accepter. Oui, adopter la sagesse d'un vieillard, alors qu'il venait d'avoir quarante ans. Comment faisaient les autres ? Comment réagissaient-ils ? Il se souvint d'un ami, quitté par sa femme pour d'autres raisons. Il avait trouvé une autre femme dès le mois suivant. Mais lui n'avait aucune envie de remplacer celle qu'il aimait. Il avait toujours détesté le dicton « une de perdue, dix de retrouvées ». Ridicule. L'amour, ça se construit, ça se consolide, ça devient une seconde peau. On ne la retire pas pour la remplacer.

Il se rappelait l'époque heureuse où, avec sa femme, ils jouaient au jeu du portrait.

Lui : Je suis jeune, dynamique, amoureux de ma femme, sexy et j'ai de beaux yeux.

Elle : Je suis jeune oui, ce n'est pas une qualité, c'est une donnée ; dynamique, oui, très dynamique ; amoureuse de mon homme, oui, je ne dirais pas follement, mais amoureuse quand même ; sexy, je crois que tout chez moi respire l'attraction, je me contrôle ; quant à mes yeux, ils sont tantôt bleus tantôt verts…

Lui : J'ajoute que je suis modeste, mais en principe ce n'est pas à moi de le dire. Tu as oublié de signaler combien tu es ambitieuse. J'aime ça chez toi. Avec toi, pas possible de s'ennuyer.

Elle : Et si je te trompais ?

Lui : J'en mourrais. Je dis ça parce que je sais que nous nous aimons et que tu ne ferais jamais ça.

Elle : Oui, mais un accident est vite arrivé ; c'est le genre de chose qui ne prévient pas !

Lui : Ça ne prévient pas, ça arrive, dit la chanson, je crois que c'est Barbara, mais on y met un peu du sien. Si on ne veut pas que ça arrive, ça n'arrive pas. J'en ai la certitude.

Elle : Je n'ai aucune certitude. Mais je sais que je ferai tout pour ne pas te blesser.

Ce souvenir l'émut.

Ce vendredi-là, il se présenta chez ses parents seul. Les enfants étaient à l'école. Il devait trouver une excuse pour justifier l'absence de son épouse. Il hésitait. Dire la vérité ou raconter un bobard, du genre « elle est auprès de son père malade… ».

Dire la vérité. Un bon choix.

Mais quand et comment ? Il avait besoin d'une mise en scène. Dans le film, la famille des époux n'intervenait pas ou si peu. Mais au Maroc, la famille est partout. L'individu n'est pas reconnu. Les parents ont leur mot à dire sur tout, jusqu'à la couleur des rideaux. C'est ainsi. Il acceptait cet état de fait. Aucune envie de changer la société. Il cherchait surtout le moyen de sortir de ce calvaire sans trop souffrir. Devait-il consulter son ami psychiatre et entamer une thérapie ? Non, cela demanderait du temps. Or, il voulait guérir tout de suite, oublier cet amour et aller de l'avant. C'est exactement ce que sa mère lui conseilla :

— Je savais qu'un jour elle te trahirait. Je le savais, car j'ai du flair, et puis tu as oublié l'histoire avec ton cousin ?

Avant le mariage, son cousin tournait autour d'elle. Elle ne l'avait pas repoussé. Elle lui avait laissé un espoir alors qu'elle préparait son trousseau de mariée. Il avait oublié cet épisode.

Le père ne dit rien. Il prit son fils par la main et lui fit faire le tour du jardin. Après un long silence, il s'appuya sur son épaule et lui suggéra d'accepter ce qui arrivait : « Le croyant est prédisposé au malheur, il est mis à l'épreuve par Dieu ; prends ta douleur en patience et essaie de te reposer, tiens, tu pourras aller méditer dans la mosquée où je t'emmenais quand tu étais petit… Ça t'apaisera, j'en suis sûr ; Dieu pourtant nous a prévenus à propos des femmes, un verset dit à peu près ceci : leur capacité de nuisance est énorme ! » Mais il n'avait aucune envie d'aller dans une mosquée, ni d'accuser toutes les femmes de manigances.

Le soir, il revint à la maison et fit comme si de rien n'était. Il dîna avec les enfants, en prétendant que leur mère était partie quelques jours en voyage. Il ne voulait pas les inquiéter. L'aîné le prit de court :

— Maman est partie, parce qu'elle veut divorcer.

— Mais non.

— Mais si, papa, tu crois qu'on est débiles ? On a tout compris. Soyez sympas, ne nous mêlez pas à vos histoires. Des enfants dont les parents divorcent, il y en a plein au collège. C'est la mode !

La fille s'était mise à pleurer. Il la consola en l'assurant que rien ne changerait.

Pour dormir, calmant et somnifère.

Il avait décidément besoin de parler à quelqu'un. Il appela Hakim, son meilleur ami, l'architecte qui avait construit leur maison.

5

Hakim arriva avec une bouteille de vin et quelques cigares.

— On ne va pas fêter ce qui t'arrive, mais le défier ! Boire modérément, fumer un bon havane, et puis on parlera des jardins de Kyoto, de l'Alhambra, des fontaines de Fès, on oubliera les ennuis. De toute façon, il n'y a pas d'assurance contre la fin du couple. Ça arrive, et puis c'est tout. Tu comprends à présent pourquoi je suis célibataire… Célibataire, mais jamais seul.

Lui était dévasté. Ces paroles glissaient sur lui, même s'il n'osait pas s'opposer au programme de son ami. Il savait qu'il fallait rebondir, ne pas se laisser abattre, éviter la déprime qui menaçait. Il donnait des coups de talon par terre comme s'il voulait sortir du fond d'un puits ou d'une mer profonde. Oui, l'envie de passer à autre chose était là, mais c'était encore trop tôt.

Il avoua à son ami qu'il ne bandait plus.

— C'est passager, c'est l'effet du choc, normal. Tu es médecin, tu devrais connaître ce genre de réaction. Ça reviendra comme au bon vieux temps.

La cuisinière leur prépara un petit tajine de boulettes de viande hachée aux œufs. Le vin était bon et le cigare aussi. La discussion tourna vite court, car l'architecte parlait de ses projets à Grenade et de son envie de retourner sur les terres de ses ancêtres, alors que lui ne désirait qu'une chose, dormir et ne plus penser à sa femme. Mais c'était impossible.

Elle téléphona vers vingt-deux heures. Elle voulait prendre rendez-vous pour le partage des biens. Il n'était pas prêt à ça. Il réclama un temps de répit, elle accepta de reporter cette visite à la semaine suivante. Il entendit le mot « avocat » et fit la sourde oreille.

Hakim lui rappela que la nouvelle Moudawana autorisait la femme à divorcer en prenant un avocat afin de défendre ses droits. Mais lui n'avait nullement envie d'ôter à son épouse ce qui lui revenait. Il découvrait une nouvelle femme, déterminée, une femme d'affaires qui ne se laisserait pas faire. Au fond, il l'admirait. Sans doute l'aurait-il davantage admirée si elle n'avait pas tout gâché en le trompant.

Il évoqua avec son ami le film de Bergman.

— Autre époque ! Dans le film, c'est le mari qui tombe amoureux d'une autre femme, et c'est l'épouse qui encaisse.

— Oui, c'est normal qu'aujourd'hui la femme marocaine, surtout quand elle travaille et est autonome financièrement, décide de reprendre sa liberté. L'époque de la femme soumise au foyer n'existe plus, même chez les pauvres. Tout le monde travaille, s'aime, se déteste, se trahit, divorce ou décide de passer l'éponge. Tel est le Maroc d'aujourd'hui. On fait de plus en plus le ménage dans les mariages. Même s'il y a bien sûr les islamistes qui tirent le pays vers l'obscurantisme et ne laissent à la femme aucun champ d'action. Le pays est ainsi, moitié aspirant à la modernité à l'occidentale, moitié rivé aux vieilles traditions marinées dans la régression et la domination masculine. Mais ça change, bien sûr que ça change plus vite qu'on ne le croit.

Il osa ajouter : « Moi, j'ai toujours été féministe ! »

— Et alors, ça ne protège pas d'une trahison ; ça aurait pu être toi, manque de pot, c'est tombé sur elle. L'amour est une vacherie, c'est pour ça que je ne me suis toujours pas marié. Je reçois chez moi des filles belles, magnifiques, disponibles. Je mène une vie d'homme libre et gâté ; je sais que la plupart attendent et espèrent se marier avec moi. Mais j'ai accroché à la porte de ma chambre à coucher la fameuse phrase de Tchekhov : « Si vous craignez la solitude, ne vous mariez pas. » Elles sont averties. Je n'ai pas besoin de m'engager dans une histoire longue et compliquée. J'aime la légèreté. Tant pis si des fois j'ai le blues. Quand ça m'arrive, je vais chez ma sœur qui est mariée et qui a trois enfants superbes : je fais un petit plongeon dans la famille et je retourne chez moi bien heureux de profiter de ma solitude. Oui, c'est vrai, certaines nuits sont difficiles. J'ai besoin d'une présence, d'un peu de chaleur, alors je tends la main et je la pose sur la hanche de la femme qui est là. Dans ces moments, j'avoue que la tristesse me prend mais ça ne dure jamais bien longtemps.

— Tu étais au courant de son histoire avec ce type ?

— Écoute, ça ne sert à rien de remuer tout ça. Oui, j'étais au courant et je ne t'ai rien dit, je pensais que c'était juste une aventure et puis je n'étais pas sûr. Un jour, je les ai vus sortir d'un supermarché avec des paquets pleins de victuailles. Ils riaient. Je me suis demandé où ils allaient avec tout ça. J'ai eu du mal à croire qu'elle se rendait chez lui. Et une autre fois, j'étais passé à la pharmacie, j'avais besoin d'un médicament et j'avais perdu l'ordonnance ; je m'étais dit qu'elle me dépannerait. C'est là que j'ai appris qu'elle n'était pas là les après-midi. J'ai fait le lien. Mais je doutais un peu. Et ça m'embêtait de t'annoncer une si mauvaise nouvelle dont je n'étais même pas sûr.

— C'est ça pour toi l'amitié ? C'est ça, notre amitié de vingt ans ? Tu savais et tu me l'as caché ? Tu devais bien rire en douce, ah ! le cocu. Ça te faisait plaisir, n'est-ce pas, de savoir que ton meilleur ami était trahi... Allez, fous le camp, tu es comme les autres.

— Pas du tout, j'étais atterré et je ne voulais pas t'accabler. Je pensais que c'était une passade, pas un truc sérieux. Bon, je m'en vais, appelle-moi quand tu veux.

Il s'enferma dans la chambre et essaya de dormir. Des images de sa femme dans les bras d'un autre homme le hantaient. Il la voyait dans toutes les positions du *Kamasutra*, livre qui traînait dans un coin de sa bibliothèque. Il reconnaissait qu'il n'était pas un champion du sexe. Position du missionnaire. Peu de fantaisie. Il se persuadait que c'était à cause de cela qu'elle était allée voir ailleurs. Il s'en voulait. Dans sa bibliothèque il y avait un autre petit livre en arabe, *Le jardin parfumé*, de Cheikh Nafzaoui, un manuel de sexologie à l'adresse d'un jeune prince. Comme tous les Marocains, il l'avait lu quand il était jeune. Il s'était maintes fois masturbé en repensant aux positions crûment décrites par ce Cheikh. Il se leva, attrapa le livre et le parcourut. Cela le distrayait. Il sourit en se rappelant comment cette plaquette jaunie par le temps avait circulé entre ses frères, ses cousins et lui. Pour le moment, sa verge était endormie. Il alla à la salle de bain, essaya de la ranimer. Rien. Autre angoisse. Il pensa : « Double catastrophe. » Il prit un bain chaud, son corps se relaxa. Cependant il voyait partout des images de sa femme nue dans les bras d'un autre. Il crut l'entendre rire, gémir et jouir, il crut pouvoir l'attraper et la retenir dans ses bras. Le brouillard de ses pensées lui faisait imaginer n'importe quoi. Il sortit de la baignoire en titubant, manqua de tomber, s'accrocha à la poignée de la porte et entreprit de se calmer. Il avala un Temesta, sachant que ce genre de médicament avait des effets indésirables. Ils furent catastrophiques. Sa femme riait aux éclats et lui disait des choses méchantes. Elle simulait l'acte sexuel avec son amant et lui lançait : « Regarde comment on baise une femme qui aime ça ! » Son image allait et venait dans un tourbillon insoutenable. Jamais il n'aurait dû avaler ce comprimé. Il tenta de vomir, cela ne donna rien. Il enfila son jogging et alla courir le long des villas d'Anfa. La nuit était bizarre. Les gens qu'il croisait avaient l'air étrange, comme s'ils étaient tous au courant de ce qui lui arrivait. Il se couvrit la tête et rentra chez lui.

6

Elle arriva un samedi matin. Les enfants étaient chez leurs grands-parents, où ils avaient discuté ensemble de l'attitude à adopter dans cette histoire. Le fils était pour la neutralité, la fille voulait intervenir pour réconcilier les parents.

Le mari l'attendait, angoissé, ne sachant comment se comporter. La colère, la violence – il en était incapable – ou la diplomatie, le calme et le « mine de rien », une sorte d'hypocrisie assez courante en société. « Mine de rien, se dit-il. On verra par la suite ; j'ai l'impression d'être à la veille d'un examen de fin d'études ; j'ai une boule dans l'estomac… » Il se demandait comment cette femme si menue était capable de bouleverser son corps et son esprit. Elle avait une volonté sans faille. Elle savait ce qu'elle voulait et ne regrettait rien.

Habillée comme si elle se rendait à une soirée, maquillée, légèrement parfumée, elle s'installa dans le salon et demanda à la bonne de lui servir un café serré. Pendant qu'il se préparait dans la salle de bain, elle regarda ce qui avait changé. Il avait retiré les photos de leur mariage et de leurs voyages. Il avait gardé celles des enfants.

Ils se firent la bise. Il s'installa en face d'elle et attendit qu'elle parlât.

— Comment vas-tu ?

— Ça va. J'ai pris un coach pour la gym à domicile, j'ai perdu deux kilos en un mois…

— C'est bien. Et ton cabinet ?

— J'avoue avoir négligé quelque temps mes patients, mais là ça va, j'y suis tous les jours et parfois jusqu'à tard dans la soirée. Je n'aime pas rentrer à la maison quand personne ne m'y attend. Le mercredi est toujours une journée très chargée, parce que les enfants n'ont pas classe. Je travaille beaucoup. J'essaie d'oublier ce qui nous arrive en travaillant tout le temps. C'est une façon comme une autre de s'en sortir. Et toi, en attendant, tu habites où ?

— Chez une amie.

— J'avoue qu'il y a des moments où c'est dur…

— Il y a quand même les enfants.

— Oui, j'essaie de les rassurer. Mais ils sentent tout, ils comprennent tout. Il ne faut pas les mêler à nos histoires. D'ailleurs ils sont au courant de ce qui nous arrive. Le garçon a pris la chose avec réalisme, la fille a pleuré. Je t'informe pour que tu ne sois pas surprise. Mais ça m'étonnerait que la situation ne laisse aucune trace dans leur vie.

— Bon, comment veux-tu qu'on procède ?

— Tu parles du divorce ?

— Oui. Tu m'avais demandé si on prenait le même avocat, je te réponds aujourd'hui après avoir bien réfléchi : à chacun son avocat ! Moi, je prends maître Oufir. Tu sais, le mari de Samia, ma cousine qui est par ailleurs notaire. On aura besoin des deux.

— Très bien. Mais dis-moi, avec ton amant, était-ce mieux qu'avec moi ? J'ai besoin de savoir.

— C'était différent. Je ne voudrais pas te vexer, mais sur le plan sexuel, ça a été pour moi une découverte, il m'a libérée, je suis une autre, il connaissait mon corps. Je ne savais pas que j'étais capable de vivre autant de plaisirs différents.

Cette information faillit provoquer chez lui un malaise. Il but un verre d'eau, inspira profondément et dit :

— Oui, c'est un expert, il n'a que ça à faire, sa culture, c'est le sexe…

— Ne sois pas jaloux. Le mariage tue le désir, tu le sais bien.

— Peut-être, mais je ne suis pas allé voir ailleurs.

— Tu aurais bien voulu, mais tu n'as plus ce qu'il faut pour ça…

— Tu es devenue méchante.

— Non, je te dis des vérités. On ne peut plus se voiler la face.

— Des vérités qui blessent ! Raconte-moi plutôt comment ça se passait entre vous, je veux tout savoir, tous les détails, combien de fois, et les orgasmes et tout et tout... D'abord, combien de temps ça a duré entre vous ?

— Pourquoi tu cries ?

— Je crie parce que j'en ai marre de me retenir, de faire le mec civilisé, le mec suédois qui encaisse sans réagir, j'oublie que je suis marocain, que mon sang est chaud et que je ne devrais même pas te parler, je devrais t'envoyer au diable et tout faire pour te pourrir la vie. Voilà pourquoi je crie ! Alors raconte, j'attends les détails, il te léchait ? Tu faisais de même ? Il te sodomisait ? Tu aimais ça avec lui ? Car je te rappelle, ma belle, que tu me refusais toutes ces pratiques, considérant que les femmes de bonne famille ne font pas ça ; oui, elles se contentent d'ouvrir les jambes en attendant que ça passe. Tiens, je viens de me rappeler, à Paris, tu n'ouvrais pas les jambes, tu te mettais à plat ventre et tu me donnais ton cul pour garder ta putain de virginité de merde. Tu as oublié tout ça !

— Tu es fou ! Tu racontes n'importe quoi, tu te contredis. Je te donnais mon cul, et tu aimais ça. Une fois mariée, plus besoin de se mettre à plat ventre. Je vais plutôt te raconter comment ça se passait avec toi, car je n'ai jamais rien dit, il a fallu que j'aille voir ailleurs pour découvrir mon corps. Nous, on se contentait de baiser gentiment, sans aucune fantaisie, nous avions nos petites habitudes, bien sages, bien tristes, et ça te suffisait, tu ne te demandais pas si j'étais satisfaite, ça ne te traversait pas l'esprit de t'occuper de mon plaisir, tu te levais et te précipitais à la salle de bain pour te débarrasser de la souillure, tu ne prenais même pas une douche, non, juste de l'eau sur ta bite et puis tu sortais satisfait sans même me dire un mot gentil. Tu te lavais de moi comme si j'étais sale, tu te rends compte ? Et je me taisais. Je te détestais, c'est fou ce que je te détestais, tu étais devenu répugnant à la fin, oui, tu avais grossi, et tu ne faisais plus attention à rien. Tu étais content de toi. Et moi, j'encaissais. Je redoutais le samedi soir, j'étais angoissée la veille et toute la journée, je me disais « je vais simuler et ça ne durera pas longtemps » ; alors tu comprends, nous ne parlions pas la même langue, moi j'aspirais à un monde meilleur, à découvrir de nouvelles choses, à m'épanouir, et toi tu me disais « tu vas t'épanouir avec les enfants ! ». Oh ça oui, je me suis bien épanouie, je me suis occupée d'eux jour et nuit et toi, tu te penchais sur leur berceau et tu leur faisais des grimaces.

— C'est un vrai règlement de comptes ! Tu as bien appris ta leçon. Formidable. Eh bien, je ne veux plus divorcer.

— Quoi ? Mais tu n'as pas le droit de m'empêcher de vivre ma vie.

— Divorcer pour te marier avec le mec qui t'a fait jouir à la perfection ? Non. Moi je t'aime et je ne veux pas te quitter, je ne veux pas que tu t'en ailles. C'est mon droit le plus légitime. Pas de divorce.

— C'est du chantage ! Moi je ne t'aime plus, plus du tout. Je me demande comment j'ai fait toutes ces années pour te supporter, pour faire bonne figure dans ta famille qui ne m'a jamais acceptée, comment j'ai fait pour ne pas prendre un amant plus tôt, oui, j'aurais dû chercher mon bonheur ailleurs. Mais j'étais comme il faut, polie, gentille avec tout le monde. Je disais oui à tout, j'acceptais tes manies, je recevais tes amis, je mourais à petit feu...

Il s'approcha d'elle, lui prit le bras et le secoua jusqu'à lui faire perdre l'équilibre.

— Mais on t'a changée, on t'a lavé le cerveau, on t'a convaincue de détruire tout ce que nous avons construit, tu es faible, tu es tombée entre les mains d'un monstre, un chef de secte, un gourou, réveille-toi ! Tu as été manipulée.

— Écoute, tu es devenu violent. Je m'en vais, je te laisse réfléchir et je reviendrai avec mon avocat. Tu as intérêt à t'en trouver un bon.

— Je n'ai jamais levé la main sur toi, et tu m'accuses d'être violent ? Et pourquoi on ne prendrait pas le même avocat ?

— Chacun le sien. Pas de divorce à l'amiable, j'en ai assez. Je te préviens, pour ce qui est des voitures, je prends le quatre-quatre et je te laisse la Dacia, la voiture des pauvres.

Il se leva, essaya de la prendre dans ses bras, elle se débattit, il la retenait de toutes ses forces, elle lui échappait, il la tira vers lui, elle tomba, il se précipita sur elle, des coups partirent des deux côtés. Elle hurlait, il pleurait, elle parvint à se lever, arrangea sa jupe et courut vers la sortie, il la rattrapa, elle se débattit encore, parvint à ouvrir la porte et s'en alla en la claquant violemment.

Après cette bagarre, il fut encore plus malheureux. Il regrettait amèrement ce dérapage, c'était plus fort que lui. Elle l'avait blessé. Il avait honte de pleurer. Il prit un paquet de cigarettes qu'il avait caché dans un tiroir du temps où il avait décidé d'arrêter de fumer. Il en alluma une, inspira profondément et en éprouva un petit soulagement.

Il prit un bain chaud et manqua de s'endormir dans la baignoire. Ses membres étaient endoloris. Face au miroir, il ne reconnut pas son visage. Avait-il autant vieilli ? Ses traits étaient tirés, ses yeux rouges, et ses paupières tombaient. Ça n'allait pas du tout, il fallait qu'il se réveille de ce cauchemar.

Les enfants étaient rentrés. Il passa un moment avec eux ; ils firent leurs devoirs. Il aida sa fille à réviser ses mathématiques, puis ils dînèrent ensemble. Le garçon lui dit : « Tu sais papa, elle reviendra, j'en suis sûr, elle t'aime et tu l'aimes, mais elle traverse une crise ; plus tard, tu verras… Tu es comme un arbre et nous sommes les branches ; on n'abandonne pas un arbre, surtout aussi fort que toi ! »

Ce gosse parlait comme un vieux sage. Il était impressionné. Sa fille avait la mine triste. Elle donna un coup de pied à la table basse du salon et se fit mal. Il serra ses enfants contre lui, ce qui lui fit venir les larmes aux yeux, puis il se reprit :

— Bon, je vais organiser une fête, c'est bon de

réunir des amis et de retrouver la joie. On fera un barbecue dimanche prochain, ça vous dit ? Invitez vos copains et copines. On va fêter le printemps... Juste une consigne : si on vous demande où est maman, vous direz qu'elle est partie à Toulouse pour un colloque de pharmaciens. OK, les kids ?

— OK. Toulouse, colloque.

La fille dit :

— Moi je ne dirai rien, car je n'aime pas mentir.

Puis ils regardèrent *Le cirque* de Chaplin, et chacun rejoignit sa chambre.

Il eut du mal à s'endormir. Il ne cessait de ressasser des phrases comme s'il devait se convaincre lui-même : « Je vais résister. Je dois me fier à ma raison. Je suis un scientifique. Les choses doivent être claires. Je sais qu'on ne peut pas forcer les sentiments. Quand ils s'en vont, rien ne sert de vouloir les retenir ou d'insister pour qu'ils reviennent. »

L'image de sa femme l'obsédait. Son visage, son odeur, sa voix, le bruit de ses pas. Tout tournait autour de lui. Les mots qu'il prononçait s'évaporaient. Ne restait que l'obsession. Comment sortir de ce tunnel ? Il appela son assistante, qui rêvait d'avoir une relation avec lui, et lui donna rendez-vous au cabinet.

— Mais docteur, il est tard.

— Oui, je sais, mais j'ai besoin de vous.

— Très bien, docteur.

Saïda était une jeune veuve, son mari était mort dans un accident de la route. Brune, joli corps, des yeux noirs, une certaine classe. Compétente. Elle n'avait jamais caché son attirance pour lui, même du vivant de son mari.

Lorsqu'elle le vit, elle ne put se retenir de faire une remarque, ce qui était inhabituel :

— Mais docteur, vous avez l'air ravagé !

— Oui, j'ai besoin de tendresse et d'une présence chaleureuse. Désolé de vous avoir dérangée. Si on était dans un film américain, j'aurais rempli un verre de whisky et je me serais saoulé. Mais je n'aime pas boire et je n'ai pas envie de m'enivrer pour oublier. J'ai juste besoin d'une épaule amie.

Ils étaient assis sur le grand canapé. Elle se rapprocha de lui, posa sa tête sur son épaule ; ils restèrent enlacés un moment. Il se sentit mieux. Il lui caressa le bras, puis le ventre, puis les seins. Elle l'embrassa doucement. De longues caresses. Des baisers. Il lui massa les épaules. Ils ne disaient rien. Elle lui fit comprendre qu'il fallait s'arrêter là. Peut-être que la prochaine fois, ils iraient plus loin. Saïda était émue et un peu troublée. Elle avait son patron à ses pieds ou presque, et il fallait rester digne et efficace. Le réconforter, oui, mais ne pas se donner à lui comme ça, sur un canapé. Elle avait besoin que les choses se passent avec un minimum d'élégance. Elle se leva, l'aida à se relever, lui arrangea ses habits et lui demanda s'il avait besoin qu'elle le raccompagne. Il fit non de la tête et partit en la remerciant.

— Fermez le cabinet, et à lundi. Merci, merci vraiment.

7

La fête fut triste. Tout le monde demandait après l'épouse. Un ami pharmacien s'étonna : à sa connaissance, il n'y avait pas de colloque ni à Toulouse ni à Tombouctou ! Les enfants s'amusaient avec d'autres. Les domestiques s'activaient pour allumer le barbecue. Le mari apportait les plateaux de viande, poulet et saucisses. Il portait un tablier comme un vrai cuisinier. Il voulait oublier la crise qu'il traversait.

Les grands-parents, invités par les enfants, arrivèrent, s'inquiétant de l'absence de leur fille. Le mari eut beau leur raconter l'histoire officielle du colloque à l'étranger, ils n'y croyaient guère. Le téléphone de la fille était muet. Ils s'imaginaient bien que quelque chose s'était passé à leur insu.

Pendant que les invités s'empiffraient un peu partout dans la maison, ses beaux-parents se réunirent dans un coin et posèrent la question :

— C'est inquiétant. Ce n'est pas le genre de notre fille de partir sans prévenir et sans laisser d'adresse.

J'espère qu'elle n'est pas malade. On nous cache quelque chose.

Son beau-père lui dit :

— Assieds-toi, mon fils. Où est ta femme ?

Il voulait lui répondre : « Mais ça ne te regarde pas ! »

Seulement, au Maroc, on ne parle pas ainsi aux parents. On leur doit le respect, même quand ils s'immiscent dans la vie privée de leurs enfants.

— Je vous ai dit, elle est à Toulouse, au congrès des pharmaciens…

— Tu mens !

La mère de l'épouse intervint :

— Mon fils, car nous te considérons comme notre fils, ne nous raconte pas d'histoires. Qu'est-ce qui s'est passé ? Dis-nous la vérité. Ma fille nous a parlé d'un différend mineur… ça arrive dans tous les couples… On est au courant…

— Au courant de quoi ?

— Ne fais pas l'imbécile. Ici, tout se sait, tôt ou tard.

Après un moment de réflexion :

— Vous voulez vraiment entendre la vérité ? Vous n'allez pas me croire et vous n'allez pas non plus aimer ce que j'ai à vous dire !

Le beau-père :

— Ah bon, c'est si grave que ça ?

— Oui. C'est très grave.

— Alors, nous t'écoutons.

— Je vais baisser la musique et je suis à vous.

Après un petit quart d'heure, il revint, le temps de s'être préparé à leur annoncer la nouvelle :

— Ma femme m'a quitté. Elle est partie à cause d'un autre homme ; elle dit qu'elle est amoureuse, que notre vie ne la satisfait plus. Voilà la vérité. J'ai tout fait pour la retenir, mais elle est déterminée comme si quelqu'un lui avait jeté un sort ; oui, elle n'est plus elle-même, on la croirait ensorcelée…

— Mon Dieu ! dit la mère de l'épouse. Notre fille a été éduquée dans le sens de la morale et du respect de la famille, si elle est partie, c'est parce que tu as dû lui manquer de respect ; elle n'est pas du genre à être infidèle, c'est une bonne mère. Jamais elle n'aurait laissé ses enfants. Dis-nous la vérité.

— Mais c'est la vérité. Je suis dévasté, j'ai du mal à me concentrer sur mon travail, je suis malheureux et ce sont nos enfants qui me consolent… Eux peuvent vous dire ce qui s'est passé.

Perturbés, les deux parents se regardèrent, on lisait la honte sur leur visage.

— On va rentrer. Si elle t'appelle, dis-lui de rendre visite à ses parents, c'est important.

La fête s'acheva plus tôt que prévu. Les enfants partirent avec leurs cousins voir *Stars Wars* au cinéma. La maison se vida et le mari se retrouva seul pour ranger, secondé par les domestiques. Ce qu'il n'avait jamais fait auparavant. Cela l'aidait à ne pas penser à ce qui le travaillait et à éloigner pour un temps son chagrin et sa colère. Il doutait de sa virilité, de son statut d'homme dans une société faite pour les hommes. D'ailleurs une des phrases prononcées par le père, et qu'il avait reçue comme une gifle, lui faisait encore mal : « Es-tu un homme ou pas ? Chez nous, aucun homme ne se fait quitter par sa femme. Si la femme s'en va, c'est parce qu'il a manqué à son rôle, à son rang, à son pouvoir ! Sois un homme, et ramène-la à la maison. »

Cet ordre résonnait dans sa tête comme un coup de tonnerre. « Sois un homme. » C'est quoi un homme ?

Le divorce fut conclu par l'intermédiaire des deux avocats. Ce fut long et pénible, surtout lorsque l'avocat de l'épouse se mit à calculer sur un tableau le coût de chaque enfant. Il faisait des additions, puis des soustractions comme s'il s'agissait d'animaux de compagnie. Tout était comptabilisé. Cela faisait horreur au mari. Elle, froide, laissa son avocat faire, jusqu'à l'écœurement.

Quand les deux avocats se retirèrent pour parler entre eux, le mari et la femme restèrent face à face, dans un silence pesant. Ils éprouvaient une gêne et une douleur étranges. Le mari regardait le plafond. La femme fouillait dans son sac. Lorsque les avocats revinrent, ce fut un soulagement.

Du fait que l'épouse avait eu une relation adultère, la loi ne lui permettait pas de garder les enfants. Le mari, malgré ses souffrances, se montra compréhensif. Il ne voulait pas perturber les habitudes des petits, et consentit à ce qu'ils restent avec leur mère dans la grande maison. Il passerait les voir souvent. Sa femme avait récupéré la maison, en lui laissant la cabane au fond du jardin, comble de l'humiliation. Cet espace exigu ne lui permettait pas de recevoir ses enfants convenablement. Son indulgence fit rire l'avocat de la partie adverse. Il devait penser : « Cocu, et compréhensif en plus ! »

— Passe voir les enfants quand tu veux, ils ont besoin de leur père aussi. Il vaut mieux que rien ne change pour eux. La maison est grande, tu pourras t'y installer quand je ne serai pas là.

Restait le calcul de la pension que l'épouse, ayant un revenu bien plus élevé que son mari, devait verser à ce dernier. « C'est une première au Maroc ! » s'écria l'avocat du mari. Ce à quoi l'épouse répondit :

— C'est aussi une première qu'une femme marocaine soit non seulement indépendante, mais libérée des carcans de l'hypocrisie sociale et morale ! Je dirige une société avec des dizaines de salariés et j'ai investi dans deux usines. Tout ça, c'est nouveau, réveillez-vous ! Quant à la pension compensatoire, je verrai avec mon avocat comment la calculer.

Le mari n'avait aucune envie de discuter. Il parapha les documents préparés par les avocats, se leva et partit à son travail sans dire un mot.

Il était encore amoureux de sa femme. Il ne le montrait pas, mais au fond de lui, il pensait sans cesse à elle, et avalait la salive amère de la trahison, de la déception et de la grande défaite qu'était son mariage. Comme la plupart des hommes terrassés par la trahison, il se demandait ce qu'il avait fait durant ces années pour que sa femme aille chercher son bonheur ailleurs. Il ramenait la culpabilité à lui, à son manque de vigilance. Comment peut-on continuer à aimer un être qui vous a menti et insulté ? Ça passera, se dit-il.

Le soir, au lieu d'aller chez ses parents qui l'attendaient, il préféra se confier à son ami Hakim pour qu'il lui remonte le moral. Mais Hakim ne connaissait rien au sentiment amoureux, il le jugeait ridicule. L'époux trouva pourtant chez lui le réconfort d'une amitié sincère. Hakim le laissa parler pendant toute la soirée, et lui proposa de changer d'air en allant passer quelques jours à Agadir ou à Marrakech. Mais l'époux n'avait envie de rien. Hakim eut alors une idée : « On va aller nager à la piscine du Grand Hôtel, ça va nous détendre et te faire oublier tes misères ! » Ils partirent à la piscine, où un groupe de jeunes touristes italiennes jouaient dans l'eau. Hakim engagea la discussion. Ils s'amusèrent, puis il les invita à prendre un verre chez lui :

— J'habite en face. Voici ma carte. Venez, on va boire et rire un peu, mon ami a le cafard.

Trois belles filles arrivèrent chez Hakim. Bien habillées, maquillées, prêtes à faire la fête, d'autant plus que Hakim maîtrisait la langue italienne. L'une d'elles précisa en rigolant :

— On est venues pour boire un verre, pas pour coucher avec vous. C'est OK ?

— OK, bien sûr.

La soirée fut agréable. L'alcool aidant, l'une des trois se mit au centre du salon et fit un strip-tease. Lorsqu'elle fut toute nue, Hakim fit signe à son ami pour qu'il l'emmène dans la chambre du fond.

L'époux était en sueur, tremblant. Impossible de bander. Il s'excusa et demanda à Hakim de s'occuper d'elle.

Elles s'en allèrent vers une heure du matin. Les deux amis reprirent leur discussion sur l'avenir immédiat. L'unique solution pour l'époux était de se consacrer entièrement à son travail et à ses enfants. Il appela sa femme et lui laissa un message pour la prévenir du jour et de l'heure où il passerait à la maison voir les enfants – ce afin de l'éviter. Il lui rappela qu'il lui faudrait virer la somme d'un million deux cent mille dirhams sur son compte. Cette pension compensatoire l'aiderait à obtenir un crédit pour acheter un appartement assez spacieux pour y recevoir les enfants. Il songea : « *Compensatoire* ! C'est peut-être la première fois au Maroc qu'un mari reçoit une telle somme d'argent après le divorce. De l'argent pour l'oubli, de l'argent censé compenser un amour trahi ! »

Il ne voulait plus la voir, il était prêt à tout pour l'oublier. Il avait même envisagé de prendre contact avec un « laveur de souvenirs », un charlatan qui sévissait à Jemaa el-Fna à Marrakech. C'était un drôle de zigoto, une sorte de comédien raté mais assez doué pour ensorceler par ses élucubrations hommes et femmes affaiblis par les drames de la vie. Sa technique ressemblait à de la psychanalyse de bazar. Il écrivait avec de l'encre sépia sur un papier ancien les principales dates à effacer de la mémoire. Il passait le tout dans de l'encens et fabriquait une amulette à enfiler autour du cou, et une autre à passer autour de la taille jusqu'à toucher les testicules. Il parfumait le tout avec de l'ambre frelaté et tournait autour de sa victime jusqu'à atteindre une pseudo-transe.

C'est Hakim qui lui en avait parlé, pensant le distraire. Pas du tout, l'époux avait pris la chose au sérieux :

— Tu m'accompagneras à Marrakech pour voir ce type ?

— Mais enfin, réveille-toi, c'est un charlatan, tu ne vas pas croire ces balivernes ?

— Pour l'oublier, je suis prêt à tout. Je voudrais me réveiller un matin avec une mémoire nettoyée. Certains épisodes de ma vie seraient effacés et je pourrais avancer dans la vie sans penser tout le temps à cette épouse indigne.

— Ce serait trop facile. Pour l'oublier, il te faut rencontrer une autre femme. Je m'en occupe. Mon petit carnet rouge est à ton service.

— Non, pas de ça. Je ne cherche pas de la baise. Je préférerais qu'elle vienne me demander pardon et me dire qu'elle s'est égarée.

— Tu rêves, il faut que tu acceptes la réalité.
— Alors, on va à Marrakech ?

Quelques jours plus tard, son avocat lui apporta les documents signés.

— Vous avez la garde des enfants, ça, c'est important. Votre épouse devra vous verser une pension calculée sur la base de ses déclarations de revenus évaluée à quinze mille dirhams, plus la pension compensatoire déjà calculée. C'est une bonne chose, qu'en pensez-vous ?

— J'aime ma femme. Je veux qu'elle revienne.

— Cet argent, vous en aurez besoin pour vos enfants, pour leur scolarité payante, pour leurs vacances… En plus vous êtes tombé sur une femme correcte ; elle accepte toutes les décisions de la justice. Au Maroc c'est très rare.

— Ainsi, je vais être le premier Marocain à être entretenu officiellement par sa femme.

— Qu'importe. Une partie de l'argent sera mise sur un compte ouvert au nom des enfants. Le reste, vous en ferez ce que vous voudrez. Elle rappelle que la maison lui appartient à quatre-vingt-cinq pour cent. Qu'est-ce qu'on fait ?

Il savait qu'un jour ou l'autre, l'histoire du terrain donné par le beau-père le rattraperait. Il ne voulait pas vivre dans une pièce au fond du jardin. L'humiliation le gagnait. Il pria l'avocat de le laisser.

II

NABILE

1

2002-2005

Je venais de terminer mes études de médecine à Rabat. Mes parents m'encourageaient à choisir une spécialité. La pédiatrie était pour moi l'idéal. Encore fallait-il trouver une bourse pour me rendre en France ou en Belgique.

La France faisait beaucoup de difficultés pour les étudiants étrangers. De la paperasse innombrable pour obtenir un visa, puis une carte de séjour. Les lois encadrant l'immigration devenaient de plus en plus sévères. Le Front national s'en prenait sans cesse aux immigrés, accusant le gouvernement d'être laxiste : il prônait la fermeture des frontières et l'instauration d'un quota ; la France ne pouvait pas rester ouverte à tout le monde… Le discours autour de l'immigration était devenu en quelques années une obsession de la droite et une gêne pour la gauche. De plus, la menace terroriste islamiste était réelle, ce qui brouillait les pistes.

J'ai finalement opté pour Paris, après avoir obtenu un crédit de la banque. Mon arrivée ne fut pas simple. Une erreur de frappe dans un document retarda tout. Sans l'intervention d'un ami de mon père dont le fils était dans la police, je n'aurais pas eu ma carte de séjour. Mais avec le temps, on oublie les tracasseries administratives de toutes sortes.

Paris est la plus belle ville du monde, surtout la nuit. Mais elle n'était plus une fête. La peur du terrorisme, l'angoisse généralisée, les conditions de vie des Parisiens de classe moyenne étaient pesantes. Les clochards étaient de plus en plus jeunes ; certains étaient des étrangers, des immigrés qui avaient échoué. Il y avait un peu partout des travaux inachevés. Une circulation difficile. De la mauvaise humeur sur les visages. Tout le monde râlait. Personne n'était content de son sort. On me disait que tout ça, c'était à cause des socialistes.

Au début, je rêvais juste d'un petit coin tranquille où loger et faire mes études. Toujours grâce à l'ami de mon père, j'ai loué une chambre de bonne dans le sixième arrondissement, au cinquième étage sans ascenseur. Je tenais à garder le moral. Pas de nostalgie. La vie d'étudiant à Paris était ainsi : il fallait compter ses sous. Pas de cadeau. Ici, les épiciers ne faisaient pas crédit.

Quand j'avais le temps, j'observais Paris avec des jumelles, comme un martien débarqué dans une capitale où tout le monde est affairé. J'aimais tout de cette ville, son architecture, sa lumière, sa grisaille persistante, sa pluie fine, ses orages violents et, plus rarement, son soleil éblouissant. Paris est une ville magique, difficile à apprendre, car elle est en elle-même une langue. Elle est faite pour les riches. Les pauvres, eux, prennent le train pour la banlieue.

Très vite je me suis retrouvé dans un clan de la communauté marocaine. On vivait serrés les uns contre les autres. Le Marocain a du mal à se détacher de son pays natal, du moins au début. On se voyait en fin de semaine pour faire la cuisine de nos mères et parler du pays – on en disait du mal, bien sûr. On s'amusait à l'observer de loin, surtout quand le froid sévissait. On se tenait informés de tout ce qui s'y passait. Nous étions attentifs aux premiers pas du jeune roi Mohammed VI, dont nous attendions beaucoup. Certains parmi nous, plus âgés, avaient connu la prison sous le règne de son père.

À Paris, quand je suis entré à la fac de médecine, je me suis senti l'homme le plus heureux du monde. J'étais un étudiant parmi des milliers. Aucune discrimination, aucun favoritisme. On était tous soumis au même régime et on travaillait durement.

Plus tard, j'allais découvrir le système de santé français. Pour moi, c'est le meilleur du monde, parce qu'il est basé sur la solidarité. Dès qu'on gagne un sou, on participe à la consolidation de la Sécurité sociale. Je me demandais pourquoi mon pays, pourtant très influencé par la France, n'avait pas adopté ce système. L'état de l'hôpital public chez nous est déplorable, d'où le développement de cliniques privées, sources d'enrichissement éhonté. Si au moins leurs propriétaires payaient leurs impôts correctement…

À cette époque, j'avais mis entre parenthèses ma vie sexuelle. Je faisais passer en priorité les études, le travail acharné, ma curiosité pour la recherche et mes découvertes sous le regard bienveillant du professeur Louis, un homme qui avait consacré toute sa vie à la pédiatrie. Au bout de quelques mois, j'ai commencé à sentir le besoin d'une compagnie. Mes copains se moquaient de moi et me proposaient un chat ou un chien ; quand je parlais de filles, ils riaient. Ils étaient assez misogynes, et leur comportement machiste leur réussissait parfois.

J'eus quelques aventures sans lendemain. Je recherchais l'amour, j'étais romantique – mon livre de chevet était *Adolphe* de Benjamin Constant. Mes copains, eux, ne lisaient pas du tout. Je ne le comprenais pas. C'était une question d'éducation. J'avais toujours vu mes parents lire, et ma mère avait même créé un club de lecture. Des femmes se réunissaient chez nous, une fois par mois, pour discuter des livres qu'elles avaient lus, en arabe ou en français.

L'amour, le charme de l'amour. Comme l'écrit Benjamin Constant, « cette persuasion que nous avons trouvé l'être que la nature avait destiné pour nous ». Voilà ce que je recherchais au fond, sans en parler. J'avais besoin d'une présence qui répondrait à chacune de mes émotions et réciproquement. Sans l'avoir vécu, je croyais en l'amour, celui que célèbrent la littérature et le cinéma. Il m'était impossible d'en parler avec mes compatriotes, ils m'auraient pris pour un garçon faible rêvant de princesse endormie. Je ne sais pas d'où vient cette dureté des hommes de mon pays, cette absence de sensibilité face aux sentiments qui agitent le cœur et nous rendent vivants. Quelqu'un m'a un jour suggéré que cela viendrait de l'islam et de la manière dont la femme est considérée dans le Coran. Peut-être, mais pourquoi perpétuer cette vision qui instaure d'emblée un déséquilibre dans le couple ?

Quand j'ai rencontré Lamia, la sœur d'un des copains du groupe que nous formions, j'eus un choc. Elle était belle, certes, mais bien qu'elle fît des études de pharmacie, elle était inculte. Elle ne lisait rien en dehors des polycopiés universitaires, et trouvait cela normal. Les romans ne l'intéressaient pas. Lorsque je lui demandai pourquoi, elle me répondit avec un naturel déconcertant : « À quoi ça sert de lire un roman ? » Je restai silencieux, ne sachant par où commencer. Je lui proposai un marché : « Je vous prête *Adolphe*, c'est une histoire d'amour, et ensuite je vous invite au théâtre voir une pièce de Shakespeare. » Elle me rétorqua : « C'est une double punition ! Qu'est-ce que je t'ai fait ? Tu es mignon, tu me plais, mais il ne faut pas exagérer… » Cette femme avait quelque chose dans le regard, une prestance, une intelligence dans sa relation avec les hommes, une féminité qui me parlait. J'espérais que sa légèreté n'était pas de la bêtise.

Nous avons passé des moments agréables, caresses et flirt. Je ne me faisais pas d'illusion, je sais qu'on ne peut pas changer les autres fondamentalement. Ce n'est pas moi qui le dis, ce sont des philosophes. J'aurais sans doute dû mettre fin à cette relation. Mais le contact avec sa peau, la douceur de ses baisers m'ont peu à peu attaché à elle. Elle savait s'y prendre. On aurait dit qu'elle avait eu plusieurs expériences amoureuses. Elle s'en défendait. Pour elle, c'était une question d'instinct.

Nous nous sommes revus le samedi suivant. Elle n'avait pas encore lu le livre que je lui avais prêté, prétextant un surcroît de travail à la fac. Mais elle était disponible pour aller au théâtre. On donnait une nouvelle version de *Hamlet* dans un théâtre de la banlieue. Personnellement, j'ai détesté. Voir le comédien principal, muni d'un bâton dans lequel il avait enfilé des rouleaux de papier hygiénique, proclamer « Être ou ne pas être… » m'a semblé du plus mauvais goût. Mais Lamia a ri et trouvé le spectacle bien joué. Elle connaissait un peu la pièce pour l'avoir étudiée en cours d'anglais au lycée.

En sortant, nous nous sommes arrêtés à un kebab turc et avons dîné à la bonne franquette. Quand elle se penchait vers moi, je voyais sa poitrine, magnifique. Elle savait que j'étais sensible à sa beauté, mais elle avait aussi compris qu'il lui fallait faire des efforts sur le plan intellectuel pour qu'une relation intéressante se noue entre nous.

En rentrant à pied, elle m'a demandé de lui parler d'*Adolphe*. Comme si je donnais un cours, je me suis mis à lui réciter ce que je savais de ce roman et de son auteur : « C'est l'unique roman de Benjamin Constant, il l'a publié en 1816. C'est l'histoire d'un jeune homme d'une vingtaine d'années, sans expérience, qui va tenter une histoire d'amour avec Ellénore, une dame plus âgée que lui, trentenaire, une belle aristocrate d'origine polonaise exilée en France. Très vite elle va être dévorée par la passion. Lui ne sait pas ce qu'il attend d'une amante conquise avec inconséquence. Il devient tyrannique, violent. Après une période de grand amour, il rompt brutalement avec elle. Il ignore qu'une liaison amoureuse doit être pensée comme éternelle. Elle va souffrir jusqu'à en mourir, laissant au jeune homme une culpabilité infinie. Je peux dire que c'est une belle histoire, mais en amour, le bonheur est fugace, et rien n'est définitif. Voilà, ma chère Lamia. Tu peux plonger dans ce livre merveilleusement écrit. »

Je pense l'avoir décidée à le lire.

Deux jours après, en effet, elle m'a appelé pour me dire qu'elle était en colère contre Adolphe, « cet homme mal élevé, qui s'est amusé à faire souffrir une si belle dame ». J'ai ri, le pari était gagné. J'allais la convertir à la lecture. Le prochain livre serait *Le tunnel* de l'Argentin Ernesto Sábato, un roman bref, intense et prodigieux.

Elle s'est prise au jeu, et nos rencontres devinrent des séances de débat qui finissaient par des caresses et des baisers. Souvent, nous allions voir un film. Là encore, il fallait que je compose avec un goût pas vraiment formé. Elle aimait les comédies, elle avait besoin de rire. Elle a aimé *La vie est belle* de Frank Capra. Je lui disais : « Deux Capra contre un film des *Bronzés* ! »

C'était un jeu, une façon de nous connaître et de découvrir nos failles. Elle adorait faire du shopping, surtout au moment des soldes. Là, je la laissais, même lorsqu'elle insistait pour que je l'accompagne. Elle me suppliait : « Mais j'ai besoin de ton regard, de ton avis… » Je n'avais pas le loisir de me consacrer à ce genre d'occupation. Je passais beaucoup de temps à l'hôpital. Quand je rentrais dans ma chambre de bonne, à peine avais-je pris une douche que je m'endormais.

Un soir, elle a sonné à ma porte sans m'avoir prévenu. Pimpante, jolie, une bouteille de champagne à la main.

— Aujourd'hui c'est mon anniversaire, et c'est avec toi et rien que toi que j'ai envie de le fêter ! Tu n'es pas content ?

— N'ouvre pas cette bouteille. Tu vas repartir chez toi, j'ai eu une journée stressante à l'hôpital, et je dois dormir, car demain je reprends à sept heures trente.

Bon anniversaire et garde la bouteille bien au frais, on la boira le week-end prochain.

Elle est partie triste et en colère. Apparemment, elle n'avait pas l'habitude d'être traitée de la sorte. C'était une fille gâtée, une fille de bonne famille à qui on ne refuse rien. Elle m'en voulait. Quand je l'ai revue le vendredi d'après, elle était froide. Je n'ai pas insisté. Cependant, j'avais envie d'elle. Elle est revenue chez moi le lendemain et, après de nombreux préliminaires, je lui ai annoncé que le moment de faire l'amour était venu ; je lui ai raconté des histoires d'étoiles, de signe astrologique et de pleine lune jusqu'à la convaincre.

Ayant emprunté de l'argent à l'un des copains du groupe, j'ai réservé une chambre d'hôtel rue de l'Université. La chambre était petite, mais il y avait une salle de bain avec baignoire. Je voulais que nous prenions un bain ensemble, pour nous détendre avant d'aller au lit. Je savais que pour une Marocaine de la grande bourgeoisie, la virginité était chose sacrée.

Elle s'est mise à plat ventre sur le lit, je l'ai massée longuement, tout en la caressant. Quand elle s'est mise sur le dos, j'ai senti qu'elle était prête. J'étais angoissé et faisais tout pour ne pas le montrer. J'ai mis un préservatif. Elle m'a aidé à bien l'enfoncer sur mon pénis. Ce faisant, elle l'a mis à la bouche en esquissant un début de fellation. Puis elle a retiré le préservatif : « Je veux sentir ta chair, pas le caoutchouc. » Après un moment, j'ai pris un autre préservatif et cette fois j'étais décidé à la pénétrer. Je n'avais jamais dépucelé une fille. Je savais qu'il fallait être délicat et doux.

La chose s'est bien passée. Un peu de sang, mais nous étions soulagés. Nous avons fait l'amour plusieurs fois. Nous étions heureux et avons dormi d'un sommeil profond. Ce que je ne pouvais pas savoir, c'est que je venais de sceller un pacte non écrit : cette femme serait mienne pour toujours, ou plus exactement, je serais son homme, je lui appartiendrais et je serais à son service. D'ailleurs, en partant, elle m'a montré son doigt : j'ai compris qu'il lui fallait une bague de fiançailles. J'étais fait. Pas question de faire marche arrière. J'avais été son premier homme, j'étais voué à être son homme pour la vie. Faire l'amour avec une jeune femme a un sens et un prix. Pas question de le sous-estimer. Cela s'appelle le mariage.

L'idée de faire ma vie avec Lamia ne me déplaisait pas, mais les choses se sont imposées à moi avec fatalité. Je n'avais qu'à acquiescer et dire merci. Le soir, en parlant avec l'ami qui m'avait prêté l'argent de la chambre d'hôtel, il n'y avait plus de doute :

— Bon, tu es fait comme un rat !

— Pourquoi tu penses que c'est une mauvaise chose ?

— Regarde, vous avez quelques années d'écart, tu l'as dépucelée, tu es responsable du fait qu'elle soit devenue femme… Ça se paye : tu vas l'avoir sur le dos éternellement.

— Tu es pessimiste. Je l'aime bien, j'aime son corps,

sa douceur, j'aime même son inexpérience, ça me touche.

— Et tu es prêt à te marier ?

— Ce n'est pas d'actualité.

— Tu parles comme les hommes politiques. Tu vas te marier, tu auras des enfants, tu prendras du poids, tu connaîtras l'ennui et la solitude de la conjugalité, les repas interminables chez papa et maman, les obligations de la nièce ou du cousin qui se marient, tu feras comme tout le monde et un jour tu tomberas dans une belle dépression.

— Oh, tu exagères, tu vois tout en noir !

— Oui, parce que je suis ton aîné et je suis passé par là, jusqu'au jour où j'ai pris la fuite pour m'installer en France, la France qui a tant besoin de médecins.

Pendant qu'il me parlait, Lamia m'a appelé trois fois de suite. Je n'ai pas répondu, mais je savais qu'elle voulait contrôler ma journée. Il était encore temps de faire marche arrière. Sauf que les deux familles étaient déjà au courant et programmaient la date des festivités. Ce n'est pas Lamia qui me l'a dit, c'est ma mère qui m'a appelé en faisant des youyous stridents au téléphone.

Tant que j'étais absorbé par mon travail, je n'y pensais pas. Dès que je levais la tête, je voyais Lamia en mariée et moi assis dans un caisson traditionnel, célébré par des centaines d'invités, une musique et des chants accompagnant la fête, laquelle me faisait tourner la tête jusqu'à voir des étoiles, pendant que l'épousée gardait les yeux baissés, en signe de soumission à l'homme de sa vie… Soumission ? C'est de la blague.

J'ai toujours détesté ces cérémonies de mariage marocain. J'ai assisté à tant de mariages que je suis devenu plus que réticent. Je me disais que je me marierais un jour, mais pas de cette façon : je ferais une fête entre amis, simple et sympathique, sans tout ce tralala, ces coutumes ancestrales et ce spectacle qui ne profite qu'aux invités, souvent des inconnus ou de vagues cousins.

Ce fut notre premier différend. Le principe du mariage ayant été acquis sans discussion, il ne me restait que la possibilité de négocier une cérémonie simple.

— Je ne suis fautive de rien pour me marier en catimini. Je veux un grand mariage, une fête dont on parlera longtemps dans les milieux de Casa et d'ailleurs. Chez nous, on ne se marie qu'une fois ! Ne fais pas le rabat-joie. On va faire la fête pendant trois jours et trois nuits. Mes parents ont déjà donné des arrhes à l'orchestre qui va animer la première soirée, c'est le fameux orchestre de Bouzouba', le plus réputé du Maroc. Il met une ambiance folle, tu le connais, tu as dû l'entendre dans les mariages où tu étais invité.

— Oui, je connais cet orchestre et j'aime bien les rengaines traditionnelles de ce monsieur. Mais je l'aime bien pour un quart d'heure, pas pour toute une soirée, et surtout pas pour mon mariage !

— Sache aussi qu'à la troisième soirée, il y aura l'orchestre d'un chanteur juif, Pinhas Cohen, que tout le monde s'arrache. J'ai proposé en plus qu'on invite quelques rappeurs : des amis de mon frère viendront chanter sur scène. Ça ne te fait pas plaisir ?

— Si…

Je sentais le malaise me gagner. Je n'avais pas mon mot à dire.

Début juin, Lamia vint me voir, l'air stressé :

— Je crois que je suis enceinte… Retard de règles…

Elle fit aussitôt un test de grossesse. Négatif. Mais la manœuvre était en route. Précipiter le mariage avant qu'elle ne tombe enceinte. Depuis quelque temps, je ne mettais plus de préservatif et elle ne prenait pas la pilule. Au fond, malgré tout, elle me plaisait et je dirais même que j'étais amoureux. Je pensais à elle tout le temps, cela me rendait joyeux. J'attendais avec impatience le moment de la retrouver en tête à tête.

Évidemment, je n'en parlais pas à mes copains du groupe. Ils se moquaient de moi : « Oh, il est amoureux, il est Qaïss et elle s'appelle Leila… C'est Roméo et Juliette… Oh, qu'il est stupide, elle a réussi à lui passer la corde au cou… Ça se paye de baiser une fille de la bourgeoisie, ça coûte cher… » Je leur répondais : « Parce que baiser une fille du peuple, ce n'est pas grave, on peut se foutre de sa gueule et l'abandonner sans ménagement. Vous êtes bêtes. »

Petit à petit, je me suis fait à l'idée de me marier et de fonder une famille avec cette jeune femme, qui obtint son diplôme de pharmacienne en même temps que je terminais ma spécialité. Toute fière, elle m'annonça que son père venait d'acquérir la pharmacie Derb Ghellef, dans le quartier populaire, garantie d'une officine qui rapporte beaucoup d'argent. Quant à moi, je devais donner quelques années au service public, ce qui était la moindre des choses dans un pays où les études sont gratuites.

Le retour au pays fut dur. L'installation, le travail à l'hôpital public où je n'avais pas tout ce dont j'avais besoin pour bien accomplir ma tâche, mes parents qui s'affairaient aux préparatifs comme si on leur avait lancé un défi. Le mariage devint une obsession, et pour moi une épreuve.

Je laissais faire Lamia ; je ne contrariais pas mes parents ; tous se réunissaient régulièrement pour mettre les choses au point. Ils voyaient grand, et moi j'aspirais à plus de simplicité. Ce n'est pas nous qui avons décidé de la date, mais M. Bouzouba'. J'allais me marier selon les disponibilités du chanteur ! Lamia trouvait cela normal. Elle ne cessait de répéter : « Sans Bouzouba', la fête est ratée. » J'ai tenté une dernière fois de la convaincre de nous isoler dans un palace et de fêter notre union de la manière la plus glamour, la plus intime, la plus sincère… Rien à faire. Elle avait besoin de spectacle. Besoin de faire événement. Surtout que le mariage de sa cousine l'année précédente avait fait parler de lui : cinq millions de dirhams pour une soirée ! Mille deux cents invités ; trois orchestres ; deux équipes de vidéastes, avec la présence de deux ministres, du wali et du maire : tout Casa en avait parlé le lendemain…

On se faisait concurrence dans ce festival des apparences. Tout ce que je déteste. Et voilà que je me laissais faire, aussi pour ne pas choquer mes parents qui rêvaient d'un grand mariage pour leur fils aîné.

Une semaine avant notre mariage, Lamia vint m'attendre à la sortie de l'hôpital. Elle m'avait vaguement prévenu qu'elle passerait me voir. Sa beauté me faisait tout accepter. Elle était passée chez le coiffeur, s'était apprêtée pour me faire plaisir. Elle me dit : « Ce soir nous appartient. » Nous sommes passés chez moi, le temps que je me change. En me douchant, je songeais que tant que l'amour est enrobé de mystère et de désir, il mérite qu'on fasse des concessions.

Ce soir-là, elle m'annonça que son père lui avait prêté de l'argent pour récupérer une usine fermée et en faire une fabrique de médicaments génériques.

— Tu sais, je pense aux Marocains qui n'ont pas les moyens de s'acheter des médicaments. Là, je vais bouleverser le marché.

— Bonne idée !

Nous sommes allés dîner dans un restaurant de la Corniche. Cher et pas très bon. Elle a tenu à régler l'addition. Le garçon qui m'avait présenté la note fut étonné : pour lui, c'était toujours l'homme qui payait. Lamia lui arracha l'addition et lui tendit sa carte bancaire. Pendant qu'elle tapait son code, il me dévisageait en se demandant si je n'étais pas un de ces gigolos, ou un fauché entretenu par sa femme.

Nous avons parlé de l'avenir et surtout de l'événement principal qui se préparait dans nos deux familles. J'avais envie d'elle, mais elle avait décidé de nous imposer une période d'abstinence jusqu'au mariage. « Pas avant la nuit de noces… » Je lui dis combien je trouvais cela ridicule, mais il n'y avait rien à faire. Elle me suggéra même d'aller voir du côté des bars à putes, en attendant le grand soir. Je ne sais pas si elle était sérieuse ou si elle plaisantait, mais elle me raconta avoir vu dans un film américain Sean Penn enterrer sa vie de garçon dans un bordel de Californie. J'étais tenté de faire comme lui, sauf que jamais je n'irais dans un quelconque bordel. J'ai appelé mon ami Hakim, le célibataire endurci, pour organiser une de ces petites fêtes dont il avait le secret.

Il faut que je vous parle de Hakim.

Bel homme, sportif, intelligent, architecte-entrepreneur avisé, il parle quatre langues, est optimiste, serviable, redoutable en affaires, et surtout très séduisant. Il approche la quarantaine, et refuse de se marier.

Il habite un appartement au dernier étage d'un immeuble de grand standing. Dès qu'on entre chez lui, on sent un certain parfum de paradis mêlé à celui de la liberté. Lamia l'a toujours détesté, comme toutes les femmes mariées ou en voie de l'être. Je ne lui parlais jamais de lui, car elle jugeait qu'il avait une mauvaise influence sur moi.

En le fréquentant, on a une image de ce qu'est le Casa des années deux mille. Fric, égoïsme, schizophrénie, double discours, double visage, drames cachés et histoires muettes de femmes libérées vivant seules et parfois malheureuses. Ces femmes, qu'il fréquentait, faisaient peur à la société bien établie. Imaginez une femme, la trentaine, indépendante financièrement, ayant fait de grandes écoles au Maroc et à l'étranger, de famille plutôt aisée, mal mariée et vite divorcée, cherchant à vivre comme une Européenne qui n'a de compte à rendre à personne, une Marocaine d'un type nouveau qui réclame ses droits et les prend sans hésiter, bref une femme quasi égale de l'homme, sauf qu'elle est plus courageuse et aussi plus cruelle quand celui-ci fait preuve de lâcheté. Ce genre de femme, encore rare, émerge et essaie de se faire respecter malgré les traditions, les mauvaises habitudes d'une société gouvernée par l'hypocrisie, les convenances et la peur du qu'en-dira-t-on. Ce sont ces femmes qui se précipitaient dans les soirées bien arrosées de Hakim. Il les connaissait bien et il lui arrivait de les consoler quand, vers la fin de la fête, la déprime les prenait.

Depuis que mon destin était lié à celui de Lamia, ces soirées m'étaient interdites, mais je transgressais l'interdit et j'avais beaucoup de plaisir à y assister sous le regard bienveillant de mon ami qui ne cessait de me dire : « Malheureux, tu fais une connerie… » Je mentais à Lamia par omission. Je ne disais rien.

Quand j'étais seul, je pensais comme lui. Dès que Lamia apparaissait, toutes mes résistances s'envolaient et j'étais emporté par l'amour, chose qu'il méprisait. Il affirmait : « Je suis amoureux souvent, à chaque fois que je rencontre une belle femme ; sachant que le lendemain ce sera une autre qui sera dans mon lit ! » Cynique, il n'avait rien inventé depuis l'histoire de Don Juan.

Lorsque je l'ai rejoint, il m'a prévenu : « Ce soir, tu vas souffrir ! »

Hakim avait fait des pâtes. Il était assez bon cuisinier, surtout pour des repas simples. Les filles se sont servies en riant, en se demandant si elles n'allaient pas reprendre les kilos qu'elles venaient de perdre à force de séances dans un club de sport renommé. Détendues, elles plaisantaient davantage que les hommes qui discutaient affaires sur le balcon en fumant des cigares. Tout d'un coup, Hakim a demandé le silence et pris la parole :

— Mes amis, ce soir c'est la fête de mon invité principal, celui dont la vie s'arrêtera la semaine prochaine ! Plus de liberté, plus d'autres amours que celui servi à domicile par une unique femme. Pour lui dire adieu à notre façon, je suggère qu'il reçoive un baiser de chacune d'entre vous, un vrai baiser, langoureux et passionné, pas un baiser de cinéma, un vrai baiser avec la langue, faites un effort, il est quand même beau gosse, et profitez-en parce que vous ne le reverrez plus ! Allez, Faïza, à toi de donner le signal…

Les femmes, toutes jolies, se sont mises en file indienne et m'ont pris dans leurs bras chacune à son tour, m'embrassant avec fougue. Ce fut un festival. Tous les baisers n'avaient pas le même goût, mais tous m'ont fait bander au point qu'au bout du neuvième, j'ai éjaculé dans mon caleçon comme un collégien. J'avais honte, parce que tout le monde s'en est rendu compte. Mais c'était un joli cadeau. Je songeais : « Il n'y a qu'à Casa qu'on peut vivre ce genre de chose. » Même un homme, qui s'était glissé parmi les femmes, m'embrassa. Je fus surpris et un peu dégoûté ; il sentait la cigarette.

Nous avons tous ri, dansé, chanté et beaucoup bu. Hakim m'a présenté deux femmes en me glissant à l'oreille : « Laquelle tu préfères ? » Je ne me souviens plus de ce que j'ai répondu. J'étais complètement saoul. Je me suis retrouvé dans une chambre avec une superbe brune, experte et très sensuelle. Elle avait sur elle un préservatif qu'elle a fait glisser sur mon pénis et je ne sais plus si nous avons fait l'amour ou si elle a tout fait pour me donner du plaisir. Ce fut une nuit étrange, entre rêve et réalité. Le lendemain, la femme avait disparu. J'ai pris un petit déjeuner dans la cuisine avec Hakim qui avait l'air épuisé. Sa femme de ménage et sa cuisinière étaient déjà là, elles mettaient de l'ordre dans l'appartement et comptaient les bouteilles bues en commentant : « Douze ! C'est moins que la dernière fois. »

Dans la douche, je me suis assis, laissant l'eau couler sur moi comme si j'étais dans une source à la montagne. L'eau brûlante remettait mes pensées en ordre. Étais-je prêt à affronter Lamia et ses exigences concernant la préparation du mariage ? Je me sentais libéré. Après cette nuit agitée, je pensais à Lamia comme si elle était l'ange qui allait tout m'apporter, sans rien me prendre. Je n'allais pas la contrarier. J'étais décidé à la suivre dans son délire auquel elle tenait tant. Être amoureux, n'est-ce pas céder à tout pourvu que l'aimée soit là et exauce nos désirs ?

La fête du mariage dura trois mois plutôt que trois jours. Trois mois de préparatifs, de questions en tout genre, des problèmes à chaque étape… Pour le seul carton d'invitation, qui commençait par « Louange à Dieu et à son Prophète », il a fallu choisir les caractères en arabe et en français, savoir si on écrivait penché ou droit, si on imprimait en doré ou en argenté, dessiner deux anges apportant des bouquets de fleurs – ridicules, mais elle a insisté – et, au dos, un plan pour accéder à la villa, avec le numéro de téléphone au cas où quelqu'un se perdrait, et des pointillés parce que – d'après elle – ça faisait joli…

J'ai échappé à la séance d'essayage des diverses robes que porterait la mariée. Ce n'était pas mon truc. Mais ma mère, elle, a été consultée, pour son plus grand plaisir. Lamia, de son côté, a mis au point mes tenues, costumes trois pièces en provenance d'un grand couturier français, genre Smalto, habits traditionnels tout en blanc, djellaba, séroual, selham, babouches jaunes de Fès, etc. Elle s'activait tellement que je la trouvais admirable. Ce devait être l'événement le plus important de sa vie, de notre vie, quelque chose qui allait marquer les esprits pour longtemps. Les esprits, et nos économies… J'aurais tant aimé qu'on se retrouve loin de ce vacarme, amoureux et heureux d'être ensemble sans l'intrusion de personne. Mais elle tenait à ce festival des apparences.

Vendredi, samedi, dimanche. Trois jours, trois nuits, trois mois, trois ans… Je me disais : « À moi de choisir. Soumis, cela durera trois jours, réticent, trois mois, contrarié, trois ans. » Je me calmais avec du paracétamol et du Lexomil.

On organise de grandes fêtes pour les mariages, pour signifier à tout le monde que telle fille n'est plus disponible, qu'elle sera l'épouse d'un seul homme pour la vie, et que personne n'a intérêt à menacer sa vertu, consolidée par le spectacle d'une cérémonie grandiose. Je songeais : « Lamia est à moi pour la vie », puis : « Non, c'est une pure formalité ; il arrivera un jour où nous ne nous supporterons plus, et je la quitterai pour un nouvel amour, pour une aventure, pour un peu de changement. Je ne crois pas qu'elle fera de même, elle est fidèle, ça se voit, je le sens, jamais elle n'ira chercher de l'affection dans d'autres bras… » Puis je me mettais à douter. Pourquoi ce qui pourrait m'arriver n'arriverait pas à Lamia ?

Effectivement, j'étais loin du compte.

Le mariage se déroula exactement comme je le craignais. L'ensemble des coutumes fut respecté, comme si le temps n'avait pas prise sur notre société. C'était l'éternel retour, avec en prime un évanouissement de la mariée dû à la fatigue, au stress et au bruit que faisait ce qu'ils appelaient musique. Pauvre Lamia. Elle a perdu connaissance et tout le monde s'est précipité pour l'aider à se réveiller : oignon sous le nez, eau de fleur d'oranger sur le visage, parfum fort, et pis encore, de l'encens qui aurait fait fuir un troupeau de chacals.

Quand elle est revenue à elle, pâle, me cherchant de son regard hagard, je l'ai rassurée en la prenant dans mes bras. Les ennuis commençaient déjà… Malgré tout, j'étais amoureux. J'avais peur pour elle, peur qu'elle tombe malade, peur qu'il lui arrive un accident.

C'est le souvenir le plus marquant que je garde de la cérémonie.

La nuit, nous nous sommes retirés, nous étions tellement fatigués que nous nous sommes endormis tout de suite, enlacés, sans avoir fait l'amour. Le matin, elle m'a regardé tendrement, et elle m'a pris la main :

— Tu vois, je suis heureuse. Tu es l'homme que

j'attendais depuis toute petite. Je vibre de tout mon corps dès que tu me touches. C'est formidable.

Elle m'a attiré vers elle, et nous avons fait l'amour lentement, doucement, tendrement.

Un immense plateau de petit déjeuner a été déposé devant notre chambre. Il y avait de tout : des fruits, des œufs au plat, des crêpes au miel, des viennoiseries, du pain complet, du beurre de la ferme du père de Lamia, du fromage frais… Elle m'a dit :

— Il faut que tu prennes des forces, mon amour. L'amour, c'est tous les jours, et même matin et soir.

J'ai ri. Pourquoi pas. Faire l'amour souvent est une preuve d'amour.

2

2007

Les deux premières années du mariage furent merveilleuses. Aucune contrariété. Pas de dispute. Entente parfaite. Nous faisions l'amour souvent. Elle respectait mes parents, et moi les siens. Le déjeuner du vendredi était sacré. Dès les premières semaines qui ont suivi le mariage, devant l'immense plat de couscous aux sept légumes, nos parents nous demandaient pour quand seraient les enfants. Je baissais les yeux, Lamia aussi. Nous répondions à côté. Nous avions décidé de prendre encore un peu de temps pour nous. C'était une décision d'un commun accord, jusqu'au jour où elle m'annonça qu'elle était enceinte. Comme dans une bonne comédie italienne, je l'ai soulevée et l'ai fait tourner en chantant. Nous étions heureux. La vie s'accomplissait selon des règles établies, nous n'avions qu'à les suivre. Nous n'étions ni rebelles ni inconscients. Nous étions de bons petits bourgeois dans un

Maroc nouveau, où le citoyen respire, où les riches s'enrichissent et où les inégalités persistent.

La pharmacie fonctionnait comme une grande épicerie fine. L'argent entrait. La direction de l'usine de médicaments fut confiée au cousin germain de Lamia, un type sympathique qui avait raté ses études. La presse parlait de cette initiative et la louait. Son père était fier, moi aussi. Mon cabinet marchait normalement. Pas de quoi rouler sur l'or, d'autant qu'il m'arrivait, en toute discrétion, de ne pas faire payer des mamans dont je connaissais la situation difficile. Du coup, j'avais de nombreux patients issus des milieux pauvres. Ce fut là l'origine de notre première dispute :

— Tu as déjà donné plusieurs années à l'hôpital public où tu gagnais une misère. Basta ! On a une maison à construire, et les artisans, dont les épouses t'amènent leurs enfants, te feront payer le moindre morceau de bois. Arrête d'être la maison de bienfaisance !

Décidément, nous n'avions pas la même conception de la médecine. En pharmacie, on n'offre pas les médicaments aux pauvres. C'étaient là deux mentalités quasiment opposées.

Chaque jour, elle voulait connaître le montant de ma recette. Cela m'énervait. En même temps, nous n'allions pas nous disputer pour ça. Son argument fort était la villa. Construire une belle villa, digne de notre rang, de notre réputation et de nos familles. Le terrain avait été offert par son père. Il n'y avait plus qu'à trouver un bon architecte, et en avant l'aventure. Je me laissais faire, je rêvais moi aussi d'un bel espace, de verdure, d'arbres et de gazon, d'une piscine et de tout le confort d'un bon petit bourgeois arrivé. Quand j'imaginais la future maison, des images du film d'Ettore Scola *Nous nous sommes tant aimés* me venaient à l'esprit. Je ne voulais pas être le personnage odieux joué par Vittorio Gassman, parfait cynique, égoïste et qui réussit sur le dos des autres – un juriste dont l'ascension sociale est assurée par son mariage avec la fille d'un promoteur immobilier véreux. Je me voyais plutôt dans celui que jouait Nino Manfredi, brancardier dans un hôpital de Rome, honnête homme, pauvre et tourmenté. Au fond, je ne voulais être ni l'un ni l'autre, mais quelqu'un qui ne trahit pas les valeurs inculquées par ses parents. Nous avions vu ce film ensemble, à l'occasion d'un festival du cinéma italien des années soixante-dix. Lamia avait détesté et moi beaucoup aimé. Pas de discussion possible.

Je m'installais dans la vie conjugale, essayant de mettre en pratique mes idées d'ancien militant de gauche et de les faire accepter petit à petit par ma femme et par sa famille. Je n'aimais pas l'idée d'être redevable à mon beau-père. Un jour ou l'autre, elle me dirait : « La maison est à moi, c'est papa qui m'a donné le terrain ! » Mon père avait pour principe de ne rien devoir à personne. Un jour, il me dit : « Dans la vie, rien n'est donné, rien n'est gratuit, ce qu'on te donne aujourd'hui, tu le rendras au quintuple tôt ou tard.

L'homme est ainsi fait : la gratuité n'est pas de ce monde. Je travaille depuis l'âge de quatorze ans, et je ne me plains pas. Tout ce que j'ai acquis, je l'ai acquis par mon travail. Cette histoire de terrain offert est un piège où tu seras enfermé ! Mais as-tu le courage de refuser ? Je ne crois pas, tu es faible, tu ressembles à ta mère, tu te laisses faire. Bon je ne vais pas te gâcher ta journée, va travailler et essaie d'être le meilleur dans ton métier. » Après un instant, il ajouta : « Vraiment, je n'aime pas cette histoire de terrain offert. Je te propose de le faire estimer, et d'acheter ta part. On demandera un crédit à la banque et cela te retirera une épine du pied ; il vaut mieux être à cinquante-cinquante. »

Je savais qu'il avait raison, mais j'avais déjà mis le pied dans un engrenage. Comment expliquer à mon père que j'étais amoureux, et que je ne pouvais opposer aucune résistance aux désirs de Lamia ? J'étais assez naïf pour croire que les choses s'arrangeraient avec le temps et l'arrivée des enfants. Malgré tout, j'ai fini par suivre le conseil de mon père et j'ai proposé de payer à mon beau-père la moitié du terrain. Lamia était furieuse. Quant à son père, il a été odieux :

— Oublie, tu n'as pas les moyens de payer la moitié ni même le quart ! C'est un terrain situé dans un quartier très recherché. Le prix du mètre carré ne cesse de monter. Laisse tomber, va travailler et occupe-toi de ta femme.

Pour la construction de la maison, nous avons créé un compte joint. J'y ai mis toutes mes économies, et elle bien plus que moi. La pharmacie rapportait beaucoup plus que mon cabinet de médecine. Cette inégalité me gênait. Je travaillais de plus en plus, je me déplaçais à domicile pour visiter les enfants malades. J'ai réussi à amasser assez d'argent pour que nous entamions les gros travaux. C'est après que les problèmes sont survenus, au moment de ce qu'on appelle « les finitions ». J'avais affaire à des plombiers, des électriciens, des peintres, des menuisiers qui n'avaient aucune notion du temps ni de la parole donnée. Personne n'était réellement à sa place. Tous incompétents. Le pire, c'était un prétendu plombier, ancien émigré en Belgique, qui se présentait comme ayant fait ses preuves en Europe, là où, disait-il, « on ne plaisante pas avec la compétence ». Le menuisier, lui, faisait bien son travail, mais il commençait puis disparaissait pendant des semaines. Je lui avançais l'argent du matériel, il travaillait quelques jours, puis ne revenait pas. Une fois, énervés, nous sommes allés, Lamia et moi, le chercher dans son quartier, dans une de ces banlieues de Casa où les gens vivent dans des constructions anarchiques, sans nom ni numéro de rues. Nous avons fini par retrouver le fameux menuisier grâce à son Solex jaune. Avec l'avance que je lui avais donnée, il avait ouvert une épicerie ! Quand il m'a vu, il a voulu s'enfuir, mais je l'ai arrêté et j'ai exigé qu'il me donne sa carte d'identité. Il a pris peur. Il m'a donné des explications absurdes :

— Désolé, je me suis marié, la famille de ma femme a trouvé cette épicerie, et moi je l'ai remplie avec ton argent. Ils m'ont ensorcelé ! J'ai honte, j'ai abandonné mon vrai métier, ma belle-mère est une sorcière, si tu la voyais tu me comprendrais... Mais je te jure sur Dieu que je te rembourserai le mois prochain...

Atterrés, nous sommes partis de là avec la nette impression que notre maison ne serait jamais finie. Encore une fois, le père de Lamia est intervenu : il nous a envoyé une entreprise de menuiserie dirigée par un Espagnol. Ça coûtait cher, mais c'était du sérieux. Lamia, de son côté, s'occupait des tapissiers. Encore toute une histoire... Nous vivions un petit enfer qui nous obsédait. On ne parlait que de la maison et des finitions. Je n'en pouvais plus de cette situation, la construction de cette villa faisait de moi un esclave, un homme qui avait perdu toute liberté et qui n'avait de ce fait plus aucun désir pour sa femme.

Un soir, Lamia me dit :

— Tu te rends compte, ça fait longtemps qu'on n'a pas fait l'amour.

— Mon désir est abîmé par tout ce qui se passe. Cette maison me rend fou ! Je ne sais pas comment tu fais, mais moi, je n'en peux plus.

— Tu mélanges tout. Nous sommes en train de construire notre nid d'amour, tu devrais être content, un nid solide et pour toujours...

Je ne répondis pas à cette réplique qui me projetait plusieurs décennies plus tard. Vieillir ensemble. Pourquoi pas. Il faut s'y préparer, renoncer à des pans entiers de sa liberté, rejeter les plaisirs égoïstes de la solitude choisie.

Le lendemain, Lamia m'apporta une boîte de Cialis :

— C'est bien mieux que le Viagra, tu le prends le matin et son effet dure toute la journée.

Je n'avais plus d'excuse pour ne pas faire l'amour. Le Cialis fit de l'effet et notre nuit me rappela nos premières fois. J'aurais tant aimé soustraire Lamia à cet environnement, l'emmener loin et vivre avec elle sans l'intervention de personne. Mon amour exigeait cela, mais c'était impossible. J'avais épousé une femme et une famille, une grande famille, un immense poulpe.

La naissance de notre fils coïncida avec notre installation dans la maison, même si plusieurs petits détails manquaient encore à notre confort. J'étais fou de bonheur. Mes parents aussi. Pour eux, comme dit le dicton, « le petit-fils ou la petite-fille, c'est de l'amour au carré ».

La fête du septième jour fut grandiose. Le père de Lamia s'arrogea l'honneur d'égorger le mouton et demanda à mon père de prononcer le prénom choisi.

— Mehdi !

Ils levèrent les mains jointes et récitèrent la première sourate du Coran. L'enfant était né sous une bonne étoile. Mehdi nous donnait des joies et des nuits blanches. On se réveillait à tour de rôle. Lamia allaitait, je changeais les couches. Quand j'en parlais à mes amis, ils se moquaient de moi :

— Tu veux être un papa moderne, tu changes les couches, tu donnes le bain, tu fais tout ce que ta femme devrait faire !

Je ne tenais pas compte de leurs remarques.

3

2010

Cela faisait cinq ans que nous étions mariés.

La maison était agréable. J'avais un bureau où je m'isolais de temps en temps. Lamia faisait de l'argent, diversifiait son activité de pharmacienne. Elle gagnait plus que moi. L'usine de médicaments rapportait beaucoup, et je n'étais pas associé à ce projet. Elle travaillait pas mal, fréquentait des cercles de femmes de la bourgeoisie casablancaise, jouait au bridge, fumait de temps en temps.

Notre maison était tenue par Khadija, maîtresse femme, excellente cuisinière ayant servi dans une grande famille à Fès. Tout était entre ses mains. Nous étions comme des invités permanents. Nourris, logés, blanchis.

Nous avions établi quelques habitudes : vendredi, déjeuner chez les parents ; l'amour le même soir ou le lendemain ; dimanche, soirée au restaurant, seuls ou avec des amis. Bref, nous étions des Casablancais modèles. Nous n'étions pas différents de nos voisins. Nous changions de voiture tous les deux ans, passant d'une Mercedes à une Audi A6, puis à une Volkswagen Touareg. Lamia tenait à ces signes extérieurs de richesse.

Ce rythme de vie, c'était le début de la mort. Il fallait réagir. Un soir, alors que Lamia était plongée dans son feuilleton turc ou brésilien, je me suis réfugié dans mon petit bureau pour relire les *Essais* de Montaigne – avant de faire médecine, j'avais passé une année à la faculté de lettres de Rabat où un grand professeur nous avait fait aimer Montaigne. Ce jour-là, j'ai pris une série de décisions :

Nous n'irons plus manger le couscous le vendredi chez ses parents.

Nous partirons en vacances seuls, dès que notre fils sera plus grand.

Je demanderai à Lamia de s'inscrire dans un club de lectrices qui existe déjà et dont on me dit du bien.

Perdre quelques kilos. Valable pour nous deux.

Avoir une activité sportive au moins deux fois par semaine.

Se dire la vérité.

Lorsque j'ai soumis ce programme à Lamia, elle a éclaté de rire :

— Mais la vie, ce n'est pas un programme réglé comme du papier à musique, la vie c'est le hasard, l'aventure, le mouvement ! Moi j'ai besoin de voir mes parents tous les jours ; la lecture, tu sais bien que j'ai toujours eu du mal avec ça ; le sport, d'accord, mais à domicile avec un coach ; quant à la vérité, je suis la première à la réclamer.

Le débat était clos. Elle m'a tourné le dos et s'est endormie tranquillement. Elle s'était mise dans une position où ses fesses m'étaient franchement offertes. Peut-être pour me calmer, j'ai entrepris de jouer avec ce cul magnifique. Pour la première fois depuis notre mariage, je l'ai sodomisée. Elle a poussé un cri : « Continue, continue, tu m'as bien réveillée… » J'ai découvert qu'elle aimait ça.

Nombre de filles maghrébines acceptent la sodomie pour ne pas perdre leur virginité. J'ai voulu savoir ce qu'il en était pour elle.

— Bien sûr que j'ai eu des relations avant toi. Mais c'est avec toi que j'ai perdu ma virginité. Tu as eu cet honneur mon cher. Les autres n'ont eu que mon cul !

— Les autres ? Combien ?

— Deux ou trois. Et puis nous nous sommes connus. Depuis, il n'y a que toi, mon amour. Dis-moi que tu m'aimes…

— Oui, je t'aime, tu le sais.

— Non, mieux que ça, mets-y un peu de romantisme !

— Je t'aime.

La naissance de Yasmine, vingt-six mois après celle de Mehdi, fut un événement. Lamia était persuadée que c'était grâce à ses prières qu'Allah avait comblé son désir : avoir un garçon et une fille. Je ne l'ai pas contrariée. Un an plus tard, elle décida d'aller faire le pèlerinage à La Mecque pour remercier le Prophète d'avoir répondu à son appel. Là, je n'ai pas pu m'empêcher de lui dire qu'elle confondait tout. Elle était devenue si pratiquante… Encore une fois, l'influence de sa mère s'était manifestée ; c'est elle, d'ailleurs, qui avait décidé sa fille à l'accompagner à La Mecque. Le père, ayant trop d'affaires à régler, leur donna de l'argent et sa bénédiction. Moi, personne ne m'avait consulté.

Il me revint à l'esprit un incident qui remontait au dernier ramadan. Je ne jeûne pas, depuis mon adolescence. Je ne suis pas croyant, mais je respecte ceux qui croient. Un jour, j'étais rentré le ventre vide : il fallait que je mange quelque chose. Le coucher du soleil était encore loin, il fallait attendre trois heures et demie. Lamia avait empêché que Khadija me serve à manger :

— Tu ne peux pas te retenir jusqu'au coucher du soleil ? Tu n'es plus un enfant.

— Mais j'ai faim, je n'ai pas mangé depuis hier soir…

— Tu n'as qu'à faire comme tout le monde, tu jeûnes !

J'étais allé à la cuisine, j'avais chipé un morceau de pain et quelques olives. J'avais honte, non pas de manger devant le personnel, mais de devoir voler pour apaiser ma faim.

Je ne me voyais pas vivre avec une musulmane stricte, renonçant à boire une coupe ou à manger un bon prosciutto de Parme de temps en temps. J'étais le genre de Marocain qui boit avec modération et sait se retenir. Ni ivresse ni ébriété, jamais. De temps en temps, il arrivait à Lamia de m'accompagner. J'ouvrais une bonne bouteille et nous la buvions à deux, c'était un plaisir simple. J'aimais ces moments. Avec sa ferveur religieuse passagère, cela devenait plus rare. Pourtant, j'étais amoureux de Lamia. Quand je rentrais le soir, j'étais heureux de la retrouver, de l'embrasser et de la serrer contre moi en lui disant des mots doux.

L'état amoureux a ceci de constant qu'il se délite avec l'apparition dans la vie quotidienne de détails qui, en s'accumulant, finissent par tuer à petit feu l'amour et surtout le désir. Allais-je connaître l'étape où Adolphe constate que « c'est un affreux malheur de n'être pas aimé quand on aime ; mais c'en est un bien grand d'être aimé avec passion quand on n'aime plus » ?

Durant son voyage avec sa mère à La Mecque, j'avais été tranquille. Le personnel s'était bien occupé de moi, je n'avais manqué de rien. Lamia appelait le soir pour me raconter sa journée. Elle était heureuse d'accomplir ce pèlerinage et elle en profitait pour acheter des bijoux en or fabriqués en Inde. À aucun moment je n'avais eu l'envie de la tromper.

Depuis son retour, Lamia se couvrait les cheveux, souvent avec un joli foulard. Mais on ne voyait plus sa belle chevelure. Nous faisions l'amour rarement, sans fantaisie, sans joie. Je voyais qu'elle s'ennuyait, ma libido faiblissait. J'en parlai à Hakim. Sa réponse était attendue :

— On va vérifier tout ça samedi. Je te présenterai une fille très sensuelle, sympathique, qui aime le sexe et n'a aucun tabou. Tu verras que ta libido va se réveiller ! Il faut bien se défendre, mon ami ! Le mariage assassin de l'amour est un cliché vieux comme le monde.

Je n'ai pas hésité ni rappelé que j'étais fidèle à ma femme. J'étais prêt à aller de l'avant. Je dirais à Lamia que j'allais à une soirée entre hommes chez Hakim. Elle me croirait. De toute façon, loin d'elle l'idée que je puisse la tromper.

Situation étrange. Je suis arrivé chez Hakim, j'ai composé le code, je suis entré chez lui. Un feu de cheminée était allumé. J'ai appelé. Personne. Je me suis installé sur le sofa. Il y avait de la musique, « Night in Tunisia » avec Charlie Parker. Tout d'un coup, une apparition. Une femme d'une trentaine d'années s'est présentée à moi : « Je vous attendais. » Grande, peu maquillée, pantalon de cuir serré, poitrine généreuse, cheveux coupés court. Elle s'est mise en face de moi et m'a observé avec des yeux qui invitaient à la rejoindre.

— C'est une expérience inédite. C'est Hakim qui m'a convaincue de te rencontrer sans rien savoir de toi. Mais en fait, je suis désolée, je te connais car je suis une amie de Lamia ! Nous n'allons pas nous créer des problèmes… Hakim s'est trompé. On se quitte comme si on ne s'était jamais vus. Je te promets de ne jamais rien dire à ta femme.

Elle a pris son manteau, son sac et elle a disparu.

Je suis resté sur le sofa, triste et soulagé. Quand Hakim est arrivé, il m'a ouvert les bras :

— Viens que je t'embrasse !

Je lui ai raconté ce qui venait de se passer. Il était ahuri.

— Mais comment ça se fait que ta femme connaisse Ghizlane ? C'est curieux.

Il m'a alors appris que Ghizlane était une étudiante en droit qui arrondissait ses fins de mois par des soirées tarifées dans le milieu de la haute bourgeoisie. Cela m'a inquiété. Hakim essayait de dédramatiser, mais cette coïncidence était perturbante.

Avec les bénéfices de la pharmacie, en plus de l'usine de médicaments génériques, Lamia avait investi dans un laboratoire fabriquant des outils paramédicaux appartenant à une certaine Kenza Wahbi, une Berbère d'Agadir dont le père avait fait fortune avec des stations-service. Son intention était bonne : fabriquer des produits paramédicaux sur place au lieu de les importer, pour les vendre à un prix compétitif ; et dans un deuxième temps, les exporter. Lamia avait même décidé de baisser au maximum les prix, notamment ceux des chaises pour handicapés moteur, des déambulateurs pour personnes âgées et d'autres objets que la Sécurité sociale ne rembourse pas. Elle s'occupait intelligemment de ses affaires pendant que je travaillais plus de dix heures par jour. Il y avait, sans qu'on en parle, une sorte de compétition concernant l'apport au compte joint. Lamia s'en sortait le mieux, grâce à sa collaboration avec Kenza Wahbi.

Petite, brune, les cheveux courts, Kenza se déplaçait à moto et n'oubliait jamais de se mettre un casque sur la tête. Sa manière de s'habiller, de marcher et même de parler choquait certains hommes. Ils disaient qu'elle avait perdu sa féminité. Féminine, elle l'était pourtant jusqu'au bout des ongles. Mais elle préférait renvoyer cette image de femme forte présente sur le terrain, pour rompre avec l'image de la Marocaine contente d'être au foyer. Certains voyaient en elle une lesbienne qui ne se déclarait pas. En fait, c'était une déçue des hommes. Elle avait raté toutes ses relations avec les hommes et avait décidé un jour de vivre et d'agir comme eux.

Lamia avait été attirée par son énergie, sa volonté d'aller de l'avant et de damer le pion aux hommes de son entourage. Kenza avait une revanche à prendre, parce que son père n'avait pas voulu qu'elle fasse de hautes études et parte à l'étranger. Elle s'était battue, avait quitté le pays puis était revenue au Maroc avec un diplôme d'ingénieur chimiste doublé d'un certificat d'études commerciales. Elle avait épaté tout le monde, malheureusement son père n'était plus là pour assister à son succès.

Dans l'entourage de Lamia, il y avait aussi un certain Daniel, juif marocain dont les parents n'avaient pas quitté le Maroc au moment du grand exode des années soixante. Je ne savais pas quel rôle il jouait. Lamia me disait qu'elle demandait conseil à son ami Daniel, un pharmacien qui possédait aussi le plus grand cabinet comptable de Casa. Vrai ou faux ? Je n'en savais rien. Je crois qu'elle me l'a présenté une fois, mais je ne m'en souviens pas. Elle voulait qu'on le prenne comme comptable, il était selon elle très compétent.

Côté sous, elle me dépassait de loin. Et plus son compte était élevé, plus son comportement changeait. Elle devenait arrogante, voire méprisante. Un jour, après le petit déjeuner, elle me dit :

— Tu manges comme un pauvre, tu engloutis la nourriture comme si tu allais manquer.

— Manquer de quoi ?

— Enfin, n'insistons pas. Je rentrerai assez tard ce soir, Kenza organise une petite fête pour son premier milliard… de centimes. Mais bientôt ce seront des dollars !

Kenza Wahbi n'avait pas que l'usine des appareils paramédicaux, elle dirigeait aussi une société de location de voitures de luxe et de sport. Elle diversifiait ses investissements et s'imposait avec force dans un milieu d'hommes qui étaient surpris par son ambition et sa façon de faire. Lamia avait connu Kenza à Paris. Déjà, l'étudiante qu'elle était se démarquait des autres par son ambition affichée et sa volonté non seulement de travailler dans un milieu réservé aux hommes, mais de faire mieux qu'eux, jusqu'à les dépasser.

Fêter l'argent ! Au Maroc, c'est fréquent. En même temps, l'argent était en train de pourrir notre relation. Elle revint tard dans la soirée, ayant bu pas mal. Inutile de lui faire remarquer le manque de cohérence entre sa religiosité récente et son état d'ébriété. Elle s'étala sur le lit, encore tout habillée, et marmonna :

— Fais-moi l'amour.

Je n'avais aucune envie de coucher avec elle. Heureusement, l'effet de l'alcool aidant, elle s'endormit rapidement. En revanche, mon sommeil eut du mal à venir. Lamia était agitée, prononçait des paroles confuses. Je ne comprenais rien à ce qu'elle marmonnait.

Après la douche du matin, elle apparut dans sa beauté naturelle, les yeux fatigués. Elle me raconta que c'était une soirée entre filles et que Kenza l'avait fait boire. Elle lui avait résisté en vain. Les filles étaient déchaînées, dansaient, chantaient, s'embrassaient sur la bouche, mimaient l'acte sexuel. Elle me confia : « Entre elles, c'est terrible… Vous les hommes, vous n'avez pas idée de ce que des femmes libérées font quand elles se retrouvent. »

4

2010

J'étais toujours amoureux de Lamia. M'aimait-elle ? D'après elle, c'était évident. Pourtant, elle ne jouait pas franc jeu. On dit que les crises commencent à partir de cinq à sept ans de vie commune. Mais pour Lamia, en apparence, tout allait bien, pas de crise. Elle clamait partout qu'elle était heureuse et que son mari était « un homme formidable ».

Moi, j'en étais moins sûr. Comme je le disais à l'époque : « Je suis ce que je peux. » L'histoire de Ghizlane me préoccupait toujours. D'où connaissait-elle Lamia ? Étaient-elles amies à mon insu ? Étais-je l'époux dans l'ombre d'une « belle de jour » – référence au roman de Joseph Kessel et surtout au film de Luis Buñuel ? Lamia n'avait pas besoin d'argent, mais je la voyais tout à fait, à l'instar de ce personnage, se donner à des étrangers dans un hôtel de luxe où tout se passe discrètement.

Cette idée m'obsédait. Cette connexion entre une

jeune femme qui se prostituait de temps en temps et Lamia était devenue une affaire. Amoureux, je ne pouvais que nourrir une jalousie morbide ; mes nuits étaient peuplées de cauchemars. J'en parlai à Hakim, qui émit un doute. Pourquoi ne pas convoquer Ghizlane et la soumettre à un interrogatoire digne de la police marocaine, ce dont il était capable ?

Dans un premier temps, j'entrepris plutôt de suivre Lamia. Les embouteillages de Casa me mirent en échec. Devais-je engager un détective privé comme dans un film américain ? Non, pas très fiable. En discuter avec elle directement ? Elle se mettrait à chialer et me rendrait coupable de nourrir de mauvaises pensées envers la mère de mes enfants.

De temps en temps, je la sondais sur son emploi du temps. Réponse : pharmacie, usine, pharmacie, parents, déjeuner rapide avec ses sœurs… Je lui disais :

— Et Dany ?

— Quoi, Dany ?

— Tu le vois en dehors du travail ?

— Tu me soupçonnes ? Tu es jaloux ?

— Non, je voudrais juste savoir quelle est la nature de vos relations.

— Strictement professionnelles. Et puis, tu sais bien qu'il est juif.

— Et alors, tu aurais des réticences à coucher avec un juif ? Sais-tu que mes ancêtres venus de Grenade après l'Inquisition étaient des juifs, convertis ensuite à l'islam ?

— Sois tranquille, Dany n'est pas mon genre.

— Et c'est quoi ton genre ?

— C'est toi, mon amour.

Fin de la scène.

La jalousie, comme chacun sait, est une maladie. Dans mon cas, je ne pensais pas être malade, mais j'étais travaillé en permanence par l'idée que Lamia me cachait des choses. Un soir, lorsqu'elle est arrivée à la maison, je lui ai demandé de se déshabiller immédiatement. Elle a refusé, j'ai insisté, puis je lui ai retiré ses habits pendant qu'elle se débattait. J'avais entre les mains ses dessous et les ai passés au crible, redoutant d'y trouver des traces de sperme. Elle s'est mise à pleurer, tandis que j'essayais de la consoler. En la tirant vers moi pour la prendre dans mes bras, j'ai senti les restes d'un parfum d'homme. Elle m'a repoussé et a crié que j'étais devenu fou, sadique, tyrannique, cruel…

Elle n'a pas apporté de réponse à mes questions. N'en pouvant plus de sa mauvaise foi, j'ai sorti mon joker : Ghizlane !

— Ah, Ghizlane, tu connais Ghizlane, cette pute ? me dit-elle d'un ton triomphal. Tu fréquentes les putes de luxe, maintenant ? Je sais désormais où part l'argent du ménage !

— Dis-moi simplement où et comment tu as connu cette femme.

— Et bien je vais te répondre : Ghizlane est une

ancienne copine de lycée ; elle a commencé une année à la fac de pharmacie puis elle a abandonné. Un jour, elle m'a avoué qu'elle était devenue une de ces femmes qui sortent avec des hommes riches le temps d'une soirée et que c'était bien payé. Elle était entrée dans un réseau efficace et discret. Voilà qui est Ghizlane, une call-girl, une pute de luxe, une pauvre fille, la fille qu'on appelle, maudite par ses parents et qui tire le diable par la queue ! À présent c'est à moi d'exiger des explications. Où et comment l'as-tu connue ? Allez, à toi…

— Je l'ai rencontrée chez Hakim, c'est tout. Quand elle m'a vu, elle s'est excusée et a claqué la porte en me disant qu'elle te connaissait, c'est la vérité.

— Et du coup, tu as pensé « qui se ressemble s'assemble », c'est ça ? Merci pour ta confiance.

Elle avait réponse à tout. Et moi, je bafouillais. Ma jalousie était toujours vive. J'avais mal. Ce parfum d'homme sur son cou me hantait. Je suis allé prendre une douche pour m'en débarrasser. Je n'avais obtenu aucune réponse.

Face au jaloux, la méthode consiste à le culpabiliser, à inverser le soupçon et à approfondir son malheur. Cette maladie ne se soigne pas. Il faut du temps ou alors des preuves incontestables pour rassurer l'autre, or Lamia ne voulait pas me rassurer. Elle laissait planer un doute, et moi je m'y accrochais comme un pauvre malade, ne sachant comment changer de stratégie.

Chez certains, la jalousie s'exprime par le recours à la violence. Chez moi, elle provoquait un malaise physique : bouche sèche, jambes tremblantes, bégaiement. Tout ce que je détestais. Comment aller travailler dans cet état ? J'ai pris un somnifère et me suis endormi. Le lendemain, le spectre de la maladie s'éloignait un peu, mais dès que Lamia réapparaissait, je perdais mes moyens. J'avais noté dans un carnet cette phrase de Nietzsche : « La Jalousie qui se tait s'accroît dans le silence », car elle est accompagnée, grossie, exagérée par l'imagination.

J'étais démuni comme un enfant perdu, rongé de l'intérieur par un mal insidieux. Lamia m'avait donné une gifle magistrale. On dit que la jalousie est la gifle de l'amour ; là, c'était une bourrasque, une tornade. Ma femme m'échappait et je n'avais aucun moyen de savoir ce qu'elle faisait en mon absence. Personne ne pouvait m'aider. Je n'allais tout de même pas me plaindre auprès de mes parents.

En fait, de quoi étais-je jaloux ? Il n'y avait rien de palpable. Des soupçons. Des détails que j'interprétais à l'aune de ma jalousie. Tout me servait à justifier ce début de folie.

La chose était simple. Lamia, avec son affaire florissante, avec son arrogance de femme indépendante et entreprenante, avait l'ambition de démontrer à ses parents, au reste de sa famille, à moi, à ma famille, à tout le monde, qu'elle réussissait et qu'elle pouvait se passer du bonheur conjugal. Le mariage était devenu un cadre trop étroit pour elle. Moi, mari amoureux et attentionné, j'étais dépassé, ringard. Voilà la vérité. Je ne correspondais plus à l'homme qu'elle avait aimé à nos débuts. Pourtant, je faisais des efforts pour la rendre heureuse.

Je découvrais que la femme marocaine de l'ère Mohammed VI était libre, avec un pied dans le socle familial de la tradition et l'autre dans une modernité passant par le travail et l'innovation. Toutes les Marocaines n'étaient pas parvenues à ce stade, loin de là. Mais j'assistais à quelque chose de nouveau, et je réagissais maladroitement parce que je n'avais pas vu arriver ce bouleversement.

Lamia avait misé sur l'argent et sur son importance pour prendre de la distance avec moi. Une distance que j'attribuais à l'adultère. Mais j'étais à côté de la plaque.

5

2011

Cela faisait six ans que nous étions mariés.

Lamia sortait de plus en plus le soir. Motif ? Dîner de travail, tantôt avec des Japonais, tantôt avec des investisseurs espagnols ou italiens. Elle se consacrait pleinement à ses affaires, et négligeait la vie familiale. Les enfants s'en plaignaient. Moi, au lieu de l'admirer, je la soupçonnais de cacher une autre vie. Elle ne faisait rien pour me laisser penser le contraire, jouait de son ambiguïté. J'aurais aimé être associé à ce qu'elle entreprenait, être par exemple son conseiller, ne pas ignorer tout de ce qu'elle faisait.

Hakim, cynique et pragmatique, me dit un jour :

— Si tu veux, on peut lui tendre un piège, et là on saura si elle a une double vie ou pas.

— C'est dangereux.

— Effectivement. Mais au moins, tu pourras divorcer si tu as des arguments. Tu auras la garde des enfants et elle sera obligée de te verser une pension.

— Mais je n'ai aucune envie de divorcer ! J'aime Lamia, malgré ses travers, son mystère. C'est une femme dynamique, je comprends qu'elle puisse donner plus d'elle-même à l'extérieur qu'au sein de notre couple.

Un vendredi, elle ne vint pas au repas traditionnel organisé chez ses parents, me laissant seul avec eux. Elle était partie à Milan pour signer un contrat important. Cela impressionna sa mère ; quant à son père, il était plus réservé :

— Elle ne nous dit rien de son travail. On se contente de quelques mots rassurants…

Le repas était silencieux. Sa mère prit des nouvelles de mes parents et me demanda s'ils comptaient cette année aller à La Mecque. Elle ajouta :

— Depuis mon retour de la Omra, je ne pense qu'à une chose : y retourner ! Avec mon mari, nous avons déjà tout prévu ; ce sera un voyage organisé, tout compris : hôtel cinq étoiles, moutawif de qualité, cinq millions par personne…

Elle comptait encore en centimes. J'osai lui dire que pour mes parents le pèlerinage à La Mecque n'avait jamais été une priorité ni même une nécessité. Silence autour de la table. Après un moment de gêne, elle me demanda :

— Dis-moi, mon fils, tu crois au moins en Dieu ?

Le père la regarda d'un air réprobateur.

— Je crois à la spiritualité. La religion est une chose complexe et pas toujours très nette.

— Mais tu n'es tout de même pas athée ?

— Écoutez, c'est une question d'ordre privé. Je suis pour la laïcité, on devrait séparer la religion des affaires publiques. Ne pas faire intervenir l'islam partout, dans l'éducation, dans le mariage, dans le juridique…

— Ah là là, mon fils ! Tu as ramené ces idées de France, n'est-ce pas ?

— Non, de mes lectures et de mes convictions personnelles.

— Et est-ce que notre fille sait tout ça ?

— Votre fille ne s'intéresse plus à moi depuis longtemps, depuis la naissance de Yasmine.

— En tout cas, c'est une bonne musulmane. Elle a adoré les quinze jours passés à La Mecque et Médine, je l'ai vue pleurer d'émotion.

Il était temps d'agir. Ma jalousie mise de côté, j'essayais de comprendre Lamia, de ne pas la juger trop vite. Le conseiller Hakim, lui, était radical ; il voyait le mal partout. Mon amour me rendait peut-être aveugle. Sans doute. J'attendais le moment opportun pour avoir une discussion avec elle. Je croyais au débat, au dialogue, comme si le couple fonctionnait comme un État démocratique. Mais elle n'avait jamais le temps. Entre ses réunions de travail, ses amies avec lesquelles elle passait des soirées entre filles – en tout cas c'est ce qu'elle prétendait –, il n'y avait plus de place pour notre couple, pour la maison, pour les enfants. On aurait cru qu'elle était chargée par une milice hyperféministe de se venger de tous les hommes qui s'étaient mal comportés avec les femmes. J'étais la cible, le symbole et la victime. Mais allez dire, dans une assemblée de femmes puissantes et triomphantes, que nous sommes victimes de leur arrogance !

J'étais bien placé pour constater à quel point le pays avait changé. Certes, la Moudawana n'était pas parfaite, elle était même injuste par certains aspects, mais elle avait libéré la femme marocaine. Mon ami Hakim ne cessait de me dire :

— Regarde toutes ces femmes belles, intelligentes, souvent indépendantes financièrement, qui divorcent. C'est le cas de la plupart de mes amies. Le divorce est une liberté pour la femme. L'homme ne supporte pas le fait que la femme lui résiste, travaille, soit indépendante et même gagne plus que lui. Il n'y a pas d'harmonie. Elles arrivent avec une immense attente, divorcées certes, mais pas dégoûtées du mariage, elles veulent remettre ça et avoir des enfants. Et nous, nous devons répondre à toutes leurs attentes ! Elles ne se rendent pas compte qu'elles vont trop loin. Au fond, nous en sommes encore à l'étape des règlements de comptes, et c'est là où tu te trouves actuellement, mon pauvre ami ! Tu vois, du temps de nos grands-parents, on se mariait et puis l'homme avait son travail, sa vie à l'extérieur, pendant que la femme attendait sagement qu'il rentre. Cette époque est heureusement révolue – c'est fini, la femme au foyer qui accepte tout !

— Mais quels comptes, et pourquoi moi ?

— Parce que tu t'es marié. Et puis, ce qui te bloque, c'est que tu es tombé amoureux, bêtement amoureux de ta femme.

— Mais j'en suis heureux… enfin je crois.

— Très bien alors, continue dans cette voie. Je ne te dirai plus rien.

Le soir, après dîner, j'ai essayé d'aborder le sujet de notre relation devenue tendue, Lamia a écourté la conversation en prétendant qu'il n'y avait pas de problème, qu'elle travaillait trop mais que tout allait bien.

— Bonne nuit, dors bien, demain je pars à Barcelone pour voir des investisseurs. Tu verras, grâce à moi, le Maroc va exporter des médicaments et des outils paramédicaux vers le reste du monde à un prix très bas. C'est mon objectif.

Elle m'a tourné le dos et s'est endormie rapidement. Quelle chance ! Pendant ce temps, je me repassais dans la tête des séquences entières du film de Bergman *Scènes de la vie conjugale* :

Ils font l'amour après que le mari a annoncé à sa femme qu'il la quitte parce qu'il en aime une autre. Ils pleurent.

Elle : On est invités pour l'anniversaire de ton père ; qu'est-ce que je vais dire aux filles ? Votre père me plaque pour aller vivre avec une autre femme ?

Lui ne dit rien, se prépare à partir, une valise à la main.

Elle pleure, s'accroche à lui, essaie de le retenir.

Elle : Je ne pourrai pas vivre sans toi.

Il se détache d'elle violemment.

Elle : Je n'arrive pas à le croire ; mes amies, vous étiez au courant et vous avez gardé ça pour vous ? Va te faire foutre.

Lui, sans prononcer un mot, ouvre la porte et s'en va.

C'était une scène forte, sauf qu'elle ne me concernait pas ; je n'avais pas envie de quitter Lamia, je n'étais pas amoureux d'une autre femme – mais je n'étais ni apaisé ni vraiment heureux.

6

2012

Cela faisait sept ans que nous étions mariés.

Les enfants grandissaient. Ils se disputaient parfois entre eux. Je me promenais avec eux le dimanche quand leur mère était absente. Nous allions dans un petit restaurant de la côte, nous déjeunions de poisson puis nous faisions un tour à la Corniche en mangeant des glaces. Un jour, Mehdi me demanda :

— C'est vrai que maman gagne plus d'argent que toi ?

— Écoute, mon fils, l'argent n'est que la poussière de la vie. Il ne faut ni le mépriser ni l'admirer. C'est un moyen pour atteindre un but noble. On achète des objets, du matériel, on paye des services, mais on ne peut acheter l'amour, l'amitié, la tendresse. Quand j'étais petit, j'avais appris une jolie chanson espagnole : « *El cariño verdadero no se compra, no se vende.* » La tendresse véritable ne s'achète ni ne se vend.

— Oui, mais tu ne réponds pas à ma question.

— Ta mère travaille beaucoup afin de réaliser son grand projet pour le Maroc, c'est pour ça qu'elle est souvent absente. Elle a l'ambition de fabriquer des médicaments au Maroc, et de les vendre à prix bas, parce que le citoyen moyen a des difficultés pour se soigner. Mais elle vous aime et nous nous aimons.

Là-dessus Yasmine, qui avait presque trois ans, dit :

— J'aime ma maman et mon papa.

À son retour de Barcelone, Lamia était resplendissante. Elle m'avait acheté un cadeau, un superbe pull en cachemire. Elle a suggéré que nous fêtions le dixième anniversaire de notre rencontre. Après le dîner, elle a fait couler un bain et m'a demandé de la rejoindre. Elle m'a massé avec une huile fine pour me détendre. Nous nous sommes caressés puis nous avons poursuivi sur le lit. Mon plaisir était intense, le sien aussi. Elle me dit qu'elle avait lu des choses pour mettre un peu de piment dans notre façon de faire l'amour. Elle innovait, faisait preuve de plus d'imagination que moi, suscitait chez moi un plaisir inouï, bref j'avais en face de moi une experte, je ne la reconnaissais pas. De là à supposer qu'elle avait appris tout ça dans les bras d'un amant plus jeune et plus vigoureux, il n'y avait qu'un pas que mon imagination ne manqua pas de franchir.

Le doute perdurait. Nous faisions l'amour plus souvent et à chaque fois c'était merveilleux. Était-ce la peine de lui demander si elle me trompait ?

Assurément non. Je n'aurais pas de réponse et mon doute ne ferait que grandir. L'aveuglement me convenait, dans une certaine mesure.

Un soir, au moment de fermer le cabinet, une jeune femme arriva avec un garçon de trois ans, mignon, bien éduqué. J'auscultai l'enfant. Il n'avait rien de particulier. Il toussait un peu mais ce n'était pas grave, juste un petit rhume. Je compris vite que l'enfant n'était qu'un prétexte. Pendant qu'il jouait à côté, elle me dit :

— Comment me trouvez-vous ?

— C'est-à-dire ?

— Est-ce que je suis désirable ?

— Je n'en sais rien ; je ne suis pas psychologue, je suis pédiatre.

— Oui, mais mon mari ne me touche plus depuis plus d'un an. Je doute de ma féminité, je suis malheureuse et je me pose plein de questions.

— Vous devriez en parler avec lui.

— Non, il est dans son monde, il rentre le soir, il mange, il joue sur sa tablette et m'ignore.

— C'est triste…

— Est-ce que je pourrais vous appeler un jour où vous aurez du temps ? J'aimerais parler avec vous, ça me ferait du bien de me confier à quelqu'un comme vous.

— Voici mon numéro de portable.

Je l'ai regardée sortir de mon cabinet. Un beau corps, de longs cheveux, des yeux gris. Je me demandais : « Aurait-elle le pouvoir de me sortir de ma relation plus que compliquée avec Lamia ? Il se pourrait que ce soit elle qui m'aide. Pourquoi pas une aventure ?… »

Mon assistante lui jeta un regard peu amène. Je ne fis pas de commentaire. Mais l'idée de la revoir en dehors du cabinet, chez Hakim par exemple, fit son chemin.

Une semaine plus tard, elle m'appela. Elle avait l'air troublé. Elle me priait de la voir le plus tôt possible. Je lui donnai rendez-vous le lendemain chez Hakim. Lamia, comme d'habitude, était en déplacement. J'étais curieux et même flatté. Pourquoi m'avoir choisi ? Certes j'étais connu d'un petit milieu de mamans, mais de là à m'improviser conseiller conjugal…

Elle s'appelait Amina. En rentrant dans l'appartement, je crus m'évanouir. Elle était habillée sexy, mais juste ce qu'il fallait, parfum délicat, maquillage léger, un beau décolleté.

— C'est étrange, n'est-ce pas ?

— Quoi ?

— Ma démarche. Vous ne trouvez pas ?

— Oui, un peu, mais je suis médecin, ça peut se comprendre.

Elle s'assit sur le sofa près de la cheminée, alluma une cigarette. J'ouvris une bouteille de vin rouge. Elle réclama du blanc. Heureusement que la maison de Hakim était bien équipée. Tandis que je lui tendais un verre de vin blanc, elle me lança :

— Prends-moi ! Je suis venue pour ça.

J'avalai discrètement un comprimé bleu pour m'aider. Je bandais bien. La nouveauté est le meilleur des aphrodisiaques.

— Ne sois pas effrayé si tu vois un peu de sang, c'est la fin de mes règles.

Je fermai les yeux et l'embrassai. Du salon à la chambre, nous nous sommes dévêtus avec une rare frénésie. J'oubliai le mariage, les emmerdes, les interrogations vaseuses, j'étais emporté par un ouragan de désir.

Elle avait de petits seins, juste pour mes mains. Je les caressais et les mordillais. J'aurais voulu embrasser sa vulve, mais la présence éventuelle de sang m'en dissuada. Je la pénétrai lentement. Elle poussa un cri puis me demanda de continuer. Je n'arrivais pas à la faire jouir. Elle pleurait, je ne savais si c'était de plaisir, de regret, ou de honte.

— Excuse-moi, je suis tendue, mais ce que tu as fait est magnifique, tu as libéré une femme qui vivait sous le joug d'un homme brutal et indifférent. Au début, pourtant, il était merveilleux. Après la naissance du petit, il s'est détourné de moi et depuis il m'ignore. Pour que je jouisse, il me faut du temps, j'ai besoin de m'habituer à tes bras, à ton odeur, à ta gentillesse.

En partant, elle me demanda si elle pouvait me rappeler.

— Non, il ne vaudrait mieux pas. Je suis marié et amoureux de ma femme. C'est la première fois que je couche avec une autre. En tout cas, vous êtes une personne de qualité, vous méritez l'amour et la tendresse.

En rentrant, je me suis endormi tout de suite. Et j'ai fait un cauchemar tout à fait plausible. Dans ce rêve, le soir, Lamia m'attendait :

— C'était bien avec Amina ?

Je faisais l'étonné, mais je voyais bien que ça ne servait à rien de nier.

— Oui, la belle Amina avec ses petits seins si excitants…

— Quoi ? C'est toi qui l'as envoyée pour me tester ? Eh bien bravo ! Non, ce n'était pas bien, elle a pleuré et je lui ai dit que j'étais marié et amoureux de ma femme.

— Tu as couché avec elle quand même !

— Oui, mais je n'étais pas à l'aise, je ne voulais pas te trahir.

— Tu es marrant ! Tu couches avec une inconnue et tu ne veux pas me trahir. Je vais faire la même chose, et je te dirai « tu sais, je ne voulais pas, mais j'ai cédé parce que je t'aime »…

— Bon, tu as gagné. Que veux-tu à présent ?

— Rien, maintenant c'est fait. Tu auras un brevet !

— Mais qui est cette bonne femme qui a accepté de faire ce cinéma ?

— Cinq mille dirhams !

Fin du rêve. Je me suis réveillé trempé de sueur.

Lamia dormait à poings fermés. Un ange, oui, je la voyais comme un ange.

Au petit déjeuner, je lui ai raconté mon cauchemar. Elle a ri en me faisant jurer de ne jamais la trahir. Elle a pris un pain rond, et m'a fait jurer sur ce pain délicieux, symbole de vie.

J'ai juré, et n'ai rien demandé en échange. J'étais terrorisé qu'elle m'annonce qu'elle avait un amant.

7

2013

Cela faisait huit ans que nous étions mariés.

J'ai proposé à Lamia de partir en vacances en Italie ou dans le sud de l'Espagne. Elle était d'accord sur le principe, il fallait lui laisser le temps de s'organiser pour ses affaires. Un matin, elle m'a dit :

— C'est bon pour l'Andalousie ! Une semaine à Grenade et Séville.

Je me suis organisé de mon côté. Les grands-parents ont pris les enfants, le chauffeur les emmènerait à l'école. Tout allait à la perfection. À la dernière minute surgit une question :

— Qui paye quoi ? me demanda-t-elle.

— Enfin, Lamia, on ne va pas parler d'argent. Le compte joint est plein. On n'a qu'à puiser dedans.

— Ah non, ce compte c'est surtout moi qui l'ai rempli, alors on n'y touche pas !

— Serais-tu devenue avare ?

— Non, mais économe. On ne sait pas ce que la vie nous réserve.

— Qu'est-ce que tu proposes ?

— Chacun paye sa part.

— Mais ça ne se fait pas dans notre société. C'est honteux. Tu serais capable un jour de faire payer un loyer à tes enfants !

— Parfaitement, il faut qu'ils apprennent que l'argent ça se mérite.

— Si tes parents ou les miens t'entendaient, ils seraient horrifiés. On critique tout le temps les Européens qui ont un rapport spécial avec l'argent, et tu es comme eux. Un sou est un sou…

J'ai décidé de prendre tout le voyage en charge. Tant pis pour les économies que je n'arrivais pas à faire. Elle n'a pas refusé, au contraire : « Tant que c'est ton argent, je veux bien être ton invitée. »

Nous avons pris un vol Casa-Málaga, ensuite j'ai loué une voiture. Il faisait beau. Le bleu du ciel andalou est particulier, c'est un bleu qui apaise et nourrit. Pendant ce voyage, j'ai passé de longs moments au café face au soleil.

Nous sommes tombés un jour sur des festivités autour de l'anniversaire de la naissance de Federico García Lorca. Un festival international de poésie était organisé dans le parc portant le nom du poète et des visites étaient organisées à Valderrubio, petite ville où Federico passa son enfance. J'ai raconté à Lamia l'histoire de cet écrivain, un génie qui a été assassiné par des milices de Franco, parce qu'il était poète et homosexuel. Elle l'avait vaguement étudié au lycée mais n'en gardait que peu de souvenirs.

La visite de la maison familiale des Lorca, devenue un musée, fut très émouvante. Tout était resté inchangé depuis l'arrestation de Lorca. Arrêté par l'armée franquiste le 17 août 1936 à l'aube, il avait été emmené à neuf kilomètres de Grenade, près de la Fuente Grande, que nos ancêtres arabes appelaient la Source aux larmes, et exécuté. À cinq heures du matin, des soldats avaient pénétré dans la maison où il se cachait depuis une semaine. C'était une aube grise avec un ciel mitigé. Un ciel du mois d'août. L'ordre formel de l'arrêter et de le tuer, en même temps que cinq à six mille de ses concitoyens, ouvriers et intellectuels, avait été donné par le gouverneur civil de Grenade, le général franquiste Valdés. Cette journée avait vu le massacre de milliers d'innocents, arrêtés et exécutés pour leurs opinions. Federico García Lorca était un mort parmi tant d'autres. Il avait probablement été jeté dans une fosse commune, et avait rejoint le peuple qu'il célébrait dans sa poésie.

Sa mort n'avait pas été effacée par le temps. Mais dans le musée qu'était devenue sa maison familiale, pas un mot à ce sujet. On aurait dit que c'était un tabou. N'étaient exposées que des photos du poète avec ses amis, ses parents, dans ses voyages. Rien sur sa disparition.

Je le fis remarquer à Lamia qui me répondit :

— Le pauvre, il est mort si jeune ! Même pas quarante ans ! Quelle horreur.

En rentrant à l'hôtel à Grenade, je lui lus quelques poèmes de lui, traduits en français. D'habitude, elle ne lisait pas de poésie. Là, elle fut attentive jusqu'au bout.

Au restaurant, nous avons été reçus avec soin. Avant même que nous passions notre commande, le garçon déposa sur la table du pain, de l'huile d'olive et des morceaux de merlan frit. Nous bûmes un verre de vin chacun. Nous étions sereins, et même heureux. Lamia me prit la main et me dit :

— Pourquoi au Maroc sommes-nous si tendus ?

— C'est vrai… Ici, nous sommes en vacances, et puis le cadre et la bonne humeur naturelle des Espagnols aident à se sentir à l'aise. Chez nous, nous sommes poursuivis par les petits tracas quotidiens. Difficile de les ignorer !

Puis, sans transition, elle posa une question en rapport avec la visite du matin :

— Et si le général Oufkir avait réussi son coup d'État de 1972, il aurait fait comme Franco, n'est-ce pas ?

— C'est sûr ! Les militaires, quand ils prennent le pouvoir par la force, savent qu'ils n'ont pas de légitimité pour l'exercer, alors ils font régner la peur, et n'hésitent pas à se débarrasser de leurs opposants. Le Maroc serait devenu un pays chaotique, comme la Syrie ou l'Irak.

— Quelle chance d'avoir échappé à ce malheur…

Le retour au Maroc fut fatigant. L'avion avait plusieurs heures de retard, les passagers étaient nerveux. Lamia se plaignait, elle avait prévu de dîner avec des copines. Moi, je lisais des journaux et j'attendais.

8

2014

Cela faisait neuf ans que nous étions mariés.

Je reçus ce matin-là un appel de Karim, un vieux copain de promotion. Il était pédiatre comme moi :

— Les enfants palestiniens ont besoin de nous. Tu as vu les images à la télé hier ? Horribles. Depuis quatre jours, l'armée israélienne bombarde Gaza sans distinction entre ces imbéciles de dirigeants du Hamas et la population civile. J'ai été contacté par le Croissant-Rouge pour aller secourir les enfants blessés. Tu m'accompagnes ?

— Donne-moi un peu de temps, je viens de rentrer de vacances ; il faut que je m'organise. Je te rappelle demain.

Ma décision était déjà prise. Il allait falloir l'annoncer à ma femme.

— Quoi ? Tu pars en Palestine ? Tu as pensé à tes propres enfants, à moi, à la famille ? Tu te rends compte des risques que tu prends ?

— Oui, mais j'ai besoin d'être utile, de rendre service à un peuple mal dirigé, qui vit sous embargo depuis des années. Il y a la guerre, mais je serai protégé par le Croissant-Rouge palestinien et par des observateurs de l'ONU.

— Je suppose que c'est Karim qui t'a entraîné dans cette histoire ? Lui, il est célibataire, il peut se permettre d'aller où il veut !

— Moi, je suis responsable de ma vocation. Je pars avec lui et ne t'en fais pas, on va faire du bien, soigner des enfants, les opérer, les sauver, leur rendre un peu d'espoir. Nous emmènerons avec nous du matériel et des médicaments.

Lamia était au bord des larmes. Elle avait comme un mauvais pressentiment. Je ne l'avais jamais vue dans cet état. Avant qu'elle ne soulève la question, je la rassurai :

— Ne t'en fais pas, nous sommes pris en charge. Pas d'argent à dépenser.

— Mais il y aura un manque à gagner… Quel idéaliste. Tu as pensé à nos enfants ?

— Justement, j'ai pensé à eux. J'ai vu mes enfants parmi des dizaines d'enfants blessés par des bombes et qui attendent du secours. Nous avons la chance de vivre dans un pays en paix. Ce n'est pas une raison pour ne pas aider ceux qui souffrent. Ce sont des innocents.

Le soir même, j'ai préparé mon sac. J'ai passé quelques coups de téléphone à des collègues pour qu'ils me remplacent à tour de rôle. J'étais content de faire cette mission. Je n'ai jamais été un grand militant, je ne peux pas dire que la Palestine était mon combat. Comme tout le monde, j'étais touché par le malheur qui s'acharnait sur ce peuple, j'étais aussi en colère contre ses dirigeants corrompus ou sous tutelle de l'islamisme iranien. Le Hamas était financé par l'Iran. Ses dirigeants provoquaient Israël en lançant des roquettes qu'une technique sophistiquée de Tsahal réussissait à arrêter. S'ensuivaient des représailles et des bombardements. Une politique criminelle qui répondait à une politique irresponsable.

Sur le vol Casa-Amman, Karim, comme d'habitude, avait un tas de journaux qu'il lisait attentivement. C'était un passionné. Ce n'était pas la première fois que le Croissant-Rouge lui confiait une mission.

À l'aéroport d'Amman, une voiture vint nous chercher. Il faisait chaud. Nous étions en juillet 2014. Il y avait quelques barrages. Notre accompagnateur était apparemment connu. Au bout de huit heures de voyage, nous sommes arrivés à Gaza et nous nous sommes mis tout de suite au travail. Il y avait deux salles : une avec des enfants légèrement blessés, une autre avec des enfants aux blessures graves. Nous nous sommes partagé la tâche. Il s'agissait de sauver ceux qui souffraient le plus. Il y avait des parents qui pleuraient sur des bancs, attendant un miracle. Notre accompagnateur nous dit : « Le miracle, c'est vous, car nos médecins sont débordés de partout. » Il fallait travailler vite et ne pas se poser de questions. C'était la guerre. On verrait plus tard qui était responsable de ces massacres. L'armée israélienne était connue pour n'avoir aucun état d'âme, le Hamas était fou de la provoquer. C'était un cercle vicieux qui se répétait tous les cinq-six ans. À Ramallah, siège de l'autorité palestinienne, la vie suivait calmement son cours. Les Palestiniens étaient les champions de la division. Avec leur politique contradictoire, jamais ils ne réussiraient à retrouver leurs territoires. Les colonies se multipliaient. Il fallait être sur place pour comprendre la complexité de ce conflit. Au Maroc, on n'avait qu'une vague idée de ce qui se passait sur le terrain. Notre solidarité était mécanique – des slogans et un peu d'aide. Mais nous ne pouvions pas peser sur la situation. L'Iran tirait les ficelles.

Au bout d'un mois, on est venu nous chercher. C'était la fin de la guerre, du moins des rumeurs le prédisaient. Des parents firent une fête pour notre départ. Nous étions fatigués mais heureux d'avoir été utiles. Contents aussi de rentrer chez nous. Dans l'avion de retour, Karim avait un sac de journaux dont les gros titres annonçaient : « Guerre à Gaza : le bilan précis des victimes de l'opération Bordures protectrices » ; « Troisième guerre à Gaza en moins de six ans »... Je n'avais aucune envie de les lire. Je posai un cache sur mes yeux et m'endormis.

À notre arrivée à l'aéroport de Casa, la police nous

attendait. Il fallut raconter ce que nous avions fait. Les agents étaient courtois, et nous, fatigués. Ils posaient des dizaines de questions en se justifiant, « nous faisons notre travail ». Ils remplirent deux dossiers d'informations. L'un des policiers nous remercia, les autres nous accompagnèrent pour sortir. Nos valises attendaient dans une salle. Nos familles aussi.

Lamia était tendue. Les enfants se précipitèrent sur moi et m'enlacèrent. Durant le trajet entre l'aéroport et la maison, pas un mot. Je donnai aux enfants les petits cadeaux que des parents m'avaient offerts. Le soir, Lamia me confia :

— Je suis fière de toi. Mais j'ai eu peur. Allez, repose-toi. Demain tu reprends le travail au cabinet.

— Oui, bien sûr. Demain, au cabinet.

Je m'endormis sans demander mon reste.

9

2015

Cela faisait dix ans que nous étions mariés.

Yoga et adoption : tel était le nouveau programme de Lamia. Le yoga et la méditation, j'avais du mal à y adhérer. Quant à l'adoption, au Maroc c'est une galère. Elle est tout simplement interdite, d'après le Coran. En revanche, la kafala est autorisée : vous prenez l'enfant, mais vous ne lui donnez pas votre nom ; il ne sera jamais un fils ou une fille à part entière, et au moment de la succession, il n'aura pas le moindre héritage, même si par écrit vous lui laissez une partie de votre patrimoine. Car point de testament au Maroc. La preuve, un milliardaire avait un jour pris sous sa protection un enfant dans un orphelinat. Il l'avait toujours considéré comme son fils, sa femme et lui ne pouvant avoir d'enfant. À sa mort, il avait laissé un écrit où il concédait une partie de son patrimoine au fils « adopté ». Le frère du milliardaire, aussi riche sinon plus, contesta ce testament au nom de la religion, et le tribunal lui donna raison. Cette affaire avait fait beaucoup de bruit en son temps.

L'interdiction de l'adoption par l'islam vient d'une histoire vécue par le prophète Mohammad, relatée dans *Al-Sîra* tome 2, de Mahmoud Hussein :

Il était une fois un jeune orphelin esclave vendu à Khadija, l'épouse du Prophète. Il s'appelait Zayd ibn Hâritha. Le Prophète l'affranchit et lui donna sa liberté en l'adoptant.

Le Messager de Dieu le maria avec Zaynab bint Jahs, une très belle jeune fille.

Une fois établi à Médine, le Prophète se rendit à la maison de son fils adoptif. La porte était entrouverte. Derrière se tenait Zaynab, les cheveux lâchés, portant une robe légère. Le cœur du Messager de Dieu fut secoué par cette présence si sensuelle. La femme l'invita à entrer. Le Prophète refusa, Zayd n'y étant pas.

Lorsque le jeune mari rentra chez lui, Zaynab lui apprit que le Messager de Dieu le cherchait. Zayd s'inquiéta.

— Ne l'as-tu pas invité à entrer ?

— Si, je l'ai invité, mais il a refusé.

— A-t-il dit quelque chose ?

— Il a dit en partant : « Gloire à Dieu Tout-Puissant, gloire à Celui qui dispose de nos cœurs. »

Zayd se dit que cette visite était un grand honneur. Et puis, le prophète avait été sensible à la beauté de sa femme. Il était hors de question de la lui refuser. Il se présenta devant Mohammad, et lui dit :

— Je désire me séparer de ma femme.

— Pourquoi ? A-t-elle commis une faute grave ? Une trahison par exemple.

— Non, pas du tout. Je ne vois en elle que des qualités.

— Alors garde ton épouse et soumets-toi à Dieu.

Zayd s'en alla. Il n'eut plus de relation intime avec elle, persuadé que Dieu avait choisi Zaynab comme épouse de Mohammad.

Un jour, alors que Mohammad se trouvait chez Aïsha, sa plus jeune épouse, il fut pris par la Révélation. Lorsqu'il revint à lui, il sourit et dit :

— Qui ira porter à Zaynab la bonne nouvelle, lui annonçant que Dieu me la donne comme épouse ?

Il récita ensuite le verset : « ... Quand Zayd n'eut plus de commerce avec elle, nous te l'avons donnée pour épouse... » (sourate XXXIII, verset 37). Un autre verset suivait : « Donnez à ces enfants adoptifs le nom de leur père, cela est plus juste devant Dieu (...) Mohammad n'est le père d'aucun homme parmi vous, il est le Messager de Dieu et le Sceau des Prophètes... »

Zayd ibn Mohammad retrouva son nom d'origine, Zayd ibn Hâritha.

Il n'était plus le fils de Mohammad, donc ce dernier avait toute légitimité d'épouser la belle Zaynab. C'est ainsi qu'un verset coranique fut révélé au Prophète, interdisant l'adoption et la remplaçant par la notion de « kafala ».

Lamia écouta attentivement cette histoire que je lui racontais, puis se leva et me dit :

— Je suis allée dans un orphelinat apporter des médicaments ; je fais ça tous les ans. J'ai visité les chambres où les enfants font la sieste et mon regard a été attiré par une petite fille : les yeux grands ouverts, elle me souriait et s'agitait comme si elle me demandait de la prendre dans mes bras. Ce que j'ai fait. Elle a posé sa tête dans le creux de mon épaule, et j'ai été submergée par l'émotion. Je me suis mise à pleurer. La responsable m'a dit : « Si vous voulez l'adopter, je vous faciliterai les démarches. Cette petite a été déposée il y a six mois à l'entrée de l'orphelinat. Elle est jolie, et très éveillée pour son âge. » J'ai accepté. J'avoue que j'aurais dû en parler avec toi avant. Nous avons rendez-vous la semaine prochaine pour signer les papiers et prendre cette enfant qui se nomme Najat, ce qui signifie « Celle qui a été sauvée » !

C'est ainsi que notre petite famille s'est agrandie, avec l'arrivée d'une merveille, belle et souriante.

Le yoga est entré à la maison en même temps que Najat. À ce sujet, ma réticence était inébranlable. Lamia trouvait dans ces exercices le moyen de se détendre et d'être dans de meilleures dispositions – mais pas forcément avec moi. Ces derniers temps, elle avait les nerfs à vif. Je pensais que c'était passager, mais elle parlait peu, son visage était fermé.

L'arrivée d'un troisième enfant changeait l'équilibre de la maison. Nous avons dû embaucher une jeune femme pour s'occuper de Najat. La venue de cette petite dans notre famille méritait une fête. Comment la présenter ? Fille adoptée ou fille portée par Lamia pendant neuf mois ? L'idée de raconter qu'elle était une fille prématurée dont Lamia avait accouché discrètement dans un hôpital public fut un temps envisagée. Si les grands-parents connaissaient la vérité, les invités, surtout les cousines habituées à médire de tout, ne sauraient rien de l'adoption, d'autant que l'une d'elles avait eu la malchance d'adopter à la naissance un garçon à l'orphelinat : c'était l'enfant d'un couple alcoolique, ce qu'elle ignorait. Le pauvre petit avait hérité des séquelles de cette addiction. Il était sans cesse malade, pleurait et criait en permanence.

J'ai proposé que la fête organisée pour Najat se fasse en petit comité. Qu'on réunisse les membres de la famille une après-midi autour d'un thé et de gâteaux. Mais Lamia voyait grand. Elle voulait marquer le coup et dire la vérité à tout le monde. Son père la prit à part et lui rappela que nous avions violé la loi. Nous avions obtenu un certificat de naissance parce que nous avions corrompu quelqu'un à l'hôpital et quelqu'un d'autre à l'état civil.

Finalement, la fête prit la forme d'un goûter d'anniversaire. Personne ne fit de commentaire. Najat était heureuse ; elle riait, tendait les bras, tapait des mains. C'était un bonheur de la voir ainsi. Une fois de plus, Lamia m'avait surpris – cette adoption était une excellente idée ! Elle avait sauvé cette petite d'une misère assurée. Pourtant, certaines femmes, jalouses, faisaient la moue. Lamia mit un terme à leur mécontentement :

— Najat est notre fille, que vous le vouliez ou non. Allez faire un tour à l'orphelinat le plus proche et vous verrez ce que personne ne veut voir. Nous ne sommes pas des parents parfaits, mais mon mari et moi sommes très heureux de l'arrivée de cet ange à la maison. Si vous voulez jouer aux gendarmes, faites-le, mais pas chez nous !

Elle prit dans ses bras Najat et se mit à danser en chantant. Les enfants tapaient des mains et moi, j'étais comblé.

J'avais beaucoup de travail au cabinet. J'avais acquis la réputation d'un bon médecin, humain et compétent. C'est ce que les patients me disaient. Je travaillais toute la journée, en m'arrêtant juste une heure pour déjeuner. Les embouteillages de Casa ne me laissaient pas le temps de rentrer à la maison, alors je fréquentais un petit bistrot dans le quartier. C'était le lieu des potins et des rumeurs, surtout politiques. Les islamistes au pouvoir étaient critiqués tout le temps, en revanche personne ne touchait au souverain. Il était admiré pour avoir respecté les résultats des élections. Je mangeais vite et je retournais au cabinet où il y avait tous les jours la queue devant la porte.

Le soir, j'étais exténué. J'avais besoin de réconfort, d'une épouse aimante qui m'accueillerait avec le sourire et me masserait le dos. Mais je n'avais rien de tout cela. Quand j'arrivais, seuls les enfants me faisaient la fête.

En face de notre maison, il y avait un terrain vague entouré d'un mur blanc. Sur ce mur était affiché un numéro de téléphone pour contacter l'agence en charge du terrain, et une série de graffitis, des dessins en noir et blanc. Un de ces dessins représentait un immense pénis marchant sur deux pieds, avec une inscription en arabe : « L'égalité hommes-femmes est impossible. » Ce n'était pas un dessin d'enfant, plutôt d'adulte révolté. Je me disais : « C'est fou combien le sexe nous obsède… » Lamia, qui l'avait remarqué depuis longtemps, ne fit pas de commentaire. Elle demanda un jour à notre chauffeur Lahcen de prendre du matériel et d'aller effacer le « im » d'« impossible ». Ce qui le soir suscita une discussion pour le moins étrange :

— L'égalité est un idéal, me dit-elle. Je ne suis pas d'accord avec les féministes qui la réclament à cor et à cri. Nous sommes différents, c'est ce qui rend nos relations intéressantes. Je précise toutefois que je donne le même salaire à tous mes employés, hommes et femmes.

— Tu accepterais le système coranique de l'héritage

en cours depuis toujours chez nous – une part pour l'homme, une demi-part pour la femme ?

— Oui, bien sûr, qui suis-je pour réformer un texte sacré ? Le Coran est intouchable. Rien ne permet de modifier quoi que ce soit à ce texte révélé. Ou alors, c'est qu'on rejette l'islam et la foi en Dieu. J'espère que ce n'est pas ton cas.

— Tu sais bien que je crois plutôt à la spiritualité, à l'esprit qui subsiste après la mort de nos proches. Mais l'islam n'est pas contre une société qui évolue et change certaines pratiques…

— Où as-tu vu ça ? Tu inventes !

La discussion s'arrêta net. Un océan nous séparait… Je me consolais en pensant à un couple d'amis suisses qui s'étaient mariés alors que lui était complètement athée et elle très croyante. Ils se respectaient mutuellement et leur couple ne souffrait pas de cette divergence. Il faut dire que le socle sur lequel était bâti leur mariage était solide, fait d'amour profond et de rigueur.

Au Maroc, la majorité des citoyens ne sont pas traversés par la notion de respect de la loi et du droit. C'est une question d'éducation. La religion régit la société à presque tous les niveaux – sauf dans la banque. Car l'intérêt sur l'argent est interdit en islam, or tout le monde ferme les yeux là-dessus et personne n'invoque l'islam lorsqu'on demande un crédit à la banque.

— Toi qui brasses pas mal d'argent, tu prends des

crédits, tu rembourses avec des intérêts, bref, tu fais comme si l'islam n'était pas contre ça.

— Oui, l'islam est ouvert. Il en est de même pour l'interdiction de consommer de l'alcool. L'islam tolère les choses, à condition qu'on n'exagère pas et qu'on ne soit pas irresponsable.

— C'est curieux, tu es d'accord avec l'islam quand ça t'arrange. Et ce qui est encore plus curieux, c'est que les Marocains boivent énormément mais ne touchent pas au porc.

— Oui, le porc se nourrit dans les poubelles, mange n'importe quoi, il est pourri.

— Je vais t'apprendre quelque chose, si tu permets : à l'époque du prophète Mohammad, il n'y avait pas trace de cochon en Arabie. Cependant, le Prophète se demanda pourquoi les juifs interdisaient sa consommation. Eh bien, en lisant la Thora, il aurait découvert que la génétique du porc et celle de l'homme se ressemblaient énormément. Manger du porc, ce serait de l'anthropophagie !

— Je pensais que l'animal qui nous était le plus semblable, c'était le singe.

— Oui, pour certains éléments physiques. Mais le cœur du porc est quasi identique à celui de l'homme, ce qui n'est pas le cas de celui du singe. Là-dessus, mon amour, est-ce que tu m'aimes ?

— C'est quoi cette manie de vouloir entendre « je t'aime » tout le temps ? Bien sûr que je t'aime, ça se voit, non ?

— Pas toujours.

— Enfin, as-tu déjà vu tes parents s'embrasser et se dire « je t'aime » ? Non, alors cesse de te croire dans un film ou une série américaine !

Moi, je ne suis pas foncièrement romantique, mais j'aime bien que la tendresse s'exprime.

10

2016

Je ne sais plus depuis combien de temps nous étions mariés. Je ne sais plus compter. Les jours et les années étaient entrés dans un temps indéfini. Non que je perde la mémoire, mais je n'arrive plus à situer dans le temps le début et la fin de cette relation. Oui, sa fin n'est pas matérialisée par le divorce, du moins pour moi. Le divorce, c'est comme un deuil, ça met du temps.

J'avais une ambition : rester curieux, éveillé, mener à bien des projets et garder la capacité à m'étonner. C'était une des leçons que j'avais héritées de mon père. Tous les matins, en allant au cabinet, j'essayais de faire le bilan de notre vie, de voir ce qui pouvait être amélioré. Je n'ai pas l'impression que c'était une préoccupation majeure de Lamia. Elle fonçait tête baissée dans ses projets et ne s'arrêtait pas pour réfléchir. Elle n'allait plus à son club de yoga, trop contraignant. Elle me disait qu'elle écoutait des romans audio quand elle était en voyage.

Une routine s'était installée à la maison : c'était toujours moi qui suivais les devoirs des enfants, puis je dînais seul avec eux. Lamia rentrait de plus en plus tard. Le travail l'absorbait. Des réunions, des déplacements dans d'autres villes. Je ne vérifiais pas. Il m'arrivait parfois d'avoir envie de fouiner dans ses affaires à la recherche d'indices d'une quelconque trahison. Je résistais. Pourtant cela me travaillait. Si j'entrais dans cet engrenage, il était fort possible que je découvre des choses déplaisantes. Je n'ai jamais consulté ses messages sur son téléphone, ni ses mails. Question de respect – ou plutôt la peur de découvrir un secret ?

Ce fut ma mère qui aborda le sujet avec quelque précaution :

— Dis-moi, mon fils, est-ce que tu sais ce que fait ta femme pendant ses voyages ?

— Non, j'ai confiance en elle.

— Bon, les gens parlent. Des histoires me parviennent. Mais je refuse de croire que ma belle-fille est tombée dans l'adultère. Ce n'est pas dans nos pratiques, ni chez nous ni dans sa famille. Nous sommes attachés à la morale.

— As-tu des informations, ou bien ce ne sont que des rumeurs ?

— Non, je n'ai pas d'informations, mais je peux me renseigner, ce n'est pas normal qu'une mère de famille rentre tous les jours aussi tard. Ça m'inquiète. Sois vigilant, on ne sait jamais. Les femmes dissimulent mieux que les hommes, surtout chez nous.

Dès lors, ce fut à nouveau l'ère du soupçon. C'était plus fort que moi. Je voyais Lamia avec d'autres yeux. J'interprétais chacun de ses gestes, chacune de ses paroles en fonction d'un adultère éventuel. Elle était de plus en plus belle, épanouie, resplendissante. Je me disais : « Ce n'est certainement pas moi qui la rends si heureuse. Moi, je suis fatigué, inquiet et soupçonneux. » Une femme amoureuse, ça se voit tout de suite.

Cet éclat devait venir d'un nouvel amour. J'en étais de plus en plus convaincu. Nul besoin de discours, de preuves matérielles. L'amour rend vivant, plus que vivant. Il embellit et ouvre des perspectives. C'est ce que je remarquais chez Lamia. Je ne posais pas de questions. J'attendais le jour où elle allait me dire avec un grand sourire : « Il faut qu'on parle. »

Nous n'avons pas parlé.

Jusqu'au jour où, les yeux rouges à force d'avoir pleuré, elle est sortie de la salle de bain, puis les yeux baissés m'a dit :

— Il m'a quittée… et je te quitte.

J'ai répété sa phrase.

— Mais c'est qui, « il » ?

— Qu'importe le nom de cet homme. La vérité, c'est que je ne supporte pas d'avoir été plaquée, rejetée, abandonnée. Le reste est anecdotique.

Comme un maître d'école j'ai répété après elle :

— Anecdotique. Oui, et encore ?

— Je ne suis pas en état de tout confesser. C'est déjà énorme que je t'aie dit la vérité.

— La vérité.

J'ai répété : « Il t'a quittée », « le reste est anecdotique », « la vérité ».

— Et je peux savoir depuis quand durait cette histoire ?

— Non, pour le moment, je n'ai pas envie de parler. Je souffre, j'ai besoin que tu me comprennes.

— Moi, te comprendre ?

— Oui, toi, mon amour !

— Et moi, qui va me comprendre ? Il t'a quittée, tu me quittes, je dois avaler cette couleuvre et en plus avoir la gentillesse de t'aider à surmonter ton chagrin !

III

LAMIA

1

C'était plus fort que moi. Je ne pouvais plus mentir, dissimuler, faire semblant, trouver des excuses plus ou moins crédibles. Je n'étais pas faite pour mener de front une double vie. Pourtant, avec mon travail de plus en plus prenant, j'aurais pu faire croire tout ce que je voulais. Mais ce n'était plus la question, l'émotion m'a débordée et m'a trahie. C'est pour cela que je me suis confiée à Nabile, mon mari. Je n'attendais pas de lui une compréhension totale, mais une sorte de silence qui me donnerait l'occasion de me raconter. Je n'ai pas cherché de pardon.

J'aimais toujours mon mari, même si ce n'était plus comme aux premiers temps de notre mariage. Disons que je l'aimais différemment. Je l'aimais en tant que père de nos enfants, en tant qu'ami qu'il était devenu. J'avais besoin de sa présence, de savoir qu'il était là, qu'il pensait à moi et qu'il ne me quitterait pas. Cet amour était vrai et sincère, mais insuffisant. Je ne suis ni une femme vicieuse ni une perverse. Mais une passion folle est venue tout bouleverser. Je savais que cela passerait, que la flamme allait un jour s'éteindre, que je verserais beaucoup de larmes, que mon chagrin serait insupportable.

Je me suis souvent demandé si une femme pouvait aimer deux hommes à la fois. Dans ces moments, je pensais au film de François Truffaut, *Jules et Jim.* Mais les conditions étaient très différentes. J'aurais aussi pu être comme le personnage masculin d'un autre film, *L'homme qui aimait les femmes.* Je me souviens de ces films que Nabile projetait chez nous en en faisant le commentaire. Ce serait impossible qu'un film ou un roman arabes ait pour titre *La femme qui aimait les hommes.* On traiterait le personnage féminin de folle et de nymphomane. Nous ne sommes pas encore arrivés à ce stade de libération. Et pourtant, que de femmes vivent des amours dans la clandestinité et la honte ! Et le jour où elles se font attraper, c'est le grand scandale, les insultes, « putain », « traînée », « mère et épouse indigne », « vicieuse »… On ne traite jamais un homme infidèle de la même façon.

Oui, j'aimais Nabile, mais avec moins d'intensité. J'avais besoin de lui, de son amour, de sa présence. C'était mon arbre, un roc solide. Désormais, tout s'effrite.

Sur le plan physique, nous n'avions plus de désir, du moins depuis la naissance de notre fille. Et lui attribuait ce manque d'attraction à la fatigue de mes déplacements. Il était toujours patient et prêt à tout accepter, pourvu que je reste avec lui.

Ma relation avec Daniel, mon conseiller, est vite passée d'une aventure strictement sexuelle à une passion dévorante. Il voulait me voir tous les jours, parfois matin et soir. Il était impatient et très demandeur.

J'ai été éduquée selon des principes et des valeurs. J'y étais attachée. Mais quand l'amour surgit, il balaie tout sur son passage. Je me suis étonnée moi-même. Je ne pensais pas qu'un jour je me trouverais dans une situation qui me ferait honte. Un combat permanent avait lieu dans ma tête. Ma culpabilité était énorme. Elle m'étouffait, m'empêchait de parler et même de penser. Mais quand je retrouvais Daniel dans la clandestinité, j'étais la femme la plus heureuse du monde. J'avais envie de crier mon amour. J'étais capable de tout, mon corps était libéré, complètement à lui. J'étais une autre. Je me demandais pourquoi je n'avais jamais éprouvé ce sentiment de libération totale avec mon mari. C'est l'effet du mariage, des conventions sociales, du Maroc avec ses traditions, ses pesanteurs, son hypocrisie.

Déchirée, aux prises avec la mauvaise conscience que j'avais fini par surnommer la « MC », follement attirée par Daniel et la découverte d'un amour plus fort que celui que j'avais connu jusqu'alors, j'errais entre deux mondes. C'était fatigant.

Il m'arrivait le matin de pleurer toute seule dans la salle de bain. J'entendais les enfants qui se préparaient pour aller à l'école, le chauffeur Lahcen qui leur disait de se dépêcher. J'avais honte. En même temps, j'avais du mal à concilier une vie normale et la folie que je vivais en dehors de la maison.

Seule la petite Najat qui me souriait tout le temps me donnait de la joie. Le matin, je la prenais dans mes bras, je lui donnais sa compote, je l'écoutais dire ses premiers mots, « papa, maman », je la regardais et j'essayais d'imaginer le moment où elle avait été conçue. Impossible de retrouver la mère. C'est le principe. Je suis et serai toujours sa mère. Je ne lui dirai jamais que nous l'avons adoptée dans un orphelinat.

J'ai voulu contourner la loi et lui donner nos noms. Je suis retournée à l'orphelinat et j'ai noté sa date de naissance : le 10 mai 2015. Elle aura bientôt deux ans. Mon frère, à qui j'en ai parlé, s'est proposé de m'aider. Je n'ai rien dit à Nabile. Ce n'était pas le moment. Je le mettrai au courant plus tard.

Un certificat de naissance a finalement été établi à mon nom et celui de mon mari. Quelques billets de banque ont été nécessaires pour donner à cette petite une identité. Les enfants ne s'encombrent pas de ces lois, ils l'ont tout de suite considérée comme leur propre sœur. Je les avais préparés à l'arrivée de cette enfant, comme un ange inattendu. Ils étaient impatients de la rencontrer.

— Pourquoi tu ne nous fais pas une petite sœur ? m'avait demandé Mehdi.

— Je préfère sauver cet être de la misère. Tu sais, il y a des mamans qui sont très malheureuses et ne peuvent pas garder l'enfant qu'elles ont eu par accident ou par la violence. Ces enfants ont besoin qu'on les aime comme je vous aime. Dès que j'ai vu cette petite fille me tendre les bras, j'ai craqué. Elle m'était destinée. Elle nous était destinée.

— Comment s'appelle-t-elle ?

— Najat. Ce qui veut dire « Celle qui a été sauvée ». C'est beau, non ?

— Oui, j'ai hâte !

Le soir j'en ai parlé avec Nabile qui a été merveilleux. Il a tellement bon cœur. Il m'a dit :

— J'aurais dû t'accompagner.

— Je voulais te faire la surprise.

2

Je me suis tout de suite organisée afin que la pharmacie puisse fonctionner en mon absence. J'ai engagé deux jeunes pharmaciens qui n'avaient pas les moyens de s'acheter un local pour s'y installer, ainsi que deux vendeuses, dont l'une était ma cousine germaine – elle surveillait l'autre au cas où celle-ci serait tentée de voler. Je passais souvent à l'improviste et observais la marche des choses. La recette journalière était bonne. Ma cousine mettait l'argent dans le coffre. À la fin de la semaine, je le déposais à la banque. Un jour, alors que je montais dans ma voiture, j'ai découvert qu'un homme était monté de l'autre côté, j'ai vu son couteau briller au soleil, il l'a tendu vers mon cou. L'homme, bien habillé, ayant l'air d'un fils de bonne famille, m'a donné l'ordre de rouler. Dès que nous nous sommes éloignés du grand boulevard, il m'a arraché le sac contenant la recette de la semaine et m'a dit :

— Tu as eu peur ? Désolé, mais je suis un diplômé au chômage !

— Ce n'est pas vrai, vous mentez, et puis ce n'est

pas une raison pour voler ! Vous salissez la réputation des malheureux chômeurs diplômés.

— C'est ça, fais-moi la morale ! Allez, file-moi l'argent et ne m'emmerde pas avec ces histoires de diplômés. Évidemment que je n'ai aucun diplôme, mon seul talent c'est celui de savoir traquer les bourgeoises de ton espèce et de tout leur prendre !

À partir de ce jour, j'ai cessé d'aller à la banque toute seule, je me faisais accompagner par le concierge de l'immeuble, un Sénégalais d'un mètre quatre-vingt-dix. Cela ne servait à rien d'aller porter plainte. Des vols de ce type, il y en avait des centaines par jour. J'en ai parlé le soir avec Nabile qui était d'accord avec moi. L'insécurité était inévitable dans une grande ville comme Casa.

Mon voleur n'était pas un diplômé chômeur, mais j'ai su que ce problème existait et qu'il y avait même un sitting de protestation tous les vendredis devant le Parlement. Les manifestants étaient de jeunes gens qui avaient fait des études et se retrouvaient sans travail. Ce n'étaient pas des voyous. Au contraire, ils protestaient avec dignité, sans violence. Je m'étais renseignée, mes affaires m'ayant jusqu'alors empêchée de bien voir ce qui se passait dans le pays. Je n'écoutais plus la radio, je ne regardais plus les informations à la télé. J'étais femme d'affaires et amoureuse. Je me disais que je faisais le bien, assez discrètement, mais je faisais le bien autour de moi. Je n'en parlais à personne. Par exemple, j'avais pris en charge la scolarité en école privée de la fille d'une mendiante qui frappait souvent à notre porte. Un jour, je l'avais fait entrer et j'avais parlé longuement avec elle. Quand elle m'avait dit que sa fille ne pouvait pas entrer au collège parce que ça coûtait cher, je lui avais promis de payer ses mensualités jusqu'à son bac. J'en avais parlé à Nabile qui avait approuvé et m'avait même remerciée pour ce geste. J'avais contacté le collège et m'étais arrangée pour qu'il y ait un virement mensuel durant toute sa scolarité. J'avais mis mon père dans le coup ; il avait accepté de faire ce virement en attendant que mes finances s'améliorent.

Nabile trouvait que je me comportais en bonne musulmane :

— Tu achètes ta place au paradis !

— Pas du tout, je ne fais pas ça pour obéir à la religion, je le fais parce que le système éducatif de notre pays est défaillant et qu'on ne peut pas laisser des enfants déscolarisés ; bien sûr, cette petite fille aurait pu aller à l'école publique, mais le collège le plus proche est à cinq kilomètres à pied. Celui où je l'ai inscrite est à deux pas de la petite baraque où habite sa mère.

— Mais puisque sa mère est malvoyante, tu aurais pu demander à l'assistance sociale de lui verser une allocation.

— J'ai vu l'assistance sociale, mais Bréka, c'est le nom de la mendiante, prétend qu'elle gagne plus dans la rue que ce que lui verserait l'État. Je ne suis pas allée vérifier. Je pense qu'elle touche les deux. Mon père m'a dit : « Ça correspond au zakat, l'impôt exigé par l'islam dont rares sont ceux qui s'en acquittent. » Il va m'aider.

L'incident du vol avait installé chez moi une peur irrationnelle de me déplacer toute seule. Cela devenait gênant. J'en ai parlé à Kenza, qui m'a donné une bombe lacrymogène pour immobiliser un éventuel agresseur, en me disant :

— Fais comme moi, circule à moto ! Casa est devenue impossible avec tous ces embouteillages. Moi, j'incarne la nouvelle femme marocaine : indépendante, ambitieuse, forte, pas de mari pour exercer sur moi sa domination, libre et libérée. Toi, tu es mariée et en plus tu as fait des enfants. Classique. Tiens, prends ce casque, on va prendre un verre à la Corniche.

Nous sommes entrées dans un club privé, apparemment très sélectif. À peine étions-nous assises qu'elle m'entreprit :

— Bon, je vois bien que quelque chose ne va pas. Quel est ton problème ?

— Il s'appelle Daniel. Bel homme, un peu plus jeune que moi, dynamique, souriant, homme à femmes.

— Tu es tombée amoureuse du seul homme qu'il fallait éviter à Casa ! Je connais le beau Daniel. Il est hâbleur, charmant, séducteur mais surtout collectionneur…

— De femmes ?

— Évidemment, pas de poupées russes !

— Je suis amoureuse. Follement amoureuse. Il a toutes les qualités que je cherche chez un homme, attentionné, respectueux, fort, ponctuel, et en plus il a de l'humour. Mais je suis mariée. J'aime aussi mon mari.

Kenza commanda deux coupes de champagne en riant. Le garçon lui répondit :

— C'est interdit sur la terrasse. Si vous voulez boire de l'alcool, il faut vous mettre à l'intérieur, à l'abri des regards. C'est la loi.

Nous nous sommes levées et sommes allées déjeuner dans un autre restaurant, où l'on sert de l'alcool sans restriction. Le champagne n'était pas frais, mais la vue sublime.

Kenza ne voulait pas me juger, mais elle eut cette expression qu'elle répéta plusieurs fois : « Les hommes sont lâches et les femmes cruelles. » Elle finit par me dire : « Tu n'es pas capable d'être cruelle ; c'est ça ton problème ! »

J'étais minée par la « MC » ; ça me travaillait tout le temps.

Elle ajouta, en baissant la voix :

— Et sur le plan du sexe… Est-ce un bon coup ? En tout cas, c'est la réputation qu'il a…

— C'est un très bon coup. C'est pour moi une découverte ! Dois-je me punir d'enfin jouir avec un homme ?

Mes nuits étaient peuplées de juges et de tribunaux

où je voyais mes parents, mes beaux-parents, mon mari, mes enfants, Khadija la cuisinière et même Lahcen notre chauffeur me faire la morale et me rappeler que la trahison mérite l'enfer.

3

La rencontre avec Daniel s'était d'abord mal passée. Je voulais lui demander conseil pour ma déclaration d'impôts. Il s'était moqué de moi en me soupçonnant de vouloir frauder comme pas mal de gens.

— Tu cherches à payer le moins d'impôts possible ?

— Non, je cherche tout simplement à m'acquitter de mon devoir de citoyenne sans me tromper. Alors, tu veux bien être mon comptable ?

— Non, je regrette, j'ai trop de clients et je ne m'en sors pas. Je pourrais t'indiquer quelqu'un de bien…

Il s'excusa encore et m'invita à aller prendre une glace sur la côte. Il avait une Porsche avec laquelle il devait frimer. Je le lui fis remarquer.

— Non, cette voiture, je l'ai gagnée du temps où je jouais au poker. Depuis, j'ai arrêté le jeu et je me consacre entièrement à mon travail de pharmacien. Il faut parfois dépasser les apparences !

En arrivant sur la côte, il donna les clés de la voiture à un voiturier qu'il connaissait bien, et nous nous installâmes face à la mer, à une table qui lui était habituellement réservée. Je le provoquai :

— J'imagine que ta garçonnière doit être au-dessus de ce club…

— Non, mon amie, j'habite boulevard Zarktouni en plein centre, et ce n'est pas une garçonnière, mais un appartement de deux cents mètres carrés au-dessus de celui de mes parents. Ma mère n'est jamais loin. C'est une mère juive, oui, très juive.

— Tu sais, toutes nos mères sont des mères juives. Elles nous étouffent par leur amour débordant et interviennent dans tout. C'est ma mère qui a choisi le papier peint de la pharmacie et le reste de la décoration.

— Moi aussi, c'est ma mère qui a tout fait à la pharmacie. Il ne manquait plus qu'elle se mette derrière le comptoir, à la caisse évidemment !

Nous avons ri, puis parlé sérieusement de la comptabilité, et il m'a raccompagnée à la maison. Nabile, qui était en train de se garer, nous a vus. Je les ai présentés l'un à l'autre. En rentrant, j'ai expliqué à Nabile le but de ma rencontre avec Daniel. Il m'a répondu :

— Tu as raison, moi aussi je cherche un expert-comptable, le mien a fait plusieurs bourdes qui ont failli me créer de gros problèmes avec le fisc.

— Ce serait bien d'avoir la même personne pour notre comptabilité.

Après, nous sommes allés chez ses parents pour le couscous du vendredi. En chemin, je ne cessais de penser à Daniel. Je trouvais que mon mari conduisait mal. Je le regardais de biais et je ne lui voyais que des défauts. J'étais mal à l'aise. Le repas fut pour moi un calvaire, surtout quand la mère de Nabile s'est mise à me poser des questions indiscrètes, du genre combien je gagnais, qu'est-ce que je faisais avec l'argent, etc. Nabile mangeait et ne disait rien. Son père me sauva en demandant à sa femme de me laisser en paix.

Je pensais à Daniel sans but précis. Son image flottait autour de moi, dans la pharmacie, dans la voiture, dans la salle de bain. Partout où j'allais, elle s'imposait. Quand je l'ai revu, j'ai été froide avec lui, distante.

— Tu la joues indifférente ? me demanda-t-il.

— Quoi ?

— Ton comportement a changé…

— Oui, parce que tu es envahissant, ton image hante mes pensées, c'est insupportable.

En partant, au lieu de serrer la main que je lui tendais, il m'a attirée vers lui et fait la bise. Nos corps étaient l'un contre l'autre. J'ai failli m'évanouir. Une bouffée de chaleur m'a envahie. Il est parti en me disant qu'il aimerait bien me revoir.

— Juste pour le plaisir…

Le soir, j'ai fait l'amour avec Nabile. Quelle erreur ! Je pensais en permanence à Daniel et tout ce que faisait mon mari me semblait terne, insuffisant, pas à la hauteur. Je ne ressentais aucun plaisir. Nabile s'en est rendu compte, évidemment. Il voyait bien que mon esprit était ailleurs. Nous nous sommes interrompus et je me suis précipitée dans la salle de bain où j'ai vomi. Pourquoi tout d'un coup ce Daniel m'avait-il envahie au point de me rendre allergique au toucher de mon mari ? Il y avait chez lui une force, une absence d'hésitation, quelque chose de rassurant pour une femme, et de légèrement inquiétant. On connaît la chanson, *ça ne prévient pas, ça arrive*… Je n'étais pas prête à subir ce trouble de plein fouet. Oui, j'étais troublée et en panique. Si au moins mon mari avait été un homme violent, désagréable, méritant d'être trompé, voire quitté. Mais il était adorable avec moi.

C'était la première fois que ça m'arrivait depuis ma rencontre avec Nabile. Je luttais contre moi-même, contre cette attraction soudaine, contre le séisme que cela provoquerait s'il le savait. J'étais malheureuse et je priais Dieu pour que Daniel m'oublie et que, dans une opération symétrique et magique, je l'oublie. Oui, je suis croyante et il m'arrive de prier et de m'adresser à Dieu et à son prophète.

Ce fut Nabile qui me rappela qu'il fallait retourner voir Daniel pour cette histoire de comptable. Je lui répondis que ce n'était pas pressé, d'autant plus que ma cousine, qui travaillait avec moi, était fiancée avec un expert-comptable qui venait de rentrer de Belgique où il avait fait ses études. On s'adresserait à lui, ce serait plus commode.

— On n'a plus besoin de Daniel : Omar, le fiancé de ma cousine, fera bien l'affaire.

Ce jour-là, je ne sais pas ce qui m'a pris, j'ai garé la voiture au début du boulevard Zarktouni et marché en espérant rencontrer Daniel par hasard. Ce boulevard est très long, très fréquenté, très bruyant. Les trottoirs sont sales, certaines dalles cassées. Je découvrais un Casa que je voyais de loin d'habitude, celui des terrasses de café pleines d'hommes désoeuvrés, des cireurs de chaussures, des vendeurs de camelotes, des mendiants de tout âge.

Je me suis installée à une de ces terrasses, je devais être la seule femme à prendre un café là ; j'ai tendu mes bottes de cuir noir, deux cireurs se sont précipités et ont failli se disputer. Pendant que je me faisais cirer les bottes, j'ai bu un thé à la menthe en regardant tout un monde grouiller autour de moi. Des enfants vendaient des kleenex, j'en ai acheté, des briquets, j'en ai acheté même si je ne fume pas. Je trouve qu'il vaut mieux vendre des bricoles que mendier. Une femme et sa fille, habillées en noir, se sont approchées de moi avec une pancarte écrite en arabe : « Nous sommes syriennes, victimes de Bachar. Aidez-nous. » Elles avaient l'air sincère, je leur ai donné un billet. Alors qu'elles partaient, j'ai remarqué des larmes sur les joues de la mère, obligée de mendier pour vivre. Cela m'a plongée dans une réflexion sur l'impunité de ce salaud de Bachar, assassin de son peuple. Ici, on a oublié tout ce qu'il a fait : nous sommes loin de la Syrie. J'ai pensé à mon amie Ghania, née à Alep et épouse d'un Marocain. Heureusement, elle n'a pas vécu la guerre, mais ses parents ont dû fuir les bombardements. Je me suis dit qu'il fallait que je l'appelle.

Au moment de payer le garçon de café, je lui ai demandé :

— Connaissez-vous un certain Daniel, avec une Porsche, qui habite dans le coin ?

— Oh, Daniel, c'est un bon copain, il vient tous les jours prendre son petit déjeuner ici, sa table est là-bas. Il est super, gentil, généreux…

— Il est juif !

— Et alors, moi je trouve qu'il est très bien. Juif ou pas, je m'en fous.

— Bien sûr, il est très bien. Demain, vous lui direz qu'une amie est passée se faire cirer les bottes ici.

— Ce sera fait, madame. Mais si vous permettez, venez demain à huit heures moins le quart, et vous prendrez votre petit déjeuner en sa compagnie.

Le lendemain, je suis arrivée dix minutes avant l'heure indiquée par le garçon de café et me suis installée à une table en face de celle réservée à Daniel. J'ai demandé au garçon ce qu'il prenait d'habitude.

— Toujours la même chose : trois tranches de pain complet grillées, de l'huile d'olive, du miel et une grande tasse de café noir.

— Donnez-moi la même chose, mais mettez un thé à la place du café.

Quand Daniel est arrivé, il était à peine surpris :

— Tu connais les bonnes adresses !

— Oui, c'est le hasard. Je me suis arrêtée ici hier pour me faire cirer les bottes et j'ai eu envie de revenir prendre mon petit déjeuner. J'aime ce moment.

Daniel, tout en m'invitant à me joindre à sa table, m'a fait remarquer :

— C'est un moment délicieux pour un couple qui s'aime, et qui commence la journée ensemble. Moi, je viens au café parce que je vis seul, j'aurais préféré prendre mon petit déjeuner au lit avec la femme que j'aime.

— Elle est où cette femme ?

— Je ne cesse de la chercher.

— Tu vis seul ?

— Ma mère débarque tous les jours, elle lave mon linge, le fait sécher, appelle sa bonne pour le repasser, ensuite elle va à la cuisine, ouvre le réfrigérateur et trouve toujours qu'il est vide alors qu'il y a plein de choses dedans, mais pas ce qu'elle aime. Alors elle remplit le congélateur de plats qu'elle a préparés et me dit : « Tu en as pour toute la semaine, sauf pour vendredi soir, puisque tu viendras chez nous pour le shabbat. » Mère juive ! Je sais, c'est un cliché, mais celui-ci est vrai.

Il rigolait et moi aussi.

— Quand j'étais étudiante en France, maman arrivait toujours avec des tajines qu'elle mettait dans le congélateur. Elle apportait même du pain fait maison. Elle pensait qu'en France, on mange mal. Mère juive aussi…

Tout d'un coup, je ne sais comment, j'avais ma

main posée sur la sienne. Il la caressait tout en riant et lança : « Ce que je t'ai dit, ce n'est pas une blague juive. » Mon cœur tremblait, j'avais les joues rouges. Il m'a attirée vers lui, j'ai résisté : « Non, pas en public. »

Je me suis levée et suis partie presque en courant. J'avais oublié de régler l'addition. J'ai fait demi-tour et le garçon m'a dit :

— Daniel a tout réglé.

Je lui ai donné un pourboire.

— C'est trop, madame.

Et je l'ai entendu murmurer : « Ça, c'est de l'amour… »

J'ai passé la journée dans un état second. Je ne savais plus ce que je faisais. Pourquoi ne résistais-je pas à cet homme ? Ce n'était pas la première fois que j'étais attirée par quelqu'un, et jusqu'alors j'avais toujours eu la force de résister. Ma famille d'abord. L'équilibre de ce que j'avais construit avec mon mari d'abord. Là, j'oubliais tout. J'étais possédée.

En quittant la pharmacie, je suis rentrée directement chez moi pour me détendre et passer du temps avec les enfants. Ils étaient étonnés et heureux de me voir, en particulier la petite Najat, de plus en plus belle. Le soir, j'ai dit à Khadija que j'allais préparer le dîner ; elle a poussé un soupir comme pour signifier que j'étais incapable de le faire.

Nabile était surpris de me voir si tôt. Je l'ai enlacé et embrassé.

— On fête quoi ?

— Rien. Le bonheur d'être ensemble, c'est tout. On va dîner tous ensemble, ça nous arrive si rarement…

J'ai pris sur mes genoux Najat, entourée de Mehdi et Yasmine. Nabile a pris des photos. Nous avons même chanté en karaoké des airs de Céline Dion, puis dansé sur les rythmes endiablés de Michael Jackson.

La nuit, nous avons fait l'amour, mais l'image de Daniel – son corps, son odeur, ses yeux – me poursuivait. Je faisais des efforts pour me concentrer sur Nabile, mais c'était plus fort que moi. J'ai simulé en fermant les yeux.

Le lendemain, j'étais tentée de retourner prendre mon petit déjeuner au même endroit. J'ai résisté, puis sans m'en rendre compte j'étais déjà dans la voiture, direction le café. Daniel était là, souriant, lisant son journal. J'ai été conduite vers lui. Oui, une force invisible m'a mise sur son chemin. Je n'y pouvais rien. Je ne suis pas certaine que les hommes connaissent ce genre de situation.

— Le café est meilleur ici !

— Moi je bois du thé.

— Le thé aussi.

En partant, il m'a dit : « À demain ! »

J'ai appelé Kenza. Je lui ai tout raconté. J'étais séduite et éprise, je ne pouvais plus garder ça pour moi. J'avais besoin de parler à quelqu'un. Kenza n'était pas l'idéal ; je savais qu'elle allait me sortir son discours féministe, me gronder comme une petite fille, mais je m'en moquais. Je l'aimais bien.

Elle est arrivée avec sa moto. Des garçons ont sifflé, d'autres ont crié « je t'aime ». En enlevant son casque, elle leur a envoyé un baiser en soufflant sur sa main. Cela les a fait rire et ils se sont dispersés.

— Bon, t'es amoureuse ! Mon Dieu, quelle catastrophe ! Qu'est-ce qu'on va faire ?

— Je ne sais pas. J'aime mon mari, mes enfants, ma maison…

— Oui, je connais la litanie. T'es vraiment accro, alors que vous n'avez même pas fait l'amour ? Qu'est-ce que ce sera une fois consommé…

— Justement, les sentiments arrivent avant les émotions fortes… On verra.

— Tu comptes en parler à Nabile ?

— Mais il ne s'est encore rien passé !

— Tu as pensé aux enfants ?

— Ils sont trop jeunes. Je ne peux pas leur en parler.

Je savais que je n'allais pas résister longtemps. J'attendais l'occasion pour tomber dans ses bras.

4

Obsession. Quand j'étais amoureuse de Nabile, je n'ai jamais été dominée par l'obsession. Non, nous étions amoureux, calmes, nous faisions des projets sans nous presser ni nous inquiéter. Nous étions dans le schéma classique. Rencontre, séduction, amour et projets d'avenir. Le mariage était au bout, cela ne faisait aucun doute. C'était d'une banalité consternante, mais cela m'allait. C'était tellement rassurant. J'avais rencontré un homme qui me plaisait et avec lequel je voulais faire ma vie, fonder une famille et vieillir, comme mes parents. Je ne rejetais pas la tradition, lui non plus. Nous appartenons tous les deux au même milieu, celui des gens de Fès, attachés à une culture ancestrale que rien ne peut ébranler. Nous n'étions pas traversés par le doute ou par un questionnement sur le couple – peut-être juste un peu sur la condition de la femme. Nous n'étions ni rebelles ni révolutionnaires, loin de là. Nous n'assistions même pas aux réunions de la Maison du Maroc où l'on débattait des problèmes du pays. Pas de politique : nous étions tombés d'accord là-dessus. Nous faisions sérieusement nos études et le reste ne nous intéressait pas. Égoïstes ? Sans doute. Préoccupés par nous-mêmes, certainement. Nous étions de parfaits représentants de cette bourgeoisie fassie, dont les grands-parents avaient quitté Fès dans les années cinquante, quand les affaires ne marchaient plus. Ils s'étaient installés à Casa et avaient travaillé durement.

Je me suis fondue dans le moule et j'ai fait exactement ce qu'on attendait de moi. J'avais quand même du goût pour la modernité, dont le féminisme est un des éléments importants. Mais c'était un féminisme léger, qui ne devait pas heurter la famille. Je l'adaptais à la situation de la condition de la femme au Maroc. La Moudawana donne des droits à la femme, mais pas suffisamment. Je m'en contentais, sachant que Nabile n'exploiterait pas les faiblesses de ce code de la famille pour m'écraser.

Nabile suivait, tout en critiquant ce que la famille nous imposait. Il n'aimait pas trop les festivités du mariage, il les trouvait coûteuses, grotesques et fatigantes. Je lui disais que c'était la dette à payer à nos familles qui avaient tant espéré voir leurs enfants mariés. Pour elles, l'organisation du mariage était un devoir, une fête, un aboutissement. Il fallait s'en acquitter avec panache et que toute la ville en parle ! Il est vrai que les semaines précédant la cérémonie, nous avons vécu sur les nerfs. C'était une épreuve, une série d'obligations auxquelles il fallait se soumettre. Je ne voulais pas contrarier mes parents. Nabile aurait préféré trouver un juste milieu, finalement il a cédé sur tout. Et le mariage fut une superbe fête qui a duré trois jours. Mais nous étions tellement fatigués que nous n'avons même pas fait l'amour. Le dernier soir, j'ai dit à Nabile : « Prends-moi, sinon je vais croire que nous ne sommes pas mariés ! » Ce fut une nuit inoubliable.

Le lendemain, il nous a fallu ouvrir les cadeaux, noter sur un petit carnet la provenance de chacun – ma mère m'avait dit : « Il faut le faire parce que tôt ou tard, vous serez invités à des mariages et vous devrez vous-mêmes faire des cadeaux : il faut savoir à qui et à quel niveau. » C'était fastidieux. Il y avait tant d'objets en cristal, de la vaisselle de Limoges, du tissu de Londres, et pas mal de bricoles sans intérêt. Il y avait même une enveloppe avec un chèque de dix mille dirhams dedans. Nous avons ri : ce n'était pas dans les traditions ! Nous avons rangé tout cela dans une chambre chez mes parents, en attendant d'avoir construit notre maison.

Et l'amour dans tout ça ? On n'en parlait pas. C'était évident, naturel. Je ne demandais pas à mon mari s'il m'aimait, même si j'avais parfois envie de l'entendre dire « je t'aime ». Nous étions sur une barque voguant sur une rivière tranquille, agréable, sans surprise. La vie normale, tellement normale qu'on oubliait les petits gestes qui font plaisir dans un couple. Cette routine me protégeait et me permettait d'avancer dans mes projets professionnels. J'ai toujours su que je n'allais pas passer ma vie derrière une caisse enregistreuse à vendre des médicaments. Il fallait dépasser ce que j'appelle « l'esprit épicerie », voir plus grand, viser plus ambitieux.

Une discussion avec mon vieil oncle Abdel Malek, un des premiers pharmaciens du pays, m'éclaira et m'encouragea à installer à Casa une usine de fabrication de médicaments génériques que je vendrais à un prix modeste, à la portée du Marocain moyen. Abdel Malek avait tôt laissé sa pharmacie à l'un de ses fils et s'était engagé dans l'installation de laboratoires d'analyses et la fabrication de matériel médical. Il avait fait fortune et donné du travail bien payé à des centaines de jeunes. Son discours était simple : « Écoute, ma fille, ton officine doit fonctionner en respectant scrupuleusement la loi et le droit. Pas de médicament sans ordonnance, pas de complaisance avec la famille et les amis, pas de crédit sauf pour des gens pauvres que tu peux aider. Il y a une déontologie qu'on a tendance à vite oublier. Et surtout, tu payes tes impôts, c'est important, je te dis ça parce que je sais que des collègues passent leur temps à truquer leur comptabilité pour payer le moins d'impôts possible. Le Maroc leur a offert l'occasion de faire des études sans rien payer, et ensuite ils n'ont aucune reconnaissance, c'est indécent. J'espère, ma fille, que tu ne seras pas comme eux. Tu sais, il en est de même des cliniques, c'est un scandale. »

Abdel Malek est une personne remarquable. Je l'aime beaucoup. Il avait épousé une femme d'Oujda

– pour un Fassi, c'est très rare –, qui s'était révélée exceptionnelle. Ils formaient un couple à part, voyageaient fréquemment, aimaient visiter les musées. Lui était un grand amateur d'art. Elle, une passionnée du jeu. Elle jouait des petites sommes. Il la laissait aller dans les casinos vivre sa passion. Le chauffeur la déposait puis revenait la chercher. Une nuit, revenant du casino d'El Jadida, elle s'était mise devant pour parler avec le chauffeur ; à un passage où il y avait une passerelle, des voyous ont laissé tomber une grosse pierre sur la voiture. Le hasard le plus cruel fit que la pierre traversa le pare-brise et vint creuser un trou dans la poitrine de la femme. Morte sur le coup. Ce drame avait ému tout le Maroc. Le ministre de l'Intérieur s'était même engagé à couvrir les passerelles et à arrêter les criminels. Abdel Malek, fou de chagrin, mit du temps à retrouver l'envie de vivre. Cinquante ans de mariage ! Un amour éternel.

Il m'arrivait souvent de lui rendre visite et de l'écouter me parler. La dernière fois, il était en compagnie d'une jolie femme, la cinquantaine, assez proche de lui. Je lui ai demandé s'il était heureux :

— Après Halima, le bonheur est devenu relatif, un peu frelaté. À présent je refuse que la solitude m'abîme. Je vois de plus en plus mes enfants et petits-enfants, je vois cette jolie dame qui m'aide énormément. C'est une artiste, disons que je me fie à son instinct et à son goût en matière de peinture moderne. C'est une jeune femme divorcée et qui aime la vie. Son amitié m'a énormément réconforté lors de la dépression qui a suivi la mort de Halima. Notre relation est simple, elle m'offre une compagnie apaisée et apaisante. Heureusement qu'elle est là.

Quand je lui ai parlé de l'usine de médicaments et de mon éventuelle association avec une amie, il a tiqué :

— Les associations en affaires sont comme le mariage ; il faut faire attention tout le temps, faire confiance et en même temps rester vigilant. Je préférerais que tu réalises ce projet toute seule, tu en es capable.

Je l'ai rassuré et l'ai remercié pour ses conseils si précieux.

J'ai su qu'après la mort de sa femme il avait réuni ses quatre enfants, deux filles et deux garçons, et leur avait tenu le discours de l'égalité : « Je vous aime également, je ne fais aucune différence entre vous. Alors, le jour de la succession, ce qui risque d'arriver à n'importe quel moment, voyez ce qui s'est passé avec votre maman, je vous ordonne de ne pas obéir à la loi islamique consistant à donner une part à l'homme et une demi-part à la femme. Je vous aime à égalité, vous hériterez à égalité, chacun et chacune une part. Je vais l'écrire devant notaire, mais je vous préviens, pas de contestation. Nous sommes d'accord ? Je ne suis pas pour autant un mauvais musulman. Je suis un croyant qui s'adapte à la vie moderne, et je crois à l'égalité de l'homme et de la femme dans le droit. »

5

Je n'ai plus résisté. J'ai accepté de prendre un verre chez Daniel. Il a été très courtois, modeste, touchant. Il m'a parlé de sa passion pour la musique et de la déconvenue qu'il avait connue à dix-sept ans. Il voulait être musicien. Il avait fait du piano durant plusieurs années et aurait pu être un grand pianiste, mais la famille avait tout gâché. Un grand chef d'orchestre et pianiste l'avait remarqué et voulait l'intégrer dans son orchestre palestino-israélien. Son père avait pris peur et sa mère avait fait un drame. Ils ne mesuraient pas l'importance de ce chef d'orchestre. Daniel avait abandonné la musique et s'était orienté comme moi vers des études rentables, en pharmacie. Il gardait de cet épisode un immense chagrin. Il avait abandonné la musique et en voulait encore à ses parents.

— Nous Marocains, nous avons peur de l'art, me dit-il. Ma mère, à la limite, m'aurait vu chanteur dans les mariages. Tu me vois en train de faire du Enrico Macias ? Non, j'ai cessé de penser à la musique. Je m'enferme parfois pour écouter les concertos que j'aime, mais je ne touche plus un piano. Avec le temps, j'oublierai tout à fait comment jouer.

Je me suis blottie dans ses bras et je l'ai embrassé. Je tremblais, je me sentais devenir une autre. Pendant que nous nous embrassions, l'image de Nabile s'imposait à moi. Je repoussais la mauvaise conscience. Je hurlais intérieurement pour qu'elle me laisse vivre cet amour inattendu.

En rentrant à la maison, par chance, Nabile n'était pas là. Il devait assister aux fiançailles d'un de ses amis. J'ai pris un bain, je me suis détendue, j'ai massé mon corps avec de l'huile d'argan, je me suis mise au lit et me suis endormie devant un film. En arrivant, Nabile m'a embrassée. Il avait envie de me raconter sa soirée. Moi, je ne pouvais pas lui parler de la mienne.

Le lendemain, petit déjeuner boulevard Zarktouni. Le garçon nous a fait la fête. Ensuite, il a fallu aller travailler. J'avais une réunion avec des Espagnols. Daniel est parti en me donnant rendez-vous le soir même chez lui. Il ne m'a pas laissé le choix. J'allais devoir mentir. Je déteste mentir. Je ne sais pas mentir. Comment allais-je justifier cette sortie ? À Casa, les occasions culturelles sont rares, et puis pourquoi irais-je seule au théâtre ou au cinéma ? J'aurais pu prétexter une réunion avec les Japonais, mais je les avais invités à dîner chez moi. C'était justement ce soir-là. J'ai envoyé un message à Daniel : « Impossible pour ce soir. » Réponse : « Alors demain. »

Nabile s'était occupé du dîner avec Khadija. Il fallait faire découvrir la cuisine fassie aux Japonais. Mais durant tout le dîner, j'ai dû faire des efforts pour ne pas montrer que je m'ennuyais, que j'étais ailleurs, loin, dans les bras de Daniel, mon amant. Oui, j'avais un amant et personne n'était au courant.

Après le départ des invités, je me suis retirée dans la salle de bain et j'ai essayé de joindre Daniel. J'avais envie, j'avais besoin d'entendre sa voix, de lui dire qu'il me manquait. Son téléphone était sur répondeur, je n'ai pas laissé de message. J'ai pris la précaution d'effacer cet appel. Il m'arrivait de laisser mon téléphone n'importe où, et on pouvait le consulter sans code. Dangereux, ce petit appareil qui a bouleversé la vie de millions de couples… Une amie rencontrée au club des lectrices nous avait raconté comment elle avait piégé son mari en installant dans sa voiture une puce GPS qui le localisait ; il garait la voiture toujours au même endroit et à la même heure. Rupture violente, un divorce qui avait fait beaucoup de bruit. De toute façon, tôt ou tard, je parlerais à mon mari. Je ne savais pas jouer, cacher, dissimuler, faire semblant. Alors autant dire la vérité et assumer les conséquences. Pour l'heure, j'ai verrouillé l'accès à mon téléphone par un code.

J'étais au début d'une relation. Je n'étais pas certaine qu'elle durerait ni que ce serait un amour partagé. J'attendais de voir, je marchais sur la pointe des pieds. Quand je regardais Nabile, j'avais envie de pleurer. Il ne méritait pas ce que je lui faisais subir, cette trahison, même si nous avions des problèmes, des frustrations, des manques.

J'ai décidé de me consacrer à mon mari et à mes enfants un jour par semaine. Ce jour-là, je ne prenais pas de rendez-vous professionnel, je ne voyais pas Daniel, je n'allais pas à la pharmacie, je ne répondais pas au téléphone. J'essayais de me racheter sur le plan moral. Ma « MC » me persécutait. Elle était sur mon chemin tout le temps. Elle me parlait, empruntant tantôt la voix de ma mère, tantôt celle de mon mari, un jour elle a même pris la voix de mon fils. Je l'entendais me dire : « Maman, tu fais fausse route, tu es en train de détruire ce que tu as construit avec un mari gentil, prévenant, qui t'aime. Maman, il est temps de te ressaisir et de renoncer à cette double vie où tu seras malheureuse. Tu sais, les enfants sentent tout et savent ce qui se passe. Tu as beau cacher, nous sommes au courant de tes escapades, on ne dit rien, mais on attend qu'un jour tu te réveilles et que tu reviennes à ton foyer. Ce type qui t'a séduite, il fait ça avec toutes les femmes, ce n'est pas de ton niveau, reviens, s'il te plaît reviens. » Il y avait là de quoi fondre en larmes, ce que j'ai fait un soir juste avant de passer à table. Personne n'a compris ce qui m'a pris. Je leur ai dit qu'il m'arrivait de temps en temps d'avoir envie de pleurer pour rien.

La nuit qui a suivi, je n'ai pas pu dormir. J'ai quitté la chambre et essayé de trouver le sommeil dans le salon. J'ai cru voir la silhouette de Khadija tourner autour de moi comme un spectre menaçant. Khadija, la tradition et l'intégrité incarnées. Avec elle, pas d'amant dans les rouages, on se marie pour la vie et on divorce seulement si le mari se met à cogner. Sa voix était douce, elle me parlait comme à une petite fille qui venait de commettre une faute : « Ma fille, ce n'est pas grave, tu as été ensorcelée, ça arrive, mais tu as reçu une bonne éducation, tes parents sont les meilleurs du monde, ils sont généreux, compréhensifs, mais ils ne comprendraient pas que leur fille unique détruise tout à cause d'un coup de foudre qui ne la mènera nulle part. On va procéder par étapes, tu prends le temps de réfléchir, tu analyses le pour et le contre, moi je ne vois que le contre, ensuite tu fais appel à la raison, tu penses à tes enfants, à leur avenir, puis tu mets sur une balance les qualités et les défauts de ton mari, tu n'oublies pas les tiens, et tu sors de cette histoire qui ne sent pas bon. Je ne sais pas qui est cet homme qui t'a tourné la tête, peu importe, quand on est mariée, on ne regarde ni à droite ni à gauche, on regarde sa famille et on fait tout pour la rendre heureuse. Tu me diras que je ne connais rien à l'amour, mais je sais ce que sont la loyauté, la fidélité, l'importance de la parole donnée. Tiens, puisque tu abordes ce sujet précis, je vais te raconter une histoire que personne ne connaît : quand j'avais seize ans, au bled, mon père m'avait sortie du collège après le brevet. Il m'avait dit : "Ma fille, tu as assez étudié, il va falloir te trouver un mari." J'ai obéi en baissant les yeux. Mais je voulais choisir ce mari. J'avais jeté mon dévolu sur un jeune médecin qui venait une fois par semaine ausculter les patients. Je m'inscrivais chaque semaine sur la liste des malades, même si je n'avais rien. Au bout de quelque temps, il refusa de me prendre en consultation. Il était jeune, vingt-cinq ans je crois, beau comme un soleil, timide, doux, et compétent. Je suis tombée amoureuse de lui. Il s'appelait docteur Fattah, c'était un Fassi comme toi. Je me disais : "Jamais un Fassi ne regardera une paysanne comme moi." Pourtant, un jour, il accepta de me voir après ses consultations et me dit :

— Qu'est-ce que tu veux ? Tu n'es pas malade et tu t'inscris tout le temps sur mon carnet de rendez-vous.

— Oui, je me porte bien, mais je suis malade de vous. Je vous trouve extraordinaire. Vous êtes patient, gentil, attentif et la nature ne vous a pas oublié !

— C'est la première fois qu'on me dit une chose pareille…

— Dites-moi comment soigner une obsession.

— Quoi ? Je ne suis pas psychiatre. Quelle obsession ?

— Vous. Je pense tout le temps à vous, je crois que je suis amoureuse.

— Bon, ça va te passer, rentre chez toi, prends un bon livre et tu verras, tu ne penseras plus à moi.

— J'ai essayé, mais mes parents veulent me marier avec un cousin.

— Oui, c'est classique. Et que veux-tu faire ?

— Infirmière, pour être à côté de vous.

— On en parlera la prochaine fois.

Figure-toi, ma chérie, qu'il n'est plus jamais revenu. Il a été remplacé par une femme aussi compétente mais moins disponible. Par la suite, j'ai cherché son adresse sur Internet. Je lui ai envoyé des messages. Pas de réponse. Puis, un jour, alors que j'avais déjà commencé à travailler chez tes parents, je l'ai rencontré au marché central. Il m'a posé plein de questions, puis il est parti rejoindre sa femme qui l'attendait au volant d'une grosse voiture.

Telle est mon histoire. Je l'ai avalée et je suis allée de l'avant. Heureusement que j'ai continué la lecture. Je ne suis plus seule. »

Khadija ne s'était jamais mariée. Son amour pour le docteur Fattah lui avait été fatal. Et pourtant, elle avait nombre de qualités tant physiques que morales. Un jour, j'ai entendu ma mère lui dire : « Tu sais, si tu veux te marier, nous serons heureux de nous occuper de ton mariage, tu es de la famille, tu n'auras rien à faire ni à dépenser, sache-le. Parlons-en quand tu veux. »

6

Tous les discours n'y pouvaient rien. J'ai pris une douche, et je suis partie retrouver Daniel qui m'attendait au Café Zarktouni ; nous nous étions organisés pour passer le week-end ensemble. Sa Porsche était garée juste devant. Il fumait une cigarette en écoutant de la musique. Dès qu'il m'a vue, il s'est levé et m'a prise dans ses bras devant tout le monde. J'avais beau lui dire « attention, les gens nous regardent », il s'en moquait. Nous sommes partis à Bouznika. Il possédait là un bungalow à la plage, assez bien équipé. Nous nous sommes jetés dans la mer, nous avons nagé comme des adolescents découvrant la magie de l'Atlantique. Il avait apporté des choses à manger, préparées par sa mère bien sûr. C'était bon mais elle exagérait avec le piment et l'ail – on avait une haleine de chacal et on rigolait ! Les plongeons dans la mer aux vagues hautes m'ont fait un bien fou. Cette eau effaçait la « MC ». Il n'y avait plus autour de moi aucun visage réprobateur. Je me sentais libre comme jamais je ne l'avais été. Une route infinie se dessinait devant moi, une forêt s'ouvrait à mon passage, je volais, je ne touchais plus terre. J'étais heureuse. Libre et libérée.

Daniel m'amusait. Il avait l'art d'imiter les animaux. Il faisait parfaitement le chameau, puis le chat attentif, puis l'éléphant élégant. Il avait fait un peu de mime quand il était petit. Au moment de la sieste, il tira les rideaux, et se mit à genoux devant moi tandis que je m'apprêtais à enlever mon maillot. Il m'embrassa les pieds, les chevilles, les jambes, les cuisses. Ses lèvres m'effleuraient à peine. Je tremblais de plaisir. Il caressa longtemps ma poitrine, me mordit l'épaule, devinant que c'était là mon point faible. Je me retenais de crier de plaisir. Quand il mit sa langue dans mon oreille, je crus m'évanouir. Ensuite, il descendit lentement vers mon bas-ventre, et là ce fut l'extase. Jamais je n'avais eu un tel orgasme. Je me disais que c'était un expert et qu'il devait faire ça avec d'autres femmes. Je chassai cette idée et me donnai à lui. Il me prit avec lenteur et délicatesse, puis de plus en plus fort. Il me fit changer de position plusieurs fois, et c'était de mieux en mieux. Je sus à ce moment précis qu'une telle séquence n'arrive qu'une fois dans une vie. J'en étais persuadée et je me disais « je prends, je prends et je ne discute pas ! ». Pas besoin de gâcher cet instant par une quelconque culpabilité. Ah, celle-là ! La reine destructrice de l'amour. Elle s'insinue à notre insu dans la moindre parcelle de notre corps et de notre esprit. Elle n'a rien d'autre à faire que de nous rappeler sur tous les tons que ce que nous faisons est mal, que nous sommes dans la trahison, le mensonge, l'illégalité. La culpabilité ! Je devais faire un travail sur moi pour l'éradiquer. Daniel me disait : « Tu n'as pas à te sentir coupable, nous ne faisons rien de mal, nous sommes discrets et cette culpabilité n'apporte rien à personne. »

Pour lui, c'était facile. Il n'avait de compte à rendre à personne. Il n'était engagé avec personne. Il était libre. Pourquoi une femme ne pourrait-elle pas connaître cette liberté ? Y compris du temps où je n'étais pas encore mariée, l'idée d'une telle liberté me faisait peur. À présent, je voulais vivre pleinement cette relation, même si je mettais en péril toute la famille.

J'étais perdue dans mes réflexions quand Daniel m'a prise dans ses bras et m'a serrée contre lui. Cette fois, nous avons fait l'amour debout, comme dans les films. Je n'ai pas apprécié cette position et l'ai attiré vers le lit où j'étais plus à l'aise. Nous avons passé tout le week-end à faire l'amour et à manger du poisson mariné dans du piment et de l'ail. Daniel ne buvait pas d'alcool. Je ne peux pas dire que cela me manquait, mais une coupe eût été la bienvenue.

Le moment de rentrer approchait. Je comptais les heures. Je construisais pour la énième fois un scénario plausible : réunion avec les Espagnols à Málaga, dîner très tardif, travail harassant. J'avais pris la précaution d'appeler José Maria, pour parler avec lui de nos avancées concernant le projet d'une usine à Mohamadia. Il m'avait donné une information importante : son patron viendrait au Maroc pour me rencontrer.

Au retour, pas un mot. Nous étions fatigués, pleins l'un l'autre. Il m'a déposée un peu loin de la maison. En arrivant, les enfants m'ont fait la fête, sauf Najat qui dormait. Je suis allée l'embrasser dans son sommeil. Nabile est arrivé un peu plus tard. Il était heureux de me voir, il m'a dit que je lui avais manqué. J'ai répondu du bout des lèvres : « Toi aussi. » Il m'a attirée vers lui et a voulu faire l'amour. J'avais encore l'odeur du corps de Daniel partout sur ma peau. Je ne pouvais pas passer de mon amant à mon mari. Je ne sais pas comment font les autres femmes. Je suis allée prendre une douche. Nabile m'attendait en lisant un de ses livres préférés. Dès qu'il m'a vue, il a sauté du lit et m'a enlacée fiévreusement. J'ai fait un effort. J'ai fait semblant. Je pensais à Daniel et à son corps collé au mien.

Le lendemain, je suis allée voir l'oncle Abdel Malek, et je lui ai tout raconté. Il m'a longuement regardée, puis il m'a demandé si j'avais un peu de temps.

— Oui, bien sûr.

— Je vais te raconter une histoire. Prenons-la comme une métaphore. C'est une histoire qui serait arrivée il y a longtemps, à l'épouse préférée de notre prophète Sidna Mohammad. Je l'ai lue dans *Al-Sîra*, la biographie de notre prophète bien-aimé, écrite par deux Égyptiens sous le nom de Mahmoud Hussein. C'est l'histoire du collier qu'Aïcha avait perdu ; écoute bien, c'est comme un conte. Après, si tu en as envie, on en parlera. Elle rappelle que le soupçon et la diffamation ont toujours fait partie de l'être humain.

C'est l'histoire d'Aïcha, l'épouse préférée du Prophète Mohammad. Au cours d'un voyage où elle l'accompagnait, la caravane s'arrêta dans une oasis à cause de la forte chaleur. Aïcha s'assoupit à l'ombre d'un arbre. Le soir venu, la caravane se remit en route, mais la jeune femme dormait profondément et le Prophète ne voulait pas la réveiller. Il désigna un jeune homme, Safwane, pour la garder et la ramener à Médine le lendemain.

Quand elle se réveilla, elle fut étonnée qu'il n'y ait plus personne. La présence de ce jeune homme l'intrigua. Elle lui posa des questions. Il l'informa qu'il avait pour mission de la protéger et de la raccompagner jusqu'au domicile conjugal.

À un moment, elle disparut pour un besoin pressant. Safwane détourna son regard et attendait au bord de la route. Aïcha ne revint pas. Au bout d'un long moment, inquiet, Safwane se mit à sa recherche et la trouva penchée en train de chercher quelque chose dans l'herbe :

— J'ai perdu mon collier, il faut que je le retrouve absolument, je ne peux pas rentrer chez moi sans ce collier.

Les recherches durèrent toute la journée. C'est ainsi qu'ils passèrent une deuxième nuit dans cette oasis. Pendant ce temps-là, le Prophète, sans rien laisser voir, était inquiet. Des rumeurs indécentes commencèrent à circuler dans la ville. On murmurait des choses en rappelant combien Safwane était un bel homme. Ces insinuations de plus en plus insupportables arrivaient aux oreilles de Mohammad, qui s'était installé chez ses beaux-parents pour attendre sa jeune épouse.

Quand elle arriva, elle fut reçue par un grand silence.

Ce silence dura un bon moment. Le Prophète attendait le jugement de Dieu.

Au bout de quelques heures, un verset lui fut révélé qui innocentait Aïcha. Fin de la suspicion et du doute.

On raconte souvent cette histoire du collier perdu pour faire taire les soupçons et les insinuations d'infidélité.

Toi Lamia, contrairement à l'épouse de notre Prophète bien-aimé, tu as été infidèle. C'était plus fort que toi, je ne te jetterai pas la pierre – comme le chante Georges Brassens : « Ne jetez pas la pierre à la femme adultère, je suis derrière. » Mais surtout, essaie de sauver ton couple et ta petite famille.

7

Le lendemain, j'ai repensé à ce que m'avait dit mon oncle. Mais c'était trop tard. Je ne pouvais pas faire marche arrière et m'extraire de cette histoire que je n'avais pas inventée. Je n'étais pas folle. J'ai appelé Kenza. Elle est arrivée sur sa moto, faisant un bruit d'enfer. J'ai toujours envié son optimisme, sa rage de vivre, son énergie.

— Ça y est, je suis amoureuse ! me lança-t-elle. Un coup de foudre chez Paul, le boulanger. Jamais je n'aurais imaginé qu'une histoire d'amour puisse commencer dans ce lieu où on réchauffe le pain congelé…

— C'est qui ? Raconte !

— Halima. Divorcée. Brune et dégoûtée des hommes. Je crois que nous allons nous installer ensemble. Elle travaille pour une compagnie d'assurance et heureusement, elle n'a pas fait d'enfant avec son mari qui la battait. Quand on s'est vues, c'était une évidence. Je me suis approchée d'elle et je lui ai demandé si elle avait le temps pour un café. Nous

nous sommes installées sur la petite terrasse devant la boulangerie et là, elle s'est mise à me raconter sa vie. Moi, je l'observais – ses yeux, sa peau couleur miel, ses longues jambes, ses petits seins… Je brûlais de désir et d'impatience. C'est rare, ce genre de coup de foudre ! Je me suis dit : « Je ne veux pas la rater. La vie est trop courte. » Ça fait une semaine qu'on ne se quitte plus. On fait quand même attention, parce que les gens n'attendent que ça pour médire.

Je lui ai appris que moi aussi j'avais l'intention de m'installer chez Daniel. J'allais quitter la maison et négocier avec Nabile le droit de visite pour les enfants. Dans un premier temps, je lui demanderais de ne pas en parler à la famille. Je ne savais pas où j'allais, mais j'étais si heureuse avec cet homme. J'avais peur, mais je fonçais. Elle m'a donné raison. Elle est partie en criant : « L'amour, il n'y a que ça de vrai ! »

J'étais sûre de mon amour, pas de Daniel. Avant, j'étais plus romantique. J'aimais qu'on me raconte des histoires, qu'on m'offre des fleurs. Quand j'y songe, Nabile ne m'a jamais offert de fleurs. On dirait que les fleuristes de Casa ne travaillent que pour les Européens. Ce n'est pas une habitude des maris marocains d'arriver à la maison avec un bouquet. Ils n'y pensent même pas. Ils n'ont jamais vu leurs pères offrir des fleurs à leurs mères.

Un jour je le fis remarquer à Nabile, qui se montra étonné et me répondit :

— Mais moi je t'aime, je n'ai pas besoin de m'excuser… On offre des fleurs ou un cadeau pour se faire pardonner une faute, or moi, c'est zéro faute ! Et puis le jardin est plein de belles roses. Je t'offre chaque matin, à toutes les saisons, tout un jardin de fleurs et de beauté, de tendresse et d'amour, que te faut-il de plus ?

— Oui, tu as raison. Que faut-il de plus, mon amour.

Après avoir vu Kenza, j'avais du mal à rester en place, j'étais en porte à faux. Nabile, comme d'habitude, était gentil, attentionné, ce qui m'énervait encore plus. J'aurais aimé qu'il fût violent, désagréable, invivable. Ma culpabilité aurait baissé de plusieurs crans.

Je lui avais préparé tout un discours, mais impossible de sortir un mot. Je suis restée silencieuse. J'ai prétexté une migraine pour prendre un somnifère et dormir. Le lendemain, je suis arrivée tôt à la pharmacie. Je devais emmener Yasmine chez le dentiste mais j'avais oublié – c'est Nabile qui me l'a rappelé. Je ne savais plus ce que je faisais. J'étais prise dans un tourbillon qui m'empêchait de réfléchir. J'avais besoin de voir l'homme dont j'étais amoureuse. Un besoin fort, fou, dangereux. Il ne répondait pas au téléphone. J'imaginais le pire.

Ce jour-là, un homme assez éméché est entré dans la pharmacie, présentant une fausse ordonnance pour des antibiotiques. J'ai refusé de le servir. Il s'est mis à crier. J'ai crié fort, plus fort que lui, ce qui ne m'arrive jamais. Il a menacé de mettre le feu à la boutique. J'ai appelé la police. Je me suis retrouvée dans un commissariat, ce que j'aurais sans doute pu éviter en m'abstenant de m'énerver. J'ai passé un mauvais moment. Finalement, j'ai renoncé à porter plainte et je suis repartie. Je me suis dit que je faisais n'importe quoi, ce n'était pas de mon rang de réagir comme une vulgaire commerçante. Tout ça, c'était la faute de Daniel. Oui, si je ne l'avais pas connu, je n'aurais pas été dans cet état-là. En même temps, j'étais si heureuse quand je pensais à lui.

Il ne répondait toujours pas à mes appels. Je suis passée au Café Zarktouni. Le garçon m'a dit qu'il ne l'avait pas vu depuis deux jours. Je ne pouvais pas supporter l'idée qu'il me trahisse. Impossible. Je suis allée chez mes parents, qui m'ont réconfortée avec leurs mots gentils, leurs compliments. Je me disais : « Ah, s'ils savaient ! »

J'ai sauté le pas. J'ai demandé à Halima, la meilleure amie de ma mère, de lui parler en tête à tête et je lui ai tout raconté. Elle était effondrée, mais elle me tenait la main en m'assurant que ça me passerait :

— Bon, les faits sont là. Je ne vais pas t'accabler, ça ne servirait à rien. Analysons la situation froidement. Tu es tombée follement amoureuse d'un chrétien, disons quelqu'un qui n'est pas de notre religion, et tu ne veux pas perdre ta famille. Équation difficile. Moi, mon éducation a été si rigoureuse qu'elle m'a mise à l'abri de ce genre d'accident. Pourtant tu as été bien éduquée. Tu me diras que le cœur a ses raisons, je sais bien. Voici le plan que je te propose : essaie peu à peu de te détacher de lui, mets en avant ses défauts, les choses qui te déplaisent, essaie de penser au futur, sera-t-il encore là dans un an ? Introduis un peu de raison dans ta passion. Il faut se méfier de la passion. C'est un feu qui brûle tout et quand il s'éteint brutalement, ça fait mal.

— Il n'est pas chrétien, il est juif.

— Ça ne change rien à l'affaire. Je n'ai rien contre les juifs. Mais je crains les élans irrationnels de la passion.

J'aurais tant aimé me contenter de l'amour de mon mari et vivre dans la tranquillité, quitte à m'ennuyer. Je n'étais pas faite pour passer d'un homme à un autre. Je comptais sur Kenza pour me conseiller, mais elle n'était pas disponible, son nouvel amour l'accaparait. L'image du feu qui s'éteint m'obsédait, je me demandais si ce moment était arrivé. On ne disparaît quand même pas comme ça sans donner signe de vie… C'était cruel, à moins que ce fût un accident ? Je savais que Daniel roulait vite. Je me voyais déjà à son chevet à l'hôpital, avec sa mère qui pleurait. Non. Je préférais encore l'imaginer dans les bras d'une autre femme plutôt que sur un lit d'hôpital. C'est que je l'aimais.

Halima, comme mon oncle, m'avait demandé : « C'est quoi cet amour ? C'est de la trahison ? C'est du péché ? C'est de la folie en tout cas. Tu ne vas pas nous faire le coup de la tante maudite… » Sur le moment, je ne fis pas attention à l'évocation de cette tante. Quand j'étais petite, on me lisait des histoires de démons et démones, et moi je voulais des histoires d'amour, même et surtout à l'eau de rose. À présent, je vivais une vraie passion. Mais Daniel m'aimait-il ? Que savait-il de l'amour ? De l'attente, du manque, de la souffrance ? Il n'était pas le type d'homme à s'épancher et à faire le romantique. Comme Hakim, l'ami de mon mari, Daniel était un amoureux des corps, un consommateur compulsif de femmes. Tout cela je le savais et pourtant je continuais de croire qu'il y avait de l'amour dans notre relation clandestine.

La « tante maudite »... J'en avais entendu parler quand j'étais petite. Je n'avais aucun souvenir de cette femme. Un jour, j'ai eu envie d'en savoir plus sur cette tante devenue le symbole du mal absolu. Mon oncle Abdel Malek s'est d'abord montré gêné, puis après réflexion il a accepté de me parler d'elle.

— Je veux voir la « tante maudite ».

— Mais ma fille, c'est impossible. Elle n'existe plus pour nous, elle nous a déshonorés, elle a jeté la honte sur toute la famille !

— Qu'a-t-elle fait de si grave ?

— Ça s'est passé il y a longtemps, bien avant que tu ne viennes au monde. C'était une époque où on ne badinait pas avec les valeurs. Elle était mariée avec un brave homme, un petit fonctionnaire, puis un jour, la folie s'est emparée d'elle et la voilà dans les bras d'un autre. Non seulement ça, mais elle l'a invité à la rejoindre dans son lit conjugal. Tu te rends compte ? Réunion de la famille. Verdict sans appel : exclue définitivement de la famille ; son père a même essayé de la rayer de son état civil, il l'a maudite publiquement et déshéritée. Nous n'avons plus de ses nouvelles. La dernière fois, j'ai appris par hasard qu'elle faisait partie du personnel de nettoyage de la banque Chaâbi de Derb Ghellef.

J'ai décidé de la rencontrer, non pas tant pour bénéficier de ses conseils que pour lui apporter un peu de réconfort. Je suis arrivée à la banque tôt le matin et le concierge m'a désigné une vieille femme courbée en train de laver le sol. Elle était maigre, habillée comme une paysanne.

— Chafia !

Elle s'est relevée, m'a regardée longuement, puis m'a dit :

— Tu dois être la fille de Moulay Ahmed, n'est-ce pas ?

— Oui, c'est ça.

Elle m'a serrée dans ses bras, j'avais les larmes aux yeux. Chafia ne pleurait pas, assumant avec dignité ce qu'elle était devenue.

— Ne pleure pas ma fille ! Je suis bien, je travaille, je gagne ma vie et je n'ai plus besoin de personne. Mon fils unique m'a été enlevé. Au début, j'allais le voir de loin à la sortie de l'école, puis j'ai abandonné car mon frère m'a surprise et menacée de me rouer de coups.

Essuyant mes larmes, je lui ai demandé :

— Raconte-moi, je sais que tu as fauté il y a longtemps, mais la punition est terrible.

— Allons au café du coin. J'ai besoin d'un remontant.

— Mais au café, on ne sert pas d'alcool aux femmes.

— Oui, je sais, mais si on s'installe au fond à l'abri des regards, le patron nous servira un ou deux whiskies.

J'ai commandé un jus et Chafia a dit au garçon :

— Comme d'habitude.

Après un moment, elle a allumé une cigarette, soupiré puis s'est mise à parler :

— Mon histoire est simple. J'étais jeune, assez jolie, et je n'aimais pas l'école. Mon père a décidé de me marier. Il disait "Tu es un problème." Oui, je ne m'appelais plus Chafia, mais "un problème". Il répétait ça sans cesse. Un jour, il a ajouté : "À chaque problème, il y a une solution ; et ta solution s'appelle Hamza." Je ne connaissais pas ce Hamza. J'ai demandé à ma mère de m'en parler, elle m'a assuré que c'était un homme de bonne famille, pas très riche, mais avec un bon poste à la mairie. Nous nous sommes mariés sans nous être rencontrés. Il y a de ça bien longtemps, plus de quarante ans ! Il n'était ni beau ni moche. Gentil. Sans plus. Il me baisait avec une rapidité étonnante puis il s'endormait, content de lui. J'étais femme au foyer. J'élevais notre enfant et je ne sortais presque pas. J'étais soumise et résignée, je faisais la cuisine et le ménage.

Et voilà qu'un jour je rencontre au hammam Houria, notre voisine. Belle, divorcée, maligne. Elle s'est mis en tête de m'aider.

« — Je vais te présenter Hafid, mon cousin, célibataire et fou des femmes. Il te rendra heureuse.

« — Mais tu n'y penses pas, je suis mariée et très surveillée !

« — Ne t'en fais pas, on s'arrangera. Tu viendras chez moi.

« C'est ainsi que mon histoire d'infidélité a commencé. J'avoue que je n'avais pas mauvaise conscience. C'était de l'amour brut. Pas de bavardage. Ça se passait l'après-midi. Houria était au travail, mon fils à l'école. J'étais libre durant deux heures. C'était merveilleux. Non seulement j'ai découvert le plaisir, mais je suis tombée amoureuse tout en sachant que Hafid ne m'appartiendrait jamais.

« Un jour, mon mari est parti à Meknès voir sa mère malade. La maison de Houria était occupée. J'ai invité Hafid chez moi. Je ne savais pas que les cars CTM étaient ce jour-là en grève.

« Le drame a eu lieu dans des conditions que je te laisse imaginer. C'était un mardi du mois de juin. On a dit à mon fils que j'étais morte. J'ai été dépouillée de tout, jetée dans la rue, ma voisine ne voulait plus me voir, Hafid non plus. Voilà, j'ai vécu des moments sublimes que je ne cesse de payer… Mais c'était une autre époque. Aujourd'hui, les choses ont changé. Que puis-je faire pour toi ?

— Rien, je voulais juste te voir et si je peux t'aider, tu me dis.

— Je n'ai besoin de rien, juste de voir mon fils. Il paraît qu'il vit au Canada dans le froid et la neige. Tu pourrais entrer en contact avec lui et lui donner mon adresse.

— Je ferai tout ce qui est possible. Je serai discrète. Personne ne prononce jamais ton nom dans la famille. C'est mon oncle Abdel Malek qui m'a dit où tu travaillais.

— Ah, celui-là, il doit avoir mauvaise conscience. C'est un hypocrite et un lâche comme tous les autres.

Bouleversée, je suis partie en me disant : « Les temps ont bien changé. »

Je ne pensais qu'à Daniel. Pour noyer mon obsession, j'ai décidé d'organiser une petite fête à la maison. Nous aimions recevoir, d'autant plus que nous avions du personnel – rien à voir avec la vie parisienne où il faut tout faire soi-même. Nabile a proposé que nous fêtions la Saint-Valentin. Je lui ai fait remarquer que ce n'était pas dans notre culture.

— La fête de l'amour, c'est universel.

Khadija s'est mise aux fourneaux. Elle savait ce qu'elle avait à faire, je devais juste lui indiquer le nombre d'invités. Elle m'a aussi suggéré de recruter deux ou trois personnes pour le service ce soir-là, et m'a proposé de s'en occuper.

Le jour de la fête, deux hommes sont arrivés en djellaba. Je leur ai demandé de mettre une tenue de service. Le buffet était garni comme seule Khadija est capable de faire. Il ne manquait rien. Il y avait des musiciens, l'ambiance était bonne, les invités ravis. C'était le genre de soirée pas guindée du tout, où des amis se retrouvent en toute simplicité. Bonne humeur et légèreté avant tout. L'alcool était prisé aussi bien par les hommes que par les femmes. Ceux qui ne buvaient pas se servaient en jus de fruits.

C'est alors qu'un incident survint. Khadija tendit à l'un des deux serveurs un plateau où étaient disposés des verres de vin rouge et de vin blanc, mais il refusa de le prendre :

— En tant que musulman, il m'est interdit non seulement de boire mais aussi de transporter de l'alcool.

— OK, mais là tu travailles, tu prends le plateau, oui ou non ?

Il donna au plateau un coup tel que tous les verres valsèrent par terre. Son copain s'empara des bouteilles et les brisa les unes après les autres, en hurlant :

— Haram, haram ! C'est la maison du péché !

Tout le monde était effaré. C'était la première fois qu'un tel incident se produisait chez nous. Nabile voulut leur parler. Ils étaient fanatisés.

La police ne tarda pas à arriver. Un agent prit leur carte d'identité et téléphona au central. Apparemment, ils étaient connus pour faire des prêches sur la vertu et le vice. La fête était gâchée. Une discussion sur les interdits dans l'islam s'ensuivit. Un des invités, un collègue de Nabile, dit :

— Si on lit bien le Coran, la consommation d'alcool a été interdite par étapes.

Un autre :

— De toute façon, un serveur n'a pas à nous juger. J'ai la liberté de boire ou de ne pas boire, mais cette liberté, ces gens-là ne la supportent pas.

Un autre encore :

— Il faut en finir avec cette hypocrisie ! Vous avez vu que le coin où on vend de l'alcool au supermarché est installé à part. Il ferme le vendredi, mais est ouvert tout le reste de la semaine. Et puis l'État prend des taxes importantes sur cette marchandise ! Le Maroc produit du vin depuis toujours et la consommation par les Marocains est énorme. Je n'ai pas de chiffres, mais je sais que c'est énorme.

— Ce qui vient de se passer ressemble à ce qui se passe dans certains pays du Golfe. Dans les avions qui vont vers ces pays, tu peux acheter de l'alcool en duty free, mais tu dois le boire avant que l'avion n'entre dans la zone aérienne du pays ! Les hôtesses passent et ramassent les bouteilles pour les jeter à la poubelle. C'est fou, cette hypocrisie.

La soirée fut écourtée. Khadija était malheureuse. Elle n'avait pas du tout anticipé que les hommes qu'elle avait embauchés seraient des islamistes. Elle les avait connus gamins dans le quartier de ses parents ; rien ne les destinait à devenir des militants fanatiques pour un islam détourné, « pur » et dur.

Tout cela ne m'a pas aidée à oublier Daniel. Mais l'incident causé par les serveurs m'a fait réfléchir. Nous étions décidément dans une société étrange. Quelque temps plus tôt, ma dentiste, une jeune femme divorcée avec deux enfants, avait été égorgée par son gardien – quelqu'un qui vivait avec la famille depuis longtemps. Il ne s'était pas enfui. Il avait appelé la police et s'était rendu en se justifiant : « Depuis qu'elle n'a plus de mari, elle en a un par soir ! » Nous en avions été bouleversés. Ce genre de drame est rare, mais la promiscuité avec le personnel de maison me fait parfois peur. On ne sait plus comment se conduire avec ces gens pour la plupart venus du bled.

8

Quelques jours après, Daniel a réapparu comme un bolide. Bronzé, le teint hâlé : on aurait dit le personnage d'une publicité.

— Excuse-moi, j'étais en séminaire de bien-être, sans téléphone, sans lien avec le reste du monde, et j'ai suivi un régime drastique afin d'améliorer mon hygiène de vie. C'est pour ça que je n'étais pas joignable.

— Et dans ton séminaire, on t'a appris à faire attention à la femme qui t'aime ?

— Ne le prends pas mal… Je me suis éclipsé pour mieux nous retrouver.

Il m'a proposé de partir passer quelques jours à Taghazout. Une absence de plusieurs jours était impossible à justifier. Non, il fallait se contenter de nos rendez-vous clandestins. J'ai senti cependant que quelque chose avait changé dans son attitude. Je n'ai pas cru du tout à son histoire de séminaire. J'imaginais plutôt une escapade avec une bimbo à la mode. Et voilà qu'il m'a posé une question inconvenante :

— Dis-moi, tu fais encore l'amour avec ton mari ?

Je n'ai pas voulu répondre. J'étais pétrifiée, prise dans des courants contraires, ne sachant où me situer. Que pouvais-je répondre ? Que je n'avais plus de désir que pour lui ? Que mon mari supportait cette abstinence sans la comprendre ? Que j'étais minée par la mauvaise conscience et que je passais mon temps à lutter contre un sentiment de culpabilité de plus en plus lourd ? Ce jour-là, j'ai compris que Daniel était comme les autres. Il m'est apparu dans sa vérité : un consommateur de femmes, sans scrupules, content de lui. En rentrant chez moi, je me suis longuement observée dans la glace. J'avais vieilli. J'avais trente et un ans, et je me sentais sans jeunesse.

Le lendemain après-midi, je l'ai appelé et nous nous sommes retrouvés chez lui. J'ai imposé mes conditions : l'amour l'après-midi ; plus de voyages ensemble ; discrétion accrue. Dès lors, j'ai découvert l'immense plaisir de faire l'amour à l'heure de la sieste – le corps est plus disponible, l'esprit aussi. Daniel était tout-terrain. Il s'adaptait à toutes les situations. D'où mon soupçon de n'être pas la seule de ses fréquentations.

Ce soir-là, Nabile m'a demandé si c'était bien ma voiture qu'il avait aperçue dans la journée rue Amir Abdelkader, au numéro 39. Je n'ai pas répondu tout de suite.

— Oui, j'ai dû faire une course par là.

— Quelle course ? En plus, j'ai remarqué qu'elle a reçu un coup à l'aile gauche.

— Tu ne vas pas me faire un interrogatoire sur mes allées et venues durant mon temps de travail ? Oui, j'ai eu un petit accrochage avec un type qui n'a pas respecté un feu rouge. Tu sais bien que dans ce pays, les gens conduisent n'importe comment. Allez, arrête de m'embêter.

— Ne t'énerve pas, je voulais juste savoir, par curiosité, ce que tu faisais dans ce quartier, si loin de ta pharmacie.

— Je m'envoyais en l'air avec un client très séduisant ; il est venu pour acheter du paracétamol, il m'a plu et je l'ai suivi dans sa garçonnière. Voilà, ça te suffit ?

— Non, je sais que tu blagues.

— En vrai, je suis passée acheter des DVD dans une rue adjacente. D'ailleurs, ils sont là, dans mon sac. Si tu veux, on peut regarder *Le guépard* ou *La femme d'à côté*, avec Fanny Ardant et Depardieu – une histoire d'amour tragique, m'a-t-on dit.

Nabile a changé de ton et d'attitude. Moi, ayant avoué à moitié mais sans qu'il le sache, je me sentais mi-figue mi-raisin. Il n'y avait pas de quoi être fière.

Je suis allée prendre un bain chaud. Nabile m'a rejointe, et je me suis laissée aller dans ses bras. Je crois même que je me suis assoupie. Puis il m'a portée au lit enveloppée dans un peignoir, m'a caressé la joue et, sans me toucher, m'a proposé de regarder le film de François Truffaut. L'histoire d'un adultère entre voisins à la campagne, une histoire qui se termine mal.

— C'est étrange, me dit-il, Truffaut était amoureux de toutes ses actrices. Il a consacré deux films à l'adultère, *La peau douce* et *La femme d'à côté.* Ce sujet devait le préoccuper. Dans les deux films, la fin est tragique. C'est curieux. On ne tue quand même pas un mari pour une histoire de tromperie. À la rigueur, on se sépare, mais on ne prend pas un fusil pour l'abattre dans un restaurant comme c'est le cas dans *La peau douce.*

À aucun moment je n'avais envisagé une telle éventualité. Je ne voyais pas Nabile tirer sur Daniel ou sur moi. Non, il a un tempérament si pacifique. Mais on ne sait jamais.

Nos retrouvailles de seize heures avec Daniel étaient devenues une habitude. J'avais le double de la clé. Le concierge me connaissait. Je lui graissais généreusement la patte pour qu'il reste discret. Je montais souvent avant l'heure et me préparais à recevoir l'homme qui allait combler mes attentes érotiques de plus en plus exigeantes. À chaque fois, j'étais dans un drôle d'état. Il m'arrivait d'avoir des crises de tremblement, ou bien une suite de bouffées de chaleur comme si j'étais ménopausée. Je me disais « Ça va pas, Lamia, ça va pas du tout ». Mais dès qu'il apparaissait, j'oubliais tout, et j'entrais de plain-pied dans un rêve.

Daniel était à la hauteur. Nous parlions peu. Notre relation était devenue purement sexuelle. Sexe sans paroles. Ou alors des mots sans tendresse qu'il aimait m'adresser au moment de jouir. Contrairement à certaines femmes, je n'aimais pas entendre des cochonneries en faisant l'amour. Je restais pudique, malgré tout.

Il tenait à changer de position à chacune de nos retrouvailles. Il avait de l'imagination et me guidait. Je pensais au livre d'Annie Ernaux, *Passion simple* : je ne l'avais pas lu, mais Nabile m'en avait souvent parlé. C'est l'histoire d'une femme qui passe son temps à attendre son amant. Pas de dialogue. Du sexe et du silence. Le seul bruit qu'on entend est celui des draps froissés par les corps en action. En revanche, j'avais été bouleversée par *Intimité*, un film de Patrice Chéreau : une femme et un homme se retrouvent chaque mercredi, ils font l'amour tout naturellement, puis la femme se rhabille et s'en va sans dire un mot. Le désir est silencieux, malgré le tumulte de la rue. Seule compte leur rencontre.

Je repartais de là comblée, apaisée et heureuse. C'est au moment de rentrer à la maison que les choses s'assombrissaient. Affronter la famille, être dans l'ambivalence, passer d'une maison à l'autre me faisait souffrir. En plus, je devais rester gaie, souriante et jouer avec les enfants, répondre à leurs questions pendant qu'ils faisaient leurs devoirs, accueillir mon mari avec tendresse, me sentir chez moi… L'enfer ! Un enfer muet. Il fallait que ça cesse. J'allais suivre les conseils de l'amie de ma mère, et commencer par me détacher : voir Daniel un jour sur deux, puis un jour sur trois et ainsi de suite. J'ai calculé : au bout de trois mois, je ne verrais plus Daniel. Mais tout ça était théorique.

J'appartiens à une société où il est pratiquement admis que l'homme marié ait des aventures ou même mène une double vie. On lui pardonne. On ne l'accable pas. C'est rageant. Mon histoire, depuis le début, suivait une route que j'avais tracée en prenant conscience que la condition de la femme au Maroc ne changerait que si chaque femme décidait de ne plus être soumise et de vivre sa vie pleinement. Cependant je n'avais pas choisi la trahison. Elle ne figurait pas dans mon programme : c'était arrivé et je le vivais plus ou moins bien. Au Maroc, une femme divorcée, a fortiori pour adultère, est jetée comme un fruit pourri. Elle ne sert plus à rien et tous les regards, y compris ceux des autres femmes, se posent sur elle avec mépris. Je sais que certaines femmes trompent leur mari, mais elles le font avec maestria, sont insoupçonnables, ce sont en apparence des épouses modèles, pratiquant l'hypocrisie avec un art consommé. Ces mêmes femmes n'auraient aucun scrupule à me juger et à m'insulter. Moi, je n'étais pas douée pour masquer mes sentiments, car il s'agissait d'amour et d'émotion ; ce n'était pas qu'une histoire de sexe, c'était une passion.

Seule mon amie Kenza pouvait me comprendre. J'attendais qu'elle se fatigue de son nouvel amour pour la retrouver.

Un jour, j'ai eu une brève discussion avec mes belles-sœurs qui doutaient de ma fidélité et essayaient de me mettre dans l'embarras. L'une d'elles, se croyant intelligente, s'est mise à parler de l'infidélité en général. Elle accumulait des banalités et des clichés du genre : « L'homme a besoin de plusieurs femmes, c'est d'ailleurs pour cela que les bordels existent ; la femme, elle, doit être fidèle, c'est son devoir, etc. » J'opinais en silence.

L'autre, plus maligne, mariée à un homme d'affaires souvent en voyage, ajouta : « Le fait que Sidi Khalid voyage tout le temps empêche l'usure de notre amour ; nous nous retrouvons à chaque fois comme si c'était la première. Je l'attends avec impatience. Je suis heureuse d'être une femme au foyer, disposant de moyens pour faire du sport, du yoga, pour jouer au bridge. Je suis une femme comblée, je n'ai pas besoin d'aller voir ailleurs… » J'ai simplement répondu : « L'important c'est d'être sincère, de protéger sa famille et d'être fidèle à ses sentiments. » Un malaise planait dans l'air. Je n'ai pas cédé. Je n'allais tout de même pas faire de ces deux femmes des confidentes. Leur regard n'était pas bienveillant, elles cherchaient à me coincer. Comme quoi, les femmes ne sont pas toujours solidaires entre elles, y compris dans la famille !

La première a repris : « C'est pour cela que Dieu autorise l'homme à avoir quatre épouses. » Je l'ai interrompue : « À condition qu'il les aime toutes autant, et les traite absolument à égalité. Pas de femme préférée, pas de privilèges. C'est impossible à tenir ! En fait, ma chère, la polygamie, si on suit scrupuleusement ce que dit le Coran, est impraticable. C'est un piège qui amène l'homme à être injuste, et ça, l'islam ne l'accepte pas. D'ailleurs, chez nous, la polygamie est soumise à des conditions impossibles. »

Elles n'ont fait aucun commentaire. L'une d'elles s'est levée et m'a dit : « Tu en sais des choses. »

9

J'avais décidé de passer toute une journée avec Daniel, sans rien faire, comme si nous étions un vieux couple. Je voulais savoir si j'allais m'ennuyer. Je suis arrivée chez lui à huit heures trente, après avoir déposé les enfants à l'école. J'étais passée à la boulangerie, j'avais acheté des croissants et des pains au chocolat, ainsi que des fleurs, chose que je n'avais jamais faite pour chez moi.

Il dormait profondément. Je me suis glissée dans son lit, son corps chaud m'attirait irrésistiblement. Nous avons fait l'amour avec lenteur. Ensuite, je lui ai préparé un petit déjeuner et nous nous sommes installés sur le balcon. On voyait tout Casa, avec la mosquée Hassan II qui avançait dans la mer.

Casa est assez belle, vue de loin. C'est lorsqu'on y circule qu'on découvre combien cette ville a grossi et a sacrifié ses espaces verts. Avec Daniel, nous avons parlé architecture et regretté la disparition des maisons Art déco. Puis il a mis sur le tapis un sujet auquel je ne m'attendais pas :

— Je veux un enfant de toi.

J'étais stupéfaite. Je ne m'attendais pas à ce qu'un jour ce séducteur vagabond veuille un enfant.

— Tu es fou ! Un enfant de moi, ça veut dire divorce immédiat et remariage.

— Qui te parle de mariage ? Moi, je veux juste que notre amour soit couronné par la naissance d'une petite fille.

— En plus, tu choisis déjà le sexe.

— Non, un fils m'irait aussi très bien.

— Enfin, tu n'es pas sérieux, tu n'es pas fait pour être père ! Tout dans ta vie tourne autour de toi.

Il s'est tu un instant, le visage grave, puis m'a dit :

— C'est pas moi, c'est ma mère.

Ainsi, je devais lui faire un enfant pour satisfaire le désir de sa mère ?

— Tu sais bien qu'une mère marocaine, juive ou musulmane, n'est apaisée que lorsqu'elle devient grand-mère.

— T'en fais pas, oui, la musulmane aussi. Nous ne sommes pas si différents. Mais c'est curieux comme demande… J'imagine que je serais une mère porteuse, et que c'est elle qui élèverait l'enfant ?

— Exactement. Ma mère t'a vue l'autre jour sortir de chez moi et elle te trouve parfaite pour le rôle. Sachant que je n'envisage pas le mariage, elle m'a fait cette demande.

Je me suis levée et suis partie en rétorquant :

— Ta plaisanterie n'est pas drôle.

J'ai passé le reste de la journée à la pharmacie puis à l'usine de médicaments. En fin de journée, j'ai appelé l'oncle Abdel Malek et suis allée prendre un thé dans son jardin. Je l'ai trouvé en train de lire Montaigne, ce qui était l'occasion pour lui de parfaire mon éducation, car je lisais très peu, ce que Nabile me reprochait souvent.

— Tu vois, ma petite, je te fais une ordonnance : deux pages des *Essais* matin et soir. Tu seras émerveillée. Regarde ce que je relis, page 31 du chapitre XVII, Livre II : « Il y a une sorte de gloire, qui est une trop bonne opinion que nous concevons de notre valeur. C'est une affection inconsidérée, de quoi nous nous chérissons, qui nous représente à nous-mêmes autres que nous ne sommes : comme la passion amoureuse prête des beautés et des grâces au sujet qu'elle embrasse, et fait que ceux qui en sont épris, trouvent, d'un jugement trouble et altéré, ce qu'ils aiment autre et plus parfait qu'il n'est. »

J'ai pris le livre et relu la phrase. J'étais troublée. On aurait dit que Montaigne faisait allusion à mon histoire. Je promis à mon oncle d'acheter les *Essais* et de suivre son conseil.

Autour de moi, peu de gens lisaient. Quand j'étais étudiante, je n'étais pas une grande lectrice, même si Nabile m'encourageait à lire. Avec le travail, le mariage et tout le reste, la lecture n'occupait toujours pas beaucoup de place. J'avais besoin de m'y remettre, sinon je mourrais idiote ! Et si je lisais, Nabile serait content. Il m'avait initiée à ce plaisir, je lui devais de ne pas abandonner ce qu'il appelait « le vice impuni ».

Ce soir-là, je me suis rappelé ce que disait Montaigne sur la passion et me suis posé la question de savoir si je ne faisais pas fausse route. N'était-il pas temps d'arrêter cette relation où le sexe prenait une grande part ?

Le lendemain matin, Daniel vint me chercher à l'officine et m'emmena déjeuner sur la Corniche. Il faisait beau. Nous étions heureux. Je n'avais aucune envie de me séparer de lui. Il m'a semblé un peu maladroit, le regard fuyant. J'aimais sa façon d'avoir l'air décontracté tout en étant tendu de l'intérieur. Je pensais bien le connaître. Aimer, c'est tout connaître de l'autre, même ce qu'il ne montre pas.

Je me trompais, évidemment.

Nous sommes allés chez lui après le déjeuner. Nous avons fait l'amour dans toutes les positions. Il me rendait folle, je criais. Il mettait sa main sur ma bouche, de peur d'alerter les voisins. J'étais à lui, entièrement à lui. Il pouvait faire tout ce qu'il voulait de mon corps. Mon âme lui appartenait. J'étais foutue. Oui, je sentais que j'étais perdue. Que je ne retrouverais jamais cette intensité, cette force, cette liberté joyeuse.

Alors que j'étais dans un état de belle fatigue, il me redemanda :

— Dis-moi, tu continues à faire l'amour avec ton mari ?

J'étais décontenancée. Que répondre ?

— Ça ne te regarde pas. Je n'aime pas cette question.

— Excuse-moi, c'est de ma part une curiosité indélicate.

Je me suis assoupie pendant qu'il téléphonait. Après la douche, il m'a regardée m'habiller. Cela me faisait rire. Pas lui.

— Pourquoi tu me regardes ainsi ? Tu me gênes.

Après un silence, il a écrasé sa cigarette à peine entamée, et m'a répondu :

— Parce que c'est la dernière fois que nous nous voyons.

Je me suis posée sur le bord du lit de peur de m'évanouir. Il m'a tourné le dos, a enfilé sa veste et, sans me jeter un regard, a claqué la porte en lançant : « Tu laisseras les clés sur la commode ! »

Je suis restée là un bon moment, effondrée, mes larmes coulaient toutes seules. J'ai ramassé mes affaires péniblement, j'ai déposé les clés sur la commode dans l'entrée et je suis partie. J'ai marché sans savoir où j'allais. Ça m'a rappelé la longue marche nocturne de Jeanne Moreau dans *Ascenseur pour l'échafaud* ; il ne manquait plus que la trompette de Miles Davis. Mais moi, j'étais dans les rues bruyantes de Casa. Je n'entendais pas les klaxons des voitures ni les appels des hommes attablés en terrasse. J'étais une ombre, une zombie, et je marchais, hagarde, sans me presser parce que je ne savais pas où mes pieds me menaient.

La brutalité de la rupture, après cette après-midi d'un amour fou, m'était incompréhensible. Mais il n'y avait rien à comprendre. J'étais dans la passion, lui dans la séduction. C'était un coureur sans état d'âme. Il devait avoir l'habitude de trancher dans le vif. Oui, j'avais été séduite, consommée et abandonnée. Ça ferait un bon titre de film italien. Je suis passée devant le Café Zarktouni. Le garçon m'a hélée :

— Ça va madame ? Ça n'a pas l'air… Venez, je vous offre un café.

J'ai accepté, bu un café serré, puis je me suis levée sans le remercier et j'ai continué ma marche. Au bout d'un moment, j'ai décidé de prendre un taxi et de rentrer à la maison. Une fois dedans, impossible de me rappeler le nom de ma rue. Le chauffeur était gentil, il essayait de m'aider :

— Est-ce qu'on voit la mer depuis chez vous ?

— Oui.

— Anfa ou Californie ?

— Anfa, rue 21.

— Ah, c'est l'ancienne rue du Maréchal-Juin…

Durant le trajet, tout était brouillé ; je ne voyais rien du monde extérieur. Le chauffeur m'a tendu une boîte de kleenex sans faire de commentaire. En arrivant, je lui ai remis un billet de deux cents dirhams, ce qui était énorme, et je suis partie sans attendre la monnaie.

Chez moi, je me suis enfermée dans la salle de bain et j'ai frotté ma peau jusqu'au sang pour enlever l'odeur de Daniel. Je devais moi aussi le quitter. Ma tête tournait. C'était comme s'il me manquait un membre. Le membre fantôme, c'était lui, parti vers d'autres aventures avec d'autres femmes. Et moi, de retour à la maison, je n'avais plus le courage d'affronter mon mari. Mon âme avait été confisquée par un passant, un séducteur, un voleur d'amour. Il ne me restait plus qu'à dire la vérité, pour sortir de cette situation qui me faisait perdre pied. En avouant tout, je risquais de tout perdre, ou bien de retrouver ma vie d'avant comme si rien ne s'était passé. C'était un pari. J'allais le tenter ce soir. Je sortirais de la salle de bain en larmes et je dirais à mon mari qui me demanderait pourquoi je pleure : « Il m'a quittée. » J'ajouterais peut-être : « et je te quitte ».

IV

LAMIA

1

Nabile m'attendait pour m'annoncer une bonne nouvelle. Le Croissant-Rouge palestinien lui accordait la médaille de la Solidarité et il devrait faire le voyage pour la cérémonie de cette sorte de Légion d'honneur qu'on donne rarement. D'après la lettre reçue le matin même, il avait sauvé plus de cent enfants durant le mois de juillet 2014 qu'il avait passé à Gaza.

Il était fier de cette distinction et voulait partager sa joie avec sa femme. Quand nous étions étudiants, nous avions participé une fois à une manifestation pour le peuple palestinien, entraînés par des copains militants. Désormais, j'avoue que le sort de ce peuple m'indifférait quelque peu. Je n'en parlais pas, contrairement à Nabile qui était resté attaché à ce qu'il appelait « Justice pour la Palestine ».

Il était en pyjama, assis sur le bord du lit, et attendait que je sorte de la salle de bain.

— Mais tu pleures ma chérie, qu'est-ce qu'il t'arrive ?

Mes sanglots se mêlaient aux mots. Il a essayé de me

prendre dans ses bras, je l'ai repoussé, puis, sur un ton calme :

— Il m'a quittée. Daniel m'a quittée.

— Mais quel Daniel ? C'est quoi cette histoire ? C'est un délire, une mauvaise plaisanterie !

— Je ne plaisante pas, tout est de ta faute, je suis tombée dans ses bras à cause de toi, de ton indifférence, de la routine que tu as installée dans notre couple.

— Il s'agit bien de Daniel Cohen, le pharmacien expert-comptable ?

Nabile s'est levé, a tourné autour du lit, est sorti de la chambre puis est revenu avec une bouteille d'eau.

— Tu m'as trompé avec ce type, ce play-boy des plages, cette caricature de gigolo ! Mais tu es devenue folle, tu te rends compte de ce que tu as fait, de ce que tu nous as fait, à moi et à nos enfants ?

— Je suis tombée amoureuse, c'est tout. Amoureuse. Tu comprends ça ? Non, tu ne sais même plus ce que c'est, l'amour c'était bon pour le début, la rencontre, les séances de théâtre à Paris, les rendez-vous sous la pluie, après, lorsque nous nous sommes mariés, petit à petit, je suis devenue un acquis, tu t'es dit c'est ma femme, maintenant passons à autre chose.

Il a bu plusieurs gorgées à la bouteille. L'eau dégoulinait sur son menton et sa poitrine. Il s'est versé le restant sur la tête comme s'il avait trop chaud. Son pyjama et les draps étaient trempés. Il s'est mis à tourner en rond comme un derviche tourneur. Il menaçait d'entrer en transe à force de répéter « elle m'a trahi, je suis foutu, nous sommes foutus ». Je le regardais avec des yeux inquiets. Lorsque je me suis approchée de lui, il m'a repoussée violemment et m'a fait tomber. Nabile tournait, tournait puis il est tombé à son tour, comme s'il faisait une crise d'épilepsie. Il gigotait, de l'écume sortait de sa bouche. Je me suis emparée du téléphone pour appeler un ami médecin. Nabile était inconscient. Le choc avait été trop dur. À présent, je m'en voulais d'avoir provoqué toute cette violence. Je pleurais.

Le médecin lui a fait une piqûre, Nabile a repris conscience. Il avait du mal à parler. J'ai eu peur qu'il évoque la raison de ce drame. En partant le médecin m'a glissé :

— Tu passes me voir demain, s'il te plaît.

C'était l'ami de Nabile plus que le mien. J'ai répondu « oui », gênée.

Nabile s'est endormi aussitôt. Le calme régnait dans la maison. J'étais face à moi-même. Impossible de dormir. Je passais du lit à la salle de bain. J'avais besoin d'aide, besoin de quelqu'un pour me conseiller, pour me déculpabiliser.

J'ai appelé Kenza, elle était sur répondeur. De toute façon, il était deux heures du matin. J'ai repris la phrase de Montaigne que j'avais notée sur un carnet. Je l'ai lue et relue, je n'étais pas plus avancée. La nuit s'annonçait longue et pénible. Nabile parlait dans son sommeil, mais je ne comprenais rien. C'étaient des mots incohérents entremêlés de ronflements.

Contrairement à ce que j'avais cru, je n'étais pas soulagée. En avouant, j'avais créé un nouveau problème. Blessé, Nabile allait vouloir se venger. Je m'en irais avant. D'habitude, dans ce genre de drame, c'est l'homme qui faute, il s'ensuit une dispute et la rancœur s'installe entre lui et la femme. Mais il est impensable que la femme adultère puisse être admise dans la société : sa faute est forcément plus grave que celle de l'homme, même s'il s'agit du même délit. J'allais partir, parce que j'en avais les moyens. J'allais partir pour être cohérente avec moi-même. Celles qui restent, souvent, sont dépendantes de leur mari et ne peuvent se payer le luxe de la cohérence morale. Que de couples continuent à vivre ensemble, abîmés et passant sous silence les séquelles. On sauve les apparences parce qu'on est dans un pays où l'on tient compte de manière pathologique de ce que pensent et disent les autres, les cousins et les voisins, les proches et les lointains. Moi, j'allais sortir du lot. Je n'avais aucun mérite. Le fait d'être indépendante financièrement me donnait cette liberté. Je le devais à mon père et aussi à mon ambition qui, tôt, m'avait menée vers des projets, des voyages, des rencontres – bref, une vie parallèle qui, sans que je le veuille, était devenue une double vie.

Avant d'avoir une explication avec mon mari, je tenais à en avoir une avec mon amant. Mais Daniel était injoignable et mon mari n'était pas en état. Il souffrait, et tout était de ma faute.

2

Nabile dormait encore quand je me suis levée. Ni le bruit de la douche ni mes va-et-vient ne l'ont réveillé. Tant mieux, car je n'aurais pas su quoi lui dire au lendemain du drame. J'ai préféré m'éclipser. J'ai déposé les enfants à l'école et demandé à Lahcen de les récupérer à midi. Sur la route, Mehdi m'a demandé :

— Vous allez divorcer ?

— Pourquoi tu me demandes ça ?

— Parce qu'on a tout entendu hier soir. Vous croyez que les enfants sont bouchés ou indifférents ? Nous sommes au courant de tout. Alors, c'est pour quand le divorce ?

— Non, mon chéri, on va se parler, mais ne vous mêlez pas de ça. Nous vous aimons fort.

— OK. J'ai gagné !

— Qu'est-ce que tu as gagné ?

— J'ai parié avec Yasmine que tu me ferais cette réponse ! Elle me doit cinquante dirhams.

Ils riaient, contents de leur jeu. Je me suis réjouie qu'ils le prennent ainsi, c'était une chance.

Après les avoir déposés à l'école, je me suis arrêtée devant le Café Zarktouni. J'ai hélé le garçon, qui m'a dit :

— Laissez-moi garer votre voiture, et installez-vous.

Je lui ai laissé les clés et me suis assise à la même place que d'habitude. Il n'y avait que des hommes, dont certains fumaient de bon matin. Je ne supportais pas toute cette fumée, mais il n'y avait rien à faire. Aucune trace de Daniel. Le garçon de café m'en a parlé spontanément :

— On n'a pas vu M. Daniel. Il doit être parti en voyage. Je vous sers un thé, comme d'habitude ?

— Non, cette fois-ci juste un café serré.

J'ai eu l'impression que le garçon avait tout compris. Une femme adultère est tout de suite repérée. J'espérais me tromper.

— Vous savez, madame, vous n'êtes pas la première à qui il fait ça.

— Quoi « ça » ?

— Oh, vous savez, mon métier m'a appris à observer et à deviner les choses avant qu'elles arrivent. J'ai des intuitions. Et figurez-vous que j'aime les femmes, moi aussi, mais je n'ai pas les moyens de les conquérir. Je suis réaliste, que feraient-elles avec un garçon de café ? Pourtant, je ne suis pas mal, à ce qu'on dit… Bref, suivez mon conseil, si vous me le permettez, oubliez M. Daniel.

J'ai passé la matinée à l'officine puis au bureau, à régler des factures, à remplir des papiers administratifs pour le bureau de change. L'Espagne et le Portugal m'avaient acheté une bonne quantité de médicaments de base, des génériques à bas prix. Mon esprit était cependant partagé entre Nabile et Daniel, deux absences.

À midi, j'ai prévenu Lahcen que je passerais prendre les enfants ; je les ai emmenés dans un petit restaurant italien. Nous avons mangé des pâtes puis je les ai redéposés à l'école. Ils étaient contents. En partant, Mehdi m'a dit :

— T'en fais pas maman, on est là, on ne vous laissera pas tomber. De nos jours, un divorce c'est rien, c'est un mauvais moment à passer, et puis une nouvelle vie est possible…

— Mais de quoi tu parles ?

— La vie ! Je parle de la vie.

— Tu parles comme un adulte.

J'en ai eu les larmes aux yeux.

J'avais fait ma valise la veille. Le soir, je me suis assise sur le canapé et j'ai regardé les objets autour de moi. La table basse, le lustre offert lors de notre mariage, des tableaux sans intérêt, le tapis de Rabat. En fixant ses motifs, j'ai eu le vertige. Les couleurs se mélangeaient et me faisaient croire que j'étais dans un rêve. Je me suis laissée aller sur le canapé. Après mes pleurs silencieux, le sommeil. J'espérais voir mon mari surgir de l'ombre et me prendre dans ses bras. Mais il ne s'est rien passé. Le matin, je me sentais prête à la confrontation, aux explications, aux décisions, à tout.

J'étais prête. Je traitais cette affaire comme si l'une de mes sociétés avait une défaillance. En général, je suis rationnelle, et j'essaie de ne pas perdre pied.

J'étais semblable à mon usine, avec ses forces et ses faiblesses. Je suis une Marocaine, vivant entre deux mondes, deux cultures, deux langues, deux traditions. Ma modernité tenait au fait que j'étais reconnue en tant qu'individu. La société marocaine reconnaît peu l'individu en tant qu'entité unique et singulière : elle préfère parler au clan, à la tribu, à la famille. Nabile ne s'est jamais battu pour arracher cette reconnaissance, il a toujours tout fait comme tout le monde et s'est laissé avaler par la famille. Moi, grâce à mon travail et mes ambitions, je me suis imposée comme une personne qui n'est ni la fille de, ni la femme de.

En rentrant de France, j'ai tout de suite compris que le premier combat à mener dans ce pays était d'ébranler nos certitudes. J'en ai souvent parlé avec mon mari, mais il me répétait : « À toi toute seule, tu ne vas pas changer la société marocaine, ancrée dans ses traditions depuis des siècles… » Je n'avais pas la prétention de changer toute la société, mais d'agir et de vivre selon mes principes et valeurs.

Je pense aujourd'hui que nos différends ont commencé ainsi, de manière insidieuse. Ensuite, l'usure est venue du fait qu'il ne faisait plus d'effort pour consolider notre bonheur conjugal. Je m'ennuyais. Il ne le voyait pas. Il m'aimait. Je l'aimais, mais je me posais des questions. J'étais fragile malgré tout, et le premier séducteur rencontré m'a emportée. Rien d'original. Sauf qu'au Maroc, l'adultère peut être vécu à condition de l'entourer d'un mur de mensonges et d'hypocrisie sociale. Certaines femmes passent plus de temps à ériger des plans pour aller voir leur amant qu'à vivre cette relation qu'elles considèrent comme honteuse. Elles deviennent des championnes de la planification. Et les apparences sont sauves. C'est tout ce qui leur importe. Il arrive que le mari découvre la chose, alors le drame devient une grande scène d'humiliation. J'ai une copine qui s'est mise à genoux pour embrasser les pieds de son mari trompé : il l'a rejetée en lui donnant des coups de pied comme à un animal indésirable. Ensuite, il est resté avec elle, faisant tout ce qu'il voulait de son côté, et elle, la salope, l'infidèle, la traîtresse, l'indigne n'avait qu'à se taire et tout accepter, sinon c'était la rue. Évidemment, cela arrive aux femmes qui sont entièrement dépendantes de leur mari. Elles acceptent tout pour ne pas se retrouver seules et abandonnées, sans droits, séparées de leurs enfants. La morale et la religion sont à la base de tout jugement. Ah, l'islam ! Religion de paix mais si mal comprise, si mal interprétée. Au nom de l'islam, l'homme se permet tant d'injustices. Souvent, la loi est de son côté et il en profite sans vergogne. Si nous étions dans un pays laïque, nos relations seraient plus saines. Mais je ne pense pas qu'un jour ce pays, ou plutôt ses hommes, acceptera de cantonner la religion à la sphère privée. Ils en ont besoin pour dominer et perpétuer un ordre archaïque. Et pourtant, je crois être une bonne musulmane. J'ai accompagné mes parents à La Mecque et j'avoue y avoir vécu des moments de grande émotion.

J'ai commis une faute. J'aurais dû, dès le premier jour, tout avouer et partir vivre ma passion. Mais je n'étais sûre de rien. J'étais folle d'amour et aveugle, comme on dit. La passion inclut la faiblesse, c'est une sorte de folie faite de vertige et de gaieté. On n'a plus les pieds sur terre. On ne voit plus la réalité telle qu'elle est. On croit n'importe quoi. C'est comparable à l'entrée dans une secte ou dans un couvent. Daniel m'aurait dit que la Terre est plate, je l'aurais cru. Cet amour soudain et brutal, il faut l'avoir vécu au moins une fois dans sa vie pour réaliser combien il nous rend vivants. J'étais vivante dans les bras de Daniel, et je le suis encore dans mes souvenirs. Cette sensation a quelque chose d'enivrant. On fonce, les yeux fermés et le cœur ouvert. On ne pense pas aux conséquences. On ne veut pas voir qu'il y en aura. Il m'arrivait de songer à mes enfants, puis je me disais : « Ils me pardonneront, pas mon mari. »

Je me souviens d'avoir écrit une lettre à Daniel au début de notre relation, lettre à laquelle il n'a jamais répondu :

Je suis dans un drôle d'état. Je sens bien qu'il faudrait tout arrêter là avant qu'on ne glisse encore davantage. Mais il me semble que ce serait aussi un crime contre la vie. J'ai envie de m'abandonner à toi. Totale-

ment. Mais je lutte. Je veux pouvoir encore regarder les gens dans les yeux et ne pas me trouver malhonnête. Pourquoi suis-je tombée sur toi ? J'ai toujours su résister avec les autres. Là, je me sens faible. Faible et riche. Riche de notre rencontre. Riche de tes mots, de ton regard, de ta langue, de tes mains, de ton sexe.

3

Ce soir, Nabile n'est pas rentré. Je l'ai attendu, je l'ai appelé. Pas de réponse. Il doit être chez son ami Hakim, le célibataire endurci, son conseiller, expert en relations brèves. Je sais qu'il l'admire et aurait aimé avoir son tempérament, son côté cynique et indifférent aux blessures qu'il cause aux femmes qui tombent dans ses bras en croyant avoir trouvé le grand amour. Finalement, Hakim est une sorte de Daniel plus expérimenté. Notre relation avec Daniel n'a pas été si brève. Six mois, c'est long. Chaque rencontre durait pour moi des jours et des nuits. Je crois que Daniel avait des sentiments pour moi. Non, je ne suis pas sûre. Chez Hakim, point de sentiment. C'est sa force et aussi sa faiblesse, c'est ce qui fait de lui quelqu'un d'assez monstrueux.

L'histoire de Hakim, que Nabile m'a un jour racontée dans le détail, dit quelque chose de ce pays si jeune et ancien à la fois. Plus jeune, il a fait un mariage à moitié d'amour et à moitié de raison. C'était une fille qui venait de finir ses études d'architecture et qui travaillait dans son cabinet. Jolie, de bonne famille comme on dit, assez douée dans son métier, elle est tout de suite tombée amoureuse de lui. Quand elle lui a annoncé qu'elle était enceinte, il a été très embarrassé, puis a décidé de la faire avorter clandestinement. Elle a refusé et menacé d'en parler à ses parents. Hakim ne pouvait se permettre de rompre avec sa belle-famille, car le père de la fille était un grand entrepreneur de Casa avec lequel il travaillait. Un entrepreneur qui lui avait confié beaucoup de projets à ses débuts. Non seulement Hakim lui était redevable, mais il ne pouvait pas se fâcher avec lui. Alors il a épousé la fille et c'est ainsi qu'est né son fils Yanis, qui fut élevé par les grands-parents car il a divorcé dès que ses affaires sont devenues assez florissantes pour se passer des projets du père entrepreneur. C'est un homme cynique, calculateur, égoïste mais très charmant. Je comprends qu'on puisse tomber dans ses bras. Il a organisé sa vie en fonction de son bon plaisir. Hédoniste, il consacre ses matinées à travailler durement dans son cabinet, devenu en peu d'années l'un des plus importants de Casa, et à partir de quinze heures, il s'occupe de son corps en faisant du sport, puis prépare les soirées qu'il organise pour ses amis qui adorent aller chez lui. Un buffet est souvent dressé avec les meilleurs vins du pays. Les Marocains aiment boire mais Hakim sait jusqu'où il peut aller sans perdre la maîtrise de la situation. Car la soirée se termine généralement avec l'une de ses invitées, parfois une ancienne connaissance, parfois une nouvelle rencontrée à la salle de sport ou sur un chantier.

Il a un carnet d'adresses avec des photos sur son téléphone. Quand il fait défiler les images des filles qu'il connaît, les hommes bavent. Un coup de fil, et la fille est là. Toutes pensent être assez fortes pour le faire craquer et l'épouser. Il leur donne de l'espoir puis, avec une légèreté déconcertante, il se sépare d'elles. Il n'a aucune mauvaise conscience, aucun sentiment de culpabilité. Il a mis en place toute une organisation de Don Juan et mise sur son charme, son argent et son savoir-faire. Il m'a dit un jour :

— J'aime les femmes ; je suis comme l'homme qui aimait les femmes, dans le film de François Truffaut. Je me suis reconnu dans cette passion qui consiste à avoir tout le temps des femmes dans ma vie, sans qu'aucune n'ait le droit de s'installer pour toujours, car je ne supporte pas la promiscuité et les emmerdes qui s'ensuivent. Je séduis, je consomme, je fais des cadeaux et je passe à une autre. Comme disait Louis XIV, le meilleur aphrodisiaque c'est le changement. Je ne fais pas de mal, je ne promets rien, et tout le monde s'amuse, en prenant la vie du bon côté – ça ne sert à rien de se prendre la tête avec les tracas de la vie quotidienne.

Tel est Hakim. Il ne pense pas à la vieillesse, au moment où les femmes s'éloigneront de lui, parce qu'il aura vieilli et sera moins attirant. La solitude ? Il n'y songe pas. Il dit vivre au présent. Je ne sais pas comment il fait. Vivre au présent, c'est un idéal, encore faut-il avoir la capacité intellectuelle de ne pas se projeter dans le futur ni être nostalgique.

Je me demande ce qu'il est en train de dire en ce moment à mon mari, quels conseils il lui donne. Nabile est assez influençable. J'ai beau appeler mes deux hommes, pas de réponse. Il va falloir apprendre à oublier celui qui m'a rendue folle. Toute passion a une fin. La nôtre est destinée à s'éteindre, c'est ainsi. Je le sais. C'est la raison qui parle, mais au fond de moi, j'espère toujours que l'homme que j'aime va resurgir et me faire danser de plaisir. Quant à Nabile, il est blessé. Je le comprends, c'est pour cela que je dois m'en aller, du moins quelque temps. Peut-être qu'il me reviendra. Entretemps, je serai guérie. Oui, je vais plaider la maladie, l'amour fou, la passion. Sera-t-il capable de me comprendre ? Je ne crois pas.

4

Quelques jours plus tard, il est arrivé avec un dossier, l'a posé sur la table, a allumé une cigarette, lui qui avait arrêté de fumer, et sur un ton ferme qui ne lui ressemblait pas, il m'a dit :

— En cas de divorce, la femme adultère au Maroc n'a aucun droit. Elle prend ses affaires et s'en va. Quant aux enfants, ils resteront avec moi. C'est la loi. Veux-tu prendre un avocat ou bien ramasser tes affaires et partir ? Si tu le souhaites, on peut prendre le même avocat, mais telle que je te connais, tu n'auras pas confiance et tu viendras avec un de ces avocats véreux qui poussent à la destruction. C'est comme tu préfères.

Je n'ai pas répondu. Il était déterminé. J'ai réfléchi puis j'ai essayé une autre voie :

— Pourquoi ne pas nous donner une deuxième chance et repartir sur de nouvelles bases ? Nous nous aimons... Sais-tu au moins que je t'aime ? Tu es mon homme, même si j'ai été happée par un autre. Je n'y pouvais rien, c'était plus fort que moi. Ni mon éducation pudique ni mon amour pour toi ne m'ont empêchée de tomber amoureuse de quelqu'un qui m'a séduite, puis abandonnée.

— Puisque c'est toi qui as demandé le divorce, on prend le même avocat ou tu viens avec le tien ?

— J'en ai assez… J'appellerai maître Oufir, il est connu pour être vache. La guerre a commencé.

J'ai su que j'allais perdre. La guerre serait difficile à gagner avec tous les torts de mon côté, même avec un avocat connu pour sa férocité.

L'entrevue avec cet avocat m'a glacé le sang. Il parlait comme un militaire et usait de mots terrifiants :

— OK, on va lui faire mordre la poussière. La stratégie est simple, pas de quartier, on lui rentre dedans, on démontrera qu'il est non seulement un mauvais mari, mais aussi un mauvais père. Vous me laissez faire. C'est la guerre, pas de sentiment, pas de regret. Pour ce qui est des juges, vous me laisserez m'en occuper, nous sommes au Maroc. (De la main, il fit le geste de passer de l'argent sous la table.)

Quand j'ai dit que j'aimais mon mari, il a crié :

— Mais vous êtes masochiste ? Oubliez votre mari, et voyez où sont vos intérêts. La maison est à qui ?

— Le terrain m'a été donné par mon père et nous avons construit la maison tous les deux.

— Savez-vous à quel pourcentage s'élève sa contribution ?

— Un tiers. Il avait moins d'argent que moi.

— Voilà un bon point de départ : la maison n'est pas à lui ; il habite chez vous. C'est important. Vous ne sortirez pas de la maison. Le terrain plus votre contribution vous donnent le droit d'être propriétaire à quatre-vingt-cinq pour cent. Les quinze pour cent restants ne lui permettent pas de revendiquer quoi que ce soit.

J'étais en face d'un guerrier décidé à faire la peau à mon mari, pour qui j'avais encore de l'affection. Mais je devais le laisser faire.

La suite fut terrible. J'ai eu gain de cause pour la maison, mais pas pour la garde des enfants. Normal. C'est la loi quand l'épouse est en faute. Heureusement que Nabile a consenti à me les laisser et à passer les voir quand il voulait – on n'allait pas faire comme les Européens, qui tiennent un calendrier précis, à l'heure près. J'avais la victoire amère. Au tribunal, Nabile était désemparé, abattu. J'avais le sentiment d'avoir été injuste. J'ai essayé de le rassurer, mais il ne voulait plus m'adresser la parole. L'efficacité de mon avocat m'a déstabilisée. J'aurais préféré un accord à l'amiable, mais c'était trop tard. Le mal était fait, la blessure béante. J'ai toutefois refusé qu'il quitte la maison. Je m'arrangeais pour ne pas être là quand il arrivait, je demandais à Lahcen de me prévenir. Ce brave Lahcen était malheureux du divorce, tout comme Khadija. Les enfants aussi étaient tristes. Je leur expliquais que le principal était que nous les aimions. Nabile passait beaucoup de temps chez Hakim.

J'ai recroisé Daniel par hasard. Il avait changé, mes sentiments envers lui aussi. Mais quand je l'ai vu, cela m'a fait l'effet d'un coup de poing dans le ventre. On a pris un café boulevard Zarktouni : il m'a parlé de ses affaires, de ses ennuis avec le fisc – un contrôle l'avait obligé à fuir au Portugal. Je ne croyais pas un mot de ce qu'il me disait. Je le voyais maintenant tel qu'il était : hâbleur, opportuniste, un don juan sans envergure. Je voyais en lui non plus l'homme flamboyant qui m'avait révélée à moi-même, mais le petit voyou, un Casaoui comme il y en a à la pelle. Déçue, dégoûtée, je songeais : « Et dire que c'est cet homme si médiocre qui a ruiné ma vie conjugale… C'est à cause de ce pauvre mec que je me retrouve aujourd'hui divorcée et en dépression. Décidément, il n'en valait pas la peine. » Je me suis levée et suis partie sans me retourner. C'est la dernière fois que j'ai vu Daniel.

Le terrain était assez grand pour aménager un appartement à côté de la piscine, pour Nabile. C'est moi qui ai tout arrangé, meublé, décoré. J'ai disposé ses affaires dans les placards. Il pouvait même entrer par la deuxième porte, au fond du jardin. Je ne savais pas quand il était là. Nous nous croisions de temps en temps. Nous n'échangions pas un mot. Les enfants souffraient de cette situation. Mes parents les prenaient souvent, surtout quand je voyageais pour mes affaires. Ils ne posaient plus de questions. Ils étaient tristes. Mehdi essayait de rassurer Yasmine.

Un jour, au retour d'un de mes déplacements à l'étranger, j'ai constaté que l'appartement près de la piscine avait été vidé. Apparemment, Nabile avait déménagé. Quelque chose avait dû changer dans sa vie. J'ai appris par la suite en interrogeant Hakim qu'il s'était mis en ménage avec son assistante, la jolie veuve. Était-il amoureux ? Personne n'en savait rien. Ça m'a fait quelque chose. Au fond, je l'aimais encore, même si je m'efforçais d'accepter ce qui était arrivé.

Mon histoire avec Daniel suivie du divorce a fait le tour de Casa. Les langues se sont déliées. La jalousie rivalisait avec la haine que suscitait ma réussite professionnelle. Il faut dire que chez nous, quel que soit le domaine, on n'aime pas ceux qui sortent du lot, ceux qui réalisent leur rêve. D'un côté on les admire, de l'autre on les hait : cette ambivalence est partout. Lorsqu'on réussit, surtout à partir de l'étranger, on fascine d'abord, puis on est jalousé. Cela vient d'un sentiment de frustration répandu dans une société où les chances ne sont pas les mêmes pour tous. La réussite des uns est souvent vécue comme l'échec des autres. On vous attend au tournant, mitraillette au poing, comme dans un film d'horreur. Pourquoi elle ou lui, et pas moi ? C'est mon père qui m'a ouvert les yeux sur cette réalité. Il m'avait prévenue quand j'avais entamé les travaux pour l'usine de médicaments. Il ne cessait de me conseiller d'être discrète : « Les gens sont envieux, tu sais, ils ne sont pas méchants, mais malheureux. » Ma mère évoquait le mauvais œil. Quand je protestais, elle me citait un dit du prophète Mohammad qui reconnaît l'existence du mauvais œil, capable de semer le malheur. Je n'y croyais qu'à moitié.

L'adultère révélé est ce qu'il y a de pire. Chaque famille s'en empare, le grossit, invente des détails incroyables, lui donne des proportions énormes. Mon affaire a fait le tour des foyers de Casa et m'est revenue tellement déformée que je ne m'y reconnaissais plus. C'est ma belle-famille qui a tout ébruité : elle fut à l'origine des médisances, des jugements hâtifs et méchants. Mes amies me rapportaient des faits et dires de plus en plus délirants. Et toutes y allaient de leur commentaire : « Tu vois, il n'y a pas mieux que la clandestinité, tu fais ce que tu veux en cachette et personne n'en sait rien. C'est ainsi, nous sommes obligées de nous conduire comme des enfants qui se cachent pour jouer. Nous sommes tous hypocrites et menteurs. Nos maris nous trompent. Nous le savons, car ce genre de chose, ça se sait, ça se sent. Soit on ne dit rien et on fait de même, soit on fait un scandale et ça aboutit à un divorce où l'on perd beaucoup. Toi, tu t'es affichée, tu n'as pas pris toutes les précautions et maintenant, tu le payes cher. »

Elles ont raison, en même temps : jusqu'à quand allons-nous vivre dans le mensonge social ? Il y a des gens qui partent à l'étranger la veille du mois de ramadan pour ne pas jeûner. D'autres qui s'enferment dans leur chambre pour manger, loin des yeux des bonnes. Les apparences sont sauves. Les voisins n'ont pas d'os à ronger. Il en est de même des hommes et femmes homosexuels. L'homosexualité est interdite par la loi, au même titre que les relations sexuelles hors mariage.

Elle est même punie par la loi ! Vous pensez que le Maroc est l'unique pays au monde où l'homosexualité n'existe pas ? Quelle aberration ! Mon amie Kenza vit sa vie, mais ses parents espèrent toujours la voir mariée. Elle résiste, trouve à chaque fois des subterfuges pour refuser de céder à la pression familiale. Elle me dit : « Ma mère est cardiaque, mon père diabétique. Leur annoncer que j'aime les femmes provoquerait chez eux un choc qui pourrait être fatal. Alors je fais semblant, je cache ma nature véritable. Pour les hommes, c'est un peu différent : il y en a qui se marient, font un gosse ou deux, puis mènent une double vie qui ne gêne personne. Parce que ce sont des hommes… »

L'autre jour, je m'apprêtais à me garer non loin de la pharmacie, quand un quatre-quatre polluant, conduit par une femme voilée portant des lunettes noires, a fait une marche arrière jusqu'à tamponner mon pare-chocs. Au lieu de s'excuser, elle m'a hurlé :

— C'est ma place, je l'ai vue avant toi !

— Pas du tout madame.

— C'est ma place même si tu l'as vue avant moi, puisqu'une femme adultère de ton espèce n'a aucun droit dans notre pays !

Les insinuations de la bonne femme, probablement islamiste, m'ont renvoyée à la réalité glauque d'une société où la femme est observée et jugée en permanence. Je n'ai pas répondu. Je suis sortie de la voiture mal garée, et me suis dirigée vers la pharmacie. Là, la femme m'a jeté un seau d'eaux usées. Personne n'est intervenu, j'étais salie de la tête aux pieds. Il ne me restait plus qu'à rentrer chez moi pour me laver. Je n'ai parlé à personne de cette agression. J'avais honte. Honte pour mon pays que cette violence soit tolérée. Personne n'est venu à mon secours ! Comment cette femme était-elle au courant de ma vie privée ? Toute la question est là. Une femme n'est pas libre, ou disons, elle est libre tant qu'elle ne sort pas de son rôle de mère et d'épouse irréprochable. Mais que vaut cette liberté, cernée par les préjugés et l'hypocrisie ?

V

NABILE

1

Huit mois plus tard

Je vis sous antidépresseurs. Mon ami le docteur Farès, excellent psychiatre, m'a soutenu et aidé dans l'épreuve que j'ai traversée et qui est toujours douloureuse. Impossible de m'endormir sans somnifères. Au réveil, je prends des remontants, des vitamines, bref, un tas de pilules pour tenir debout et continuer à exercer mon métier correctement.

Saïda, mon assistante, m'a été d'un grand réconfort. Au début, en me voyant dans un tel état de déprime, elle m'a suggéré de prendre quelques jours de repos et de me faire remplacer le temps que je me remette. J'ai refusé. Il faut dire que le travail est pour moi une bonne thérapie. J'aime mon métier, j'aime me pencher sur un enfant et le soigner, j'aime rassurer les parents. Cela me fait oublier mes problèmes. Je passe un maximum de temps à travailler, car dès que je m'arrête, les fantômes de la trahison m'envahissent. Il m'est même arrivé ces derniers temps de proposer mes services à l'hôpital public les samedis et dimanches. Il faut que je sois constamment occupé pour ne pas penser à ce qui me fait mal. Certes, le soir je suis fatigué, mais je préfère ça à l'oisiveté, qui me plongerait dans les ténèbres. Le travail non seulement m'aide à ne pas penser à ce qui m'est tombé sur la tête, mais me rend utile et donne sens à ma vie.

Je connais des hommes qui dans la même situation que moi auraient réagi en ayant recours à la violence. Pas moi. Je hais la violence. Mon éducation et mon éthique font que jamais je ne me défoulerais en tabassant quelqu'un. Ce n'est pas mon genre. Quand je vois mes enfants, je les rassure autant que je peux. Je prends dans mes bras la petite Najat, et cela a un effet extraordinaire sur mon moral : son sourire m'apaise et me fait oublier tout le reste. Mehdi et Yasmine se disputent pour la prendre dans leurs bras aussi. Je bénis les cieux d'avoir cette petite dans notre famille.

Une des tantes de Lamia, connue pour être désagréable et arrogante, parce que riche, est venue consulter pour un de ses rejetons. Après les salutations d'usage, elle a demandé :

— Et l'adoptée, ça va ?

— De qui tu parles ?

— Enfin, de la fille du péché, l'enfant abandonnée que vous avez récupérée.

— Ah… Najat va très bien, c'est notre fille, elle est inscrite sur notre état civil et nous l'aimons plus que tout.

J'aurais dû lui suggérer d'aller visiter un des orphelinats de la ville pour voir ces enfants abandonnés qui vous tendent les bras en souriant, au lieu de se montrer si méprisante. Cette visite m'a décontenancé. J'ai ausculté son gamin rapidement et lui ai dit : « Il n'a rien. » Elle est partie en claquant la porte.

Choquée, mon assistante Saïda n'a pas fait de commentaire, juste une grimace. Quant à mon drame, elle a été mise au courant très vite. Le hammam est le lieu de toutes les rumeurs, surtout fausses ou exagérées. Elle ne m'en a pas parlé, par pudeur, par respect. Lorsque je l'ai informée de ma situation, elle n'a rien dit. J'ai apprécié son silence.

Un soir, je l'ai invitée à dîner. J'en avais assez de manger des soupes tout seul dans ma cabane près de la piscine. Nous sommes allés dans un petit restaurant italien, peu fréquenté par la haute société casaouie. Nous étions tranquilles. Elle m'a regardé avec une telle tendresse que j'en avais les larmes aux yeux. Je sais, nous ne sommes pas du même milieu. Ses parents sont des gens modestes. Son père est cordonnier ; sa mère, couturière, travaille à la maison.

Je voyais clairement le mur de protestation qui serait érigé par mes parents, lesquels espéraient le retour de Lamia et mon pardon. Eux auraient aimé que nous nous remettions ensemble. Ils voulaient sauver les apparences. Se détacher de la honte produite par le drame. J'imaginais surtout ma mère me dire : « Mais enfin, mon fils, tu sous-estimes le poids du milieu d'où vient cette personne. Je n'ai rien contre elle, mais un médecin n'épouse pas son infirmière, c'est comme si un commandant de bord se mariait avec une hôtesse de l'air. Ce n'est pas possible ! Ça va faire jaser de plus belle ! Ce ne sont quand même pas les filles de bonne famille qui manquent. Sache que ta cousine Naima t'attend toujours, ainsi que la superbe Fouzia, qui vient de terminer sa médecine et cherche un mari… » Je lui répondrais : « L'oncle Habib, pilote à la Ram, n'est-il pas heureux avec Samia, hôtesse de l'air et mère épanouie de trois enfants ? »

Mon père ne me dirait rien, mais il n'en penserait pas moins. De toute façon, je n'avais pas besoin de leur approbation. Si Saïda était partante pour une vie commune sans pour autant qu'on se marie, je n'hésiterais pas. Je la connaissais, je savais sa pudeur et sa grande gentillesse. Ce n'était pas une tigresse. La mort de son mari lui avait donné beaucoup de sagesse. Elle n'était pas pratiquante, mais lisait des livres de spiritualité. Elle était calme, douce. Il fallait juste que notre travail ne soit pas affecté par le concubinage.

Quand je lui ai demandé si elle voudrait vivre avec moi, elle a pleuré. J'en ai été très ému. Puis elle a évoqué les problèmes que cela poserait. « Je te défendrai », lui ai-je dit. Car la société casaouie est violente, brutale même. Elle écrase le pauvre, enrichit le riche. Il allait falloir être indifférent aux commérages. Pour moi, il s'agissait d'une nouvelle vie, dans un nouveau cadre, avec de nouvelles perspectives.

J'ai décidé de n'en parler à personne, sauf à Hakim, qui a approuvé :

— Tu as raison, il te faut une femme douce, pas une conquérante qui pète le feu. Tu es un homme bon, parfois bêtement bon, alors mieux vaut une personne issue d'un milieu modeste, qui t'aimera simplement. Un amour simple et sereinement partagé, c'est ce qu'il y a de mieux pour toi. Elle t'aidera à oublier l'autre.

Quant à l'autre, je n'oublierai jamais le moment où elle m'a rappelé que j'étais chez elle et pas chez nous. C'est vrai, son père lui avait donné le terrain, mais j'avais participé à la construction de la villa – pas autant qu'elle, certes, mais je n'aurais jamais pensé qu'elle allait faire des calculs mesquins pour me mettre dehors. J'étais devenu monsieur quinze pour cent !

Quand tout se passe bien, on ne pense pas à ce genre de chose. Jamais je n'aurais imaginé être réduit un jour à occuper quinze pour cent de la maison que nous avions fait construire ensemble. Je me souviens de notre joie lorsque les travaux avançaient ; nous étions si heureux de pouvoir offrir à nos enfants un foyer confortable. L'argent n'était pas un sujet pour moi. Chaque fin de semaine, je virais sur le compte commun une somme non négligeable. Mais évidemment, j'étais moins riche qu'elle, je n'étais qu'un médecin qui travaillait dix heures par jour au bas mot.

Aujourd'hui, je me libère de ce passé, même si, de

temps en temps, j'ai comme une aiguille qui me traverse la poitrine. Malgré tout ce qui est arrivé, j'aime encore Lamia et j'ai bien peur de l'aimer longtemps. Difficile d'oublier un premier amour. Je n'ose pas l'avouer devant mes parents ni devant mes amis, ils me diraient : « Comment peux-tu l'aimer encore après une telle trahison ? Allez, ressaisis-toi, oublie cette femme, elle n'est pas digne de toi. »

Je suis repassé à la maison pendant que les enfants étaient à l'école. J'ai ramassé mes livres et mes disques, j'ai pris mes affaires. Lamia a changé la combinaison du coffre dans lequel j'avais déposé une montre Rolex, ainsi que ma collection de stylos Mont-Blanc et un peu d'argent en dollars. Il faudra que j'en parle avec elle – je le ferai par téléphone.

Avec Saïda, nous avons loué un appartement dans un immeuble neuf du boulevard Bir Anzarane. Nous l'avons meublé sobrement. C'est une nouvelle vie, sans prétention. En principe, Lamia devra me verser une pension compensatoire… Du jamais-vu au Maroc. Elle ne l'a pas encore fait, mais je ne vais pas la poursuivre pour ça. Telle que je la connais, elle se fera un plaisir de m'humilier en me versant cette somme, peut-être même qu'elle chargera son père de me convoquer pour me glisser un chèque dans la poche comme si j'étais un nécessiteux qu'il aidait au nom de sa foi. Elle serait capable d'ajouter : « Tu vois, je suis loyale. »

Au début, avec Saïda, nous ne faisions pas l'amour. Les médicaments que je prenais avaient mis ma libido à plat. Mais nous nous sentions bien. Entre nous, ça n'a pas été le coup de foudre, la passion. C'est une relation agréable qui se construit peu à peu, sans pression. Un petit bonheur sans tapage. Avec beaucoup de tendresse et de délicatesse. Au lit, elle me masse et me caresse jusqu'à ce que je m'endorme. C'est tout nouveau pour moi. Un soir, je lui ai dit que je m'étais rendu à mes consultations à pied parce que la voiture était en réparation, alors elle m'a demandé de m'asseoir au bord du lit, elle a apporté une bassine d'eau chaude où j'ai posé mes pieds, puis avec application elle les a massés longuement avec une huile apaisante. Elle les a essuyés puis m'a déshabillé et m'a donné mon pyjama. J'ai aimé ce moment, sans paroles, sans bruit. Le soir, nous nous retrouvons comme deux blessés, deux âmes qui se rapprochent pour se rendre la vie douce.

Pour mieux nous connaître, je lui ai proposé de partir en voyage en Espagne. Nous avons passé des jours tranquilles à Marbella. Nous nous sommes promenés ; elle a fait du shopping ; nous avons mangé dans des restaurants que des amis m'ont conseillés. Elle est vraiment de bonne compagnie. Mais je l'avoue, je ne suis pas amoureux. Elle le sait, et on vit sans se poser de question. Notre relation est basée sur la sincérité et l'honnêteté. Je ne lui ai rien promis de sensationnel, mais je lui ai dit qu'avec moi, elle n'aurait pas de surprise. J'essaierai de la combler et de lui donner tout le bonheur dont je suis capable. Pour le moment, je suis encore trop meurtri pour être parfaitement constant.

Au travail, elle se montre toujours plus attentive, et participe davantage aux consultations. C'est une bonne professionnelle. Récemment, je l'ai même augmentée. Elle a aussi la fibre maternelle ; elle approche la quarantaine et je redoute le moment où elle va me demander de lui faire un enfant. Cela compliquerait les choses. Mes enfants ne sont peut-être pas prêts à voir leur père remarié et de nouveau papa. Je tâche de ne pas trop m'inquiéter et j'attends de voir comment notre relation va évoluer.

L'autre jour, Najat a eu de la fièvre. Lamia m'a appelé en panique. Elle est arrivée au cabinet, la petite dans les bras, et, sans égard pour les patients qui attendaient, a poussé la porte en pleurant :

— Je ne sais pas ce qu'elle a, elle ne mange plus et souffre…

Je lui ai dit de se calmer.

La petite n'avait pas reçu la deuxième injection du vaccin contre la rougeole-oreillons-rubéole. Elle venait d'avoir deux ans. Il était encore temps de la vacciner. En attendant, je lui ai donné un traitement ; le vaccin serait fait quand la fièvre retomberait.

Lamia était rassurée. Elle m'a fait la bise en partant.

2

Nos anciens amis se sont divisés en deux clans : les pour et les contre. Je n'ai pas cherché à retenir ceux et surtout celles qui se sont éloignés de moi, je me suis contenté de remercier les autres sans pour autant les fréquenter de nouveau dans les fêtes, les soirées, les escapades.

Saïda est une femme du peuple. Elle aurait pu devenir médecin si ses parents n'avaient pas eu besoin d'elle pour joindre les deux bouts. Elle était fille unique, ils comptaient sur elle. Après ses études d'infirmière, elle avait épousé Mustafa, un camarade de promotion qui buvait trop. Raison pour laquelle il eut un accident de voiture entre Rabat et Casa. Il était ivre, conduisait trop vite sur l'ancienne route nationale, avait doublé un camion dans un virage puis perdu le contrôle de son véhicule. Mort sur le coup. Il avait à peine trente ans.

L'aimait-elle ? Saïda en parlait avec une certaine distance. Elle savait que l'abus de la boisson causerait un drame un jour ou l'autre. Elle m'avoua un jour : « C'est pour ça que je continuais de prendre la pilule. Je ne voulais pas avoir d'enfant avec un alcoolique. Au début, il m'avait caché cette addiction. Comme la plupart des hommes marocains, il aimait bien boire un verre avec des copains avant de rentrer. Sauf qu'il commençait dès le matin. Pour un infirmier, ce n'était pas du tout correct. Il a reçu des avertissements, puis a été renvoyé et là, il n'a plus fait que boire. Notre mariage a été un fiasco. Quand il était sobre, il était gentil, attentionné, il m'offrait des fleurs, me faisait des déclarations. Puis très vite l'addiction reprenait le dessus. La voiture où il est mort n'était même pas à nous : il l'avait empruntée à un cousin. L'assurance n'a rien donné. C'est moi qui, petit à petit, ai dû rembourser le propriétaire de cette auto de malheur. »

Puis, après un long silence : « Au Maroc, surtout avec ce gouvernement d'islamistes, on fait comme si l'alcoolisme n'existait pas. Tout le monde ferme les yeux et les gens boivent sans modération, du mauvais vin, de la bière, n'importe quoi qui procure l'ivresse. Des associations ont réclamé l'instauration d'alcootests sur les routes. Mais non, nous sommes des musulmans, nous ne buvons pas d'alcool ! Quelle hypocrisie ! Mustafa a été victime de son milieu social et familial. Il fréquentait une bande de chômeurs qui vivaient avec l'argent de leurs parents ou de leurs femmes. Ils le dépensaient dans ces bars miteux autour du port.

« Le Maroc est le pays où il y a le plus d'accidents de la route. La France a fini par réduire le nombre de morts sur les routes, nous, on les a doublés.

« Durant mes trois années de mariage, j'ai connu des moments de joie, et d'autres d'angoisse, surtout le soir quand il rentrait tard. Je récupérais un homme sans dignité, une loque. Le lendemain, il ne se souvenait de rien. Cependant il n'a jamais levé la main sur moi. Sans l'alcool, ç'aurait été un chic type. Mais c'est ainsi. Comme me dit ma mère : "C'est ce que ta pelle a recueilli !"

« Comme tu as pu le constater, je n'ai jamais bu une goutte d'alcool. Ma seule addiction, c'est le travail bien fait. Je m'occupe de mes parents qui souffrent de ce que j'appelle les maladies marocaines : diabète, hypertension artérielle, cholestérol, etc. Ils n'ont pas de Sécurité sociale. La sécurité, c'est moi. J'ai vendu la plupart de mes bijoux pour ne pas m'endetter auprès de la pharmacie et des médecins. »

C'était la première fois qu'elle se confiait ainsi à moi. Elle m'a ému. Je lui ai pris les mains et les ai embrassées. Elle a fondu en larmes.

Je me suis organisé sur le plan financier pour ne plus dépendre de personne. Je mets la moitié de mes recettes sur un compte à part, en cas de malheur. Je veux gâter Saïda, elle le mérite. Elle m'aide à sortir de ma dépression. J'ai diminué la quantité de pilules que je prends quotidiennement. J'ai de nouveau arrêté de fumer. Avec Saïda, nous allons courir un matin sur deux. Je me suis inscrit dans une salle de sport. J'y vais deux fois par semaine. J'ai ainsi perdu quelques kilos.

Mon hygiène de vie s'est améliorée. Saïda m'incite à faire attention à ce que je mange, surtout quand je sors avec les enfants. Plus de fast-food, ils sont déçus. Je leur explique, à chaque fois, l'importance de manger sainement.

Leur mère les gâte. Elle n'a toujours pas de temps à leur consacrer. Ses affaires et ses voyages prennent le pas sur la vie de famille. De toute façon, il n'y a plus de vie de famille. Les enfants passent la majeure partie de leur temps chez leurs grands-parents. Je pense de moins en moins à Lamia. Je sens que je me libère de ce lien. Cela prend du temps. J'avoue qu'il m'arrive parfois de repenser à elle avec émotion, des souvenirs surgissent sans raison, des parfums, des images, des musiques. Heureusement que Saïda est là.

3

Six mois que nous sommes ensemble avec Saïda. Ma libido renaît. C'est elle qui l'a réveillée. Nous avons fait l'amour pour la première fois. Elle a pris toutes les initiatives. Son désir est puissant, le mien moins. Elle m'a chevauché et a conduit les opérations avec délicatesse. J'ai joui pour la première fois depuis si longtemps. Elle aussi. Nous sommes restés enlacés toute la nuit. Peu de paroles. Des silences et de la tendresse. Je n'ai pas connu cela avec mon épouse. Quand on faisait l'amour, on aurait dit que toute sa famille y assistait. J'entendais les commentaires, les cris, les bavardages de ses parents, alors même que nous étions seuls. Avec Saïda, je n'entends que les battements de son cœur.

Pourquoi ne pas me marier avec elle ?

J'ai sollicité un conseil de famille réduit à mes parents, qui avaient mal vécu tout ce qui m'était arrivé. Comme d'habitude, c'est mon père qui a eu les paroles les plus sages :

— L'important, ce sont vos sentiments ; pas d'amour, pas de mariage. Si vous vous aimez sincèrement, alors il ne faut pas hésiter, mariez-vous, faites des enfants, dégage-toi de cette bourgeoisie toxique où tout est basé sur les apparences, le fric et la compétition à celui qui gagne le plus.

Ma mère poussa un soupir :

— J'aimais bien Lamia. Mais elle a été détournée du droit chemin par un djinn. C'est une fille de bonne famille, ses parents sont riches, oui, ça facilite la vie. J'avoue que quand j'ai appris cette histoire de trahison, j'ai été plus que malheureuse. J'en ai pleuré. Ton père me le reprochait. J'étais attachée à cette famille, des Fassis comme nous. À présent nous ne nous voyons plus, je le regrette. Tu veux vraiment tenter une aventure avec ta secrétaire ?

— Non maman, mon assistante. C'est une excellente infirmière. Une femme délicate, gentille, qui m'a aidé quand j'étais au fond du trou.

— Bon, et tu veux faire un grand mariage ?

— Pas du tout ! Un déjeuner avec la famille pour que tout le monde la rencontre, c'est tout. Pas de musique, pas de bruit, pas de tapage.

— Si ton père est d'accord, je n'ai rien à ajouter. Bonne route, mon fils. Encore heureux que tu sois venu nous demander notre avis. Ce n'est pas comme cette folle de Faïza, partie à Dakar pour se marier sans le dire à personne, avec un Sénégalais, un Noir, tu te rends compte ?

Mon père la reprit :

— Ta nièce Faïza en a bavé avec son mari blanc,

marocain, fortuné et qui passait son temps dans les casinos avec des putains. Au moins, Dialo est un professeur de médecine qui dirige un grand hôpital à Dakar. On s'en fout de la couleur de peau. C'est incroyable, ce racisme antinoir ! Vous vous croyez supérieurs parce que vous êtes nés avec une peau blanche ? Quelle stupidité !

Ma mère n'aime pas quand mon père lui fait des reproches en public. Elle a fait peu d'études et a passé sa vie à s'occuper de son mari, de ses enfants et de toute la famille. Son racisme est courant, elle n'est pas la seule à ne pas aimer les gens de couleur. C'est mon père qui est une exception. Lui se souvient d'avoir vu son oncle paternel maltraiter deux concubines noires ramenées de Guinée ou du Mali. Enfant, il était choqué par le fait que les enfants de ces deux femmes n'avaient le droit ni de manger à la même table qu'eux, ni de jouer avec eux. Pourtant, c'étaient leurs cousins germains, mais ils étaient noirs. Cet épisode de son enfance l'avait marqué ; il nous en parlait souvent.

J'ai invité Saïda à déjeuner chez mes parents le vendredi qui a suivi. Mon père l'a beaucoup appréciée. Elle parlait peu et à voix basse. Ma mère la regardait de biais comme pour la juger, mais n'a rien dit. Bon signe. Le soir, Saïda m'a lancé : « La semaine prochaine, ce sera à toi de venir chez mes parents ! »

Ses parents habitent un petit appartement modeste

dans le quartier du Maarif. Ils m'ont reçu au mieux. C'est fou combien la table compte dans les relations de famille. Ils nous ont d'abord servi pas moins d'une dizaine de plats traditionnels qui m'ont rappelé mon enfance, puis un tajine de petits pois et d'artichauts avec une épaule d'agneau, et un couscous aux raisins secs et oignons. Enfin, en dessert, des pâtisseries au miel délicieuses. Ni Saïda ni sa mère ne se sont assises avec nous : il y avait juste le père, deux oncles et un cousin. Que des hommes. Les femmes sont restées dans la cuisine et ont mangé après nous.

Au moment du thé, le père s'est penché vers moi et m'a murmuré à l'oreille :

— Vous voulez épouser notre fille ? Nous sommes pauvres, nous sommes des gens simples, il faut le savoir. Nous ne prenons pas de vacances à Marbella ou à Tanger. Nous n'avons pas les moyens d'aller en pèlerinage à La Mecque, comme nos voisins. Moi, je m'en fous un peu, mais ma femme aimerait beaucoup. Je vous le dis pour que les choses soient claires.

Je l'ai rassuré. Même si ce n'est pas la vérité, je lui ai dit que mes parents étaient des gens modestes, en tout cas pas aussi riches que les parents de mon ex-femme. Saïda connaît parfaitement l'état de ma fortune : c'est elle qui dépose l'argent à la banque tous les vendredis.

Il m'a ensuite demandé pourquoi mes parents n'étaient pas venus à ce déjeuner. Mon embarras était visible. Je n'ai pas répondu.

Nous avons levé les mains jointes vers le ciel et récité des prières.

À mon départ, la mère de Saïda s'est présentée à moi. Elle m'a juste dit :

— Merci.

Cela m'a touché.

— Mais merci de quoi ? C'est moi qui vous remercie, madame.

Ma situation économique n'est pas brillante. Je travaille de plus en plus, je fais des heures supplémentaires dans une clinique qui vient d'ouvrir à côté de mon cabinet, je fais aussi pas mal de visites à domicile, ce qui rapporte un peu plus que les consultations au cabinet. Je dois mettre de l'argent de côté pour le loyer, les impôts, les charges, pour les imprévus. Je fais attention aux dépenses. J'ai toujours la même voiture, ce qui fait rire mes enfants habitués au luxe de leurs grands-parents et de leur mère. J'essaie de leur apprendre qu'il faut travailler beaucoup pour vivre correctement. Ils ne comprennent pas. Gâtés ! Oui, j'ai des enfants gâtés. Ils possèdent le dernier modèle d'iPhone et se moquent de mon vieux portable. Je le garde, sachant que l'obsolescence est programmée. Je leur ai parlé de cette folie de la consommation débridée, ils ne m'ont pas écouté.

M'écouteront-ils quand je leur annoncerai que je vais me remarier ? Ils ne sont pas préparés à ça, et je ne compte pas sur leur mère pour leur expliquer. En même temps, je ne vais pas me cacher. Un jour, je les ai emmenés au cinéma voir un film français où il était question de divorce, de remariage et de famille recomposée. Ils ont ri. En sortant, ma fille m'a dit :

— Tu nous as montré ce film pour nous demander ce qu'on penserait de toi si tu te mariais avec une autre femme, c'est ça ?

— Exactement, ma fille.

— Si elle est gentille, pas de problème. De toute façon, on ne vivra pas avec vous.

Mon fils se montra plus réticent :

— Oui, je sais, tu sors avec ta secrétaire, elle est pauvre, t'es riche, ça va pas, ça.

— Mon fils, je ne suis pas riche. Je loue un petit appartement, je travaille tout le temps pour que vous ne manquiez de rien, j'assume mes responsabilités de père divorcé. Quant à Saïda, elle m'a été d'un grand secours quand je me suis trouvé éjecté de la maison, désespéré. Vous verrez, c'est une belle personne. Il n'y a pas que l'argent qui compte dans cette putain de vie !

— Ne t'énerve pas, papa.

Je m'étais emporté bêtement. C'était le moment de leur donner une petite leçon sur la consommation à outrance :

— On va prendre une glace et je vais vous parler comme je le faisais quand je vous déposais à l'école le matin. Vous vous souvenez quand c'était à moi de vous emmener à l'école ? J'en profitais pour vous expliquer des notions de la vie quotidienne.

— Ah, oui déon… déonlogie… C'est quand un journaliste part en vacances sans payer son billet d'avion…

— Non, la déontologie, c'est le fait de respecter les règles de son métier et de ne pas accepter de se laisser acheter avec un cadeau ou même avec de l'argent… Dans le cas contraire, c'est la même chose que de la corruption.

— Oui, ça on connaît, maman en parle souvent, « réchoua » revient tout le temps dans ses conversations, dit la petite.

— Aujourd'hui, je voudrais vous parler de l'argent, de votre rapport à l'argent.

— Tu nous as déjà dit que c'est de la poussière ! Moi, je ne suis pas d'accord.

— Vos grands-parents vous gâtent, mais il faut savoir qu'avec l'argent, on n'achète pas tout. Par ailleurs, il faut arrêter d'accumuler les fringues, les chaussures de marque… Habillez-vous correctement, avec élégance, sans être esclaves des marques qui ne valent que pour frimer dans les cours de récréation. Tout ça, ce ne sont que des apparences. Quand vous serez grands et que vous aurez fait de bonnes études, vous pourrez vous permettre de vous habiller avec des trucs chers, notamment pour chercher du travail. Bref, vous m'avez compris, je ne suis pas d'accord avec ce gaspillage ; en outre, pensez à la planète : plus vous consommez, plus les usines pollueront.

Ils sont restés silencieux un instant, puis Mehdi m'a répondu :

— Moi je veux faire comme toi, devenir médecin. Je voudrais soigner les animaux.

— Ça s'appelle vétérinaire. Ce sont des études longues et difficiles. Je t'approuve à cent pour cent !

Et ma fille :

— Moi, je serai chanteuse.

— Mais ma chérie, ça ce n'est pas un métier, c'est un don. Fais d'abord des études, et on verra si tu as ce don.

Mes enfants manquaient d'éducation. Leurs grands-parents leur passaient tout ; avec leur mère souvent absente, ils étaient livrés à eux-mêmes. Le divorce, c'est aussi ce risque, celui de voir ses enfants prendre de mauvaises habitudes, devenir paresseux, déraper. Il fallait que je les voie plus souvent, et que je m'organise pour veiller à leur éducation. C'est à cet âge-là que tout se décide.

4

Casa est une ville géante, crasseuse, belle et laide, une ville dure où les plus riches côtoient les plus pauvres. Elle dégage une énergie spéciale. On ne peut pas y rester les bras croisés à ne rien faire, d'où ce commerce informel un peu partout. C'est une ville où les frustrations sont criantes, où les valeurs sont écrasées par l'arrogance du fric, de l'arrivisme et de la corruption. Ici, l'argent, ça se montre. Rares sont ceux qui ont fait fortune et qui restent discrets. La mondialisation a fait d'une partie de la ville une vitrine parisienne ou milanaise. À côté, des malheureux fouillent dans les poubelles. Il y a eu des reportages là-dessus. Des enfants des rues traînent la nuit dans des quartiers à l'abandon. Tout le monde sait ça, mais personne ou presque ne dit rien. Des associations se démènent, dirigées par des femmes remarquables. Que d'enfants abandonnés à la naissance à cause de l'interdiction de l'avortement, à cause de la honte et du péché puni par la religion, à cause de l'inconscience des hommes, de leur lâcheté aussi. Que de fois des femmes de l'association m'ont apporté un nourrisson de quelques jours à peine, pour que je le sauve. Son sort ? L'orphelinat au mieux ou la pseudo-adoption, la kafala, rare. À force, je suis devenu le pédiatre de l'orphelinat de Derb Ghellef. J'y vais une après-midi par semaine. Ce n'est pas suffisant. J'ai demandé à des collègues de donner un peu de leur temps pour soigner des enfants en manque de tout ; ils ont accepté du bout des lèvres, puis ils n'ont rien fait. Je ne suis pas un héros, mais en tant que père, je ne pouvais pas ne pas répondre à la demande de l'association. Saïda m'accompagne à chaque fois, elle sort de là en larmes. J'ai beau lui dire qu'il ne faut pas se laisser ronger par ses émotions, elle pleure. J'en ai parlé une fois avec Lamia, elle a fait un chèque, un petit chèque pour avoir la conscience tranquille, et elle a ajouté, s'inspirant d'une phrase célèbre d'un homme politique français : « Tu ne peux pas soigner toute la misère du monde… Pense à tes enfants, eux aussi ils ont besoin de toi. » Elle a oublié, comme la plupart des gens, de citer la phrase en entier : « … mais tu as ta part pour soulager cette misère ».

Je connais bien les quartiers populaires de Casa, parce qu'il m'arrive d'aller rendre visite à des enfants malades en dehors de l'orphelinat. Saïda, qui les connaît bien aussi, m'a dit un jour :

— Le gouvernement devrait taxer les cliniques privées qui se font un argent fou, cette taxe irait directement aux associations qui aident les enfants abandonnés. Quand je pense que ces ministres se disent musulmans !

Nous avons eu une longue discussion sur la situation politique du pays. D'un côté, il y a des avancées, de l'autre, des régressions. L'islam devrait rester dans les mosquées et dans les cœurs. Ne pas s'occuper de politique. C'est au cours de cette discussion que j'ai découvert que Saïda n'était pas croyante. Elle était en colère contre la politique, et même contre la religion, détournée par des terroristes ou des politiciens égoïstes.

— Il y a longtemps que j'ai perdu la foi. Mais je n'ai pas le droit de le dire ! Nous sommes dans un pays où on n'a pas le droit d'être athée, c'est un comble. Je fais semblant et je baisse les yeux. En quoi le fait de croire ou de ne pas croire concerne-t-il les autres ? Quand on n'a pas cette liberté, on est pris en otage par la religion et ceux qui l'utilisent.

Un jour, on nous a amené un enfant battu et sa mère qui avait également reçu des coups. L'enfant et la mère pleuraient. Un salaud de mari les avait massacrés. L'enfant n'était pas de lui. Saïda et moi les avons secourus, mais il fallait que la femme porte plainte. Elle avait peur, une peur terrible. Saïda a essayé de la persuader que si elle s'adressait à la police, le mari serait convoqué : c'était à lui d'avoir peur. Finalement, la femme est repartie, ses blessures pansées, l'enfant traumatisé par la violence du beau-père. Trois jours après, elle est revenue dans un état encore plus grave. Je l'ai soignée pendant que Saïda appelait la présidente d'une association bien connue pour défendre les femmes battues. L'association a porté plainte auprès de la police, au nom de cette pauvre femme qui ne faisait que pleurer.

J'ai su par la suite que le mari avait été convoqué par un juge et mis en examen pour coups et blessures sur une femme sans défense. L'avocate de l'association avait été formidable. Le mari fut condamné en urgence à un an de prison ferme, avec interdiction de s'approcher de sa femme dont il devait divorcer et en lui donnant une pension conséquente. Sans Saïda, cette jeune femme, comme des milliers d'autres, aurait continué à subir une ordure de mari alcoolique et violent.

J'ai demandé à Saïda de m'accompagner en Palestine pour ma décoration de la médaille de la Solidarité. Elle a préféré rester au cabinet et travailler avec mon remplaçant.

— Je tiens la boutique ! Va, Nabile, et fais attention à toi.

Le voyage fut aussi long que la première fois. Les choses avaient changé, en pire. L'embargo sur la population de Gaza était de plus en plus étouffant. Les médicaments arrivaient au compte-gouttes. J'en avais emporté deux caisses avec moi. Lamia, sachant que je partais pour Gaza, me les avait fait déposer au cabinet avec un mot : « Bon voyage et prends bien soin de toi. »

À l'aller comme au retour, je n'ai cessé de penser à elle. Pourtant, la vie avec Saïda est paisible et me convient tout à fait. Mais ce petit mot m'avait touché. J'avais envie de l'appeler, de la remercier, de savoir comment elle allait. Mauvaise idée. Il ne faut pas remuer le passé. Cela fait plus d'un an que le divorce a été prononcé. Nous sommes séparés officiellement et religieusement. Pas de retour en arrière possible. Et puis jamais je ne ferais une chose pareille à la gracieuse Saïda.

De retour à Casa, j'ai trouvé Saïda à la sortie de l'aéroport. Elle m'attendait. « J'avais tellement hâte de te voir ! » Sur la route, elle a prononcé des mots à voix basse, je les lui ai fait répéter : « Il est temps qu'on se marie. »

— Le déjeuner chez les parents a été une première prise de contact, a-t-elle ajouté. À présent, il faut régulariser notre situation.

— Bien sûr. Tu me dis ce qui t'arrange. On réunit les deux parents pour un déjeuner et les adouls inscriront notre mariage sur leur registre.

Il allait falloir négocier de part et d'autre une cérémonie modeste qui ne coûterait pas cher et n'ameuterait pas tous les membres de la famille, lesquels de toute façon verraient ce mariage d'un mauvais œil.

La cérémonie religieuse eut lieu dans un grand silence. Elle a dit oui, moi aussi. Nous avons signé les papiers, nos cartes d'identité entre les mains des adouls.

Le soir, nous étions fatigués. Nous nous sommes endormis enlacés. Heureux.

Le lendemain, j'ai reçu au cabinet un coup de téléphone de Lamia. Elle voulait me souhaiter le meilleur pour ce nouveau mariage. J'ai été sec, prétextant une consultation. J'ai senti dans sa voix de l'aigreur et un peu d'ironie, elle appelait ma femme « ta secrétaire ». J'ai écourté la conversation. Pas question qu'elle vienne me déranger dans cette nouvelle vie, encore fragile.

5

Saïda veut sa place dans ma vie. Elle avance à pas feutrés, sachant que l'ombre d'une autre femme plane encore sur nous. Lamia se manifeste souvent, par des appels, des cadeaux pour mon anniversaire, et plus récemment par une lettre où elle réclamait « une deuxième chance ». Il faut que ça s'arrête. J'essaie chaque fois de dissimuler ces choses, mais Saïda voit et entend tout. Une inquiétude s'est immiscée dans notre foyer.

Saïda est préoccupée, je tente de la rassurer. Elle sait ma faiblesse, elle a raison de s'inquiéter. Non que j'aie l'intention de céder aux sollicitations de Lamia, mais je ne suis pas tout à fait guéri de ce premier mariage. J'aurais dû, comme me le suggéraient des amis, organiser une fête pour célébrer mon divorce, en finir avec cette époque de ma vie et m'ouvrir à une nouvelle ère pleine de promesses. Mais je ne l'ai pas fait.

Un soir, Lamia m'attendait au volant d'une petite voiture garée à l'angle de la rue. Quand elle m'a vu, elle en est sortie et m'a dit :

— Il faut qu'on parle.

— Nous n'avons plus rien à nous dire. Tu me gênes. Laisse-moi, fous-nous la paix.

— Je sais que tu m'aimes encore, je te connais. Arrête de fuir.

— Non et non ! Va-t'en, s'il te plaît. Ne gâche pas ma soirée.

— Ah, tu es toujours le même… Ce n'est pas le courage qui t'étouffe. Allez, va, va rejoindre ta petite prolétaire !

J'étais contrarié. Saïda s'en est rendu compte. Le divorce n'avait pas été consommé, Lamia faisait un déni. La connaissant, elle n'allait pas abandonner le harcèlement. Lors d'une de nos anciennes disputes, elle avait juré de me détruire. Elle venait mettre en œuvre son plan. Mais je ne me laisserais pas faire.

En rentrant, j'ai appelé l'avocat qui nous avait divorcés. Il m'a rassuré en me disant qu'elle s'agitait mais ne pouvait rien contre moi, le divorce ayant été prononcé et accepté par les deux parties. Le reste relevait du ressentiment, et il fallait le traiter par le mépris. Le mépris ! Il va falloir que j'apprenne à en faire preuve à l'égard de mon ex-épouse. Pas facile, car j'ai oublié d'avouer à mon avocat que de temps en temps je me sens encore un peu amoureux d'elle… Un petit peu… Un tout petit peu…

Saïda saura-t-elle me sauver de cet amour blessé ? Je compte beaucoup sur elle. La vérité est que je m'en veux d'utiliser cette femme pour enterrer mon passé.

C'est indigne, même si mon affection pour elle est réelle. Il y a d'un côté une blessure non refermée, de l'autre la promesse d'une nouvelle vie. Je me demande comment font les autres. Je me sens coupable à chaque fois que mes pensées s'arrêtent sur Lamia. Je me dis souvent que les hommes sont plus compliqués que les femmes. Je me répète la phrase bien connue : « Les hommes sont lâches et les femmes sont cruelles. » Sauf que Saïda n'a aucune disposition pour la cruauté, même face à mes petites lâchetés.

Nous sommes partis nous reposer à Tanger. Un ami m'a obtenu un bungalow au fameux hôtel Le Mirage : c'est un palace qui offre la plus belle vue sur l'Atlantique, avec une plage de sable fin magnifique et déserte. Situé à côté des grottes d'Hercule, cet hôtel a été construit par deux frères d'origine très modeste. Quand on y met les pieds, comme par magie, on se sent vraiment ailleurs, c'est une sorte de paradis sur terre que seul le vent d'est est capable de froisser. Le Mirage a une histoire assez extraordinaire. D'une pizzeria construite par un maçon qui avait lu les plans à l'envers – raison pour laquelle le bâtiment tournait le dos à la mer –, les deux frères ont d'abord fait un hôtel familial, puis un lieu pour les grands de ce monde. Il arrive que le roi Mohammed VI y séjourne l'été, c'est dire le luxe des lieux. Les clients sont cooptés par d'autres clients, le service y est impeccable. Rien de tel pour se reposer et oublier les tracas de la vie quotidienne.

Nous avons été reçus comme si nous étions des amis du propriétaire, Ahmed. Un homme jovial, sympathique, qui nous a chaleureusement accueillis :

— Vous êtes des amis de Taher, c'est un frère pour moi : quand il me recommande quelqu'un, j'en prends soin. Vous êtes ici chez vous. Je vous ai surclassés, on va vous installer dans la suite Jean-Louis Scherrer, qui donne directement sur la mer. Comme vous êtes de jeunes mariés, j'ai mis une bouteille de champagne au frais. On la boira ensemble ce soir, n'est-ce pas docteur ?

J'ai rarement rencontré quelqu'un d'aussi spontané, vif et amical. Un homme charmant. Il a donné des ordres pour que nous ne manquions de rien, et nous a fait livrer une corbeille de fruits et des gâteaux marocains.

La plage était immense, la mer sublime. Un garçon nous a prévenus qu'elle était dangereuse. Nous sommes descendus marcher sur la plage ; au retour nous nous sommes baignés au bord. Cela faisait longtemps que je n'avais pas connu un tel sentiment de plénitude et de liberté. Saïda jouait avec les vagues comme une enfant. En remontant, nous avons trouvé Ahmed avec une bouteille de champagne à la main :

— Allez les amis, on va trinquer !

Sauf que lui, il ne boit pas.

— Ce n'est pas à cause de la religion, mais à cause de

mon cœur, j'ai des problèmes cardiaques, d'ailleurs je dois bientôt me rendre à Amsterdam chez mon médecin. Il me conseille de me faire opérer de nouveau. J'ai un peu peur. C'est une arythmie. Je me soigne…

Je lui ai proposé de lui prendre rendez-vous avec le meilleur cardiologue de Casa, mais il a refusé net :

— Jamais ! Pas confiance. Ici, les cliniques ce sont des fabricants de fric. Je n'ai confiance qu'en mon cardiologue, d'ailleurs il n'est pas hollandais mais d'origine palestinienne, il a étudié à l'université de Tel-Aviv. C'est un type formidable. Il est professeur et de temps en temps il s'occupe des amis.

Son téléphone sonnait régulièrement, il répondait puis reprenait la conversation.

— C'est la cuisine, je leur ai dit de vous préparer quelque chose de spécial. Vous dînerez sur la terrasse. Je vous ai réservé la table du coin, face à la mer, c'est la meilleure évidemment.

Il nous a longuement parlé du couturier Jean-Louis Scherrer, qui avait apparemment été un de ses grands amis :

— Ah, Jean-Louis, c'était un homme merveilleux, élégant, un ami fidèle, il venait tous les étés passer un mois ou plus. Il ne dormait pas là, il avait sa maison dans la médina, mais aimait passer la journée ici avec sa bande. Il ne se déplaçait jamais avec moins d'une dizaine d'amis ! Il avait toujours à ses côtés une femme qui s'occupait de lui. Comme j'ai pleuré sa mort. Il nous manque tant. Il était heureux dans cette suite, qu'il occupait la journée. Il organisait des déjeuners autour d'une grande table qu'on dressait là, sur cette terrasse. Il fumait des menthols et ne buvait pas une goutte d'alcool. Comme moi. Jamais de cigarette, jamais d'alcool ! En revanche, j'adore manger des plats simples, des haricots blancs à la tomate, des lentilles, des plats populaires, car je suis comme on dit un ancien pauvre, mais pas un nouveau riche. Je n'oublie pas d'où je viens. J'ai été garçon de café à Asilah, ma ville natale. Grâce à un client, un ministre, j'ai obtenu un passeport et je suis parti travailler en Hollande. À l'époque, pas besoin de visa, le passeport marocain était respecté. Ensuite, j'ai travaillé durement. Mon frère m'a rejoint, et voilà… Bon, je vous laisse, si vous avez besoin de quoi que ce soit, je suis là : tenez, voilà mon numéro. »

Saïda et moi étions sous le charme de cet homme si généreux. Nous ne savions pas comment le remercier. Nous sommes repartis le dimanche après-midi sans avoir pu le saluer, car il dormait. Il s'était arrangé pour nous laisser une facture symbolique. C'était gênant. Je me suis juré de l'appeler pour le remercier de vive voix.

Le retour à l'appartement bruyant de Bir Anzarane tranchait avec le calme de ce week-end. Nous avons repris le travail avec une énergie nouvelle.

VI

LAMIA

1

Un an plus tard

Le jardin autour de la maison respire mal. Les arbustes, les fleurs, toute la verdure a été contaminée par mon chagrin. Je ne pensais pas un jour atteindre ce niveau de souffrance. J'ai été d'un côté abandonnée par un amant fugace et de l'autre séparée d'un mari que j'aime encore, du moins je crois. Je ne supporte pas la défaite. Je ne renonce pas si facilement. Mon mari m'appartient, même s'il s'éloigne de plus en plus. Au Maroc, on dit « *Rajli* », « mon homme », pour dire « époux ». Il reste le mien même s'il refuse de le reconnaître.

Toutes les portes se sont refermées sur ma tristesse. Seules mes affaires parviennent à me distraire. Je voyage souvent, je vois du monde, loin de Casa, loin du Maroc. J'ai acheté un chien et deux chats. Mes enfants les adorent. Ma vie s'est réduite : mes amies m'appellent moins qu'avant. Cette année, elles ont toutes oublié mon anniversaire. C'est curieux. Elles aiment les femmes bien établies, bien installées, bien ancrées dans les traditions et l'hypocrisie qui va avec. Quant à mes parents, ils ne cessent de me faire des reproches.

— Au Maroc, une femme qui réussit, qui gagne plus d'argent que son mari et qui a des projets ambitieux est condamnée d'une façon ou d'une autre à se faire éjecter ! Tu es allée trop vite et trop loin. Le fait d'être tombée dans le péché n'a rien arrangé. Ce sont des choses qui n'arrivent pas dans notre famille. Quand on se marie, c'est pour la vie. Pas question d'être tentée par un homme de passage. Nous t'avions pourtant bien éduquée…

Ainsi parle ma mère. Gênée devant ses amies, elle sort moins et maudit le jour où j'ai fauté. Comment faire comprendre à cette génération de femmes soumises et fatalistes que l'amour peut surgir sans qu'on le cherche, et que la passion nous rend plus vivants ? Ma mère est persuadée que la passion n'existe que dans les films et les séries télévisées. Quant à l'amour qui l'unit à mon père, il a quelque chose de sacré, d'intouchable, il ne s'exprime pas dans les mots ni dans les embrassades en public. Je ne les ai jamais vus avoir un geste de grande tendresse l'un pour l'autre. Mais je sais qu'ils s'aiment, à leur façon. Peut-être que mon père a eu des aventures lorsqu'il voyageait – j'ai vu un jour une photo de lui dans les bras d'une jeune femme. La photo servait de marque-page dans un gros livre d'histoire, dont mon père était sans doute persuadé que ma mère n'irait jamais le consulter.

Ma famille ne m'est d'aucun secours. Mon amie Kenza est toujours accaparée par sa copine, je la vois moins souvent. Je pense à mon ex-mari, je suis jalouse de sa nouvelle vie. Je ne supporte pas qu'il donne à une autre ce qui me revenait de droit. Je suis jalouse de tout, du temps qu'il consacre à sa nouvelle épouse, des voyages qu'il fait avec elle, des films qu'ils regardent ensemble. Cela me rend malade et je ne me supporte plus.

Quant à Daniel, j'ai fini par le détester ; c'est un voyou, un opportuniste qui m'a laissée tomber sans le moindre scrupule. Un spécialiste de la séduction, qui passe de femme en femme sans se poser de question. Un jour que je partais à Barcelone, il m'avait tendu un billet de cinq cents euros en me priant de lui acheter trois flacons d'un parfum à la mode. Il avait essayé de me faire croire que c'était pour les offrir à ses trois sœurs. En fait de quoi j'avais découvert ensuite dans sa buanderie une série de cadeaux prêts à être offerts : il ne savait pas encore à qui, mais il les gardait en réserve. J'avais reconnu les flacons qu'il m'avait fait acheter. J'imagine qu'il allait inventer toute une histoire autour de ces parfums, soi-disant rares et commandés auprès d'une boutique spéciale qui ne travaille qu'avec les gens du Palais. Moi, il ne m'a pas fait de cadeau. Je suis juste tombée dans son piège.

Comment récupérer Nabile ? Telle est la question

qui me taraude. Lui parler ? Le séduire de nouveau ? Lui proposer un marché comme dans les familles anciennes où on pratiquait la polygamie ? Le partager avec sa secrétaire ne me gênerait pas trop. Je finirai par le récupérer, car je connais ses faiblesses.

J'aurais aimé avoir une explication avec son ami Hakim. Il a sans doute eu une bien mauvaise influence sur Nabile. Hakim a érigé l'égoïsme en principe de vie. Il profite de la disponibilité des femmes qui se laissent berner par son discours de séducteur. Il les séduit et les abandonne sans le moindre sentiment de culpabilité. Les hommes de ce genre pullulent à Casa. Ils s'installent dans de beaux appartements ou des maisons cossues, organisent leur temps entre un travail souvent très lucratif et la fête.

On aime tous la fête. À Casa, certains vont de fête en fête sans jamais se reposer ni se poser de questions. C'est la ville idéale pour ce genre d'activité. Le fric et le sexe. Certaines filles pensent être assez malignes pour faire tomber les séducteurs endurcis, d'autres espèrent rencontrer un bon pigeon, un homme friqué, âgé et prêt à tout claquer pour se retrouver avec une jeune femme. On discute souvent entre amies de ces nouvelles femmes marocaines, souvent brisées dans leur amour-propre, qui cherchent avec cynisme à profiter de celui qui paye. Une de mes camarades de lycée, après un mariage malheureux, est partie vivre à Londres où elle a fait la connaissance d'un milliardaire chinois qui l'a épousée. Quand on les voit tous les deux, on devine qu'il y a eu là un arrangement : lui a au moins soixante-dix ans, il est petit et laid, elle n'a que trente-cinq ans et est pimpante, heureuse de dépenser l'argent de son mari. Il y a aussi le cas de Hanane, partie avec un Gitan dont elle était tombée amoureuse. Il brassait beaucoup d'argent entre la drogue et le proxénétisme. Elle savait sans savoir. Il lui faisait miroiter une vie radieuse, elle le croyait. Le jour où il l'a battue jusqu'à la défigurer parce qu'elle avait refusé de se prostituer, elle s'est jetée sous un camion.

J'ai même connu deux amies qui se sont partagé le même homme : elles étaient mariées toutes les deux à cet homme, qu'elles aimaient. Finalement, la plus maligne a réussi à le garder pour elle toute seule. C'est une histoire qui a fait du bruit à Tétouan il y a quelques années. Il faut être très forte pour arracher un homme à une polygamie qui est à son avantage.

Nabile ne répond plus à mes appels. Trop de blessures entre nous. Le divorce, à cause des avocats, a été terrible. Je ne voulais pas en arriver à ces extrémités, je voulais juste me séparer de l'homme que j'avais trompé et rendu malheureux. Je pensais que Daniel reviendrait et m'épouserait. Nous avions des projets. Il était tendre et attentif. Mais il faisait semblant. Il simulait la joie et le bonheur, seul le sexe l'intéressait. Sur ce plan, j'avoue avoir été comblée. Nabile avait raison de parler de lui comme d'un « expert du sexe ».

Me voilà riche et malheureuse, c'est le comble.

Récemment, mon cousin germain Ali, notaire, m'a carrément proposé qu'on se marie : « Nous sommes tous les deux dans la même situation, divorcés et seuls. Nous pourrions nous unir dans un esprit de bonne tolérance. Nous avons appris du mariage un certain nombre de choses, nous essaierons de ne pas reproduire les mêmes erreurs. Qu'en penses-tu ? » Le problème avec Ali, c'est qu'il est presque de la génération de mon père. Il approche la soixantaine. Vingt-cinq ans de différence, c'est beaucoup. J'aspirais à rencontrer quelqu'un de ma tranche d'âge, mais les jeunes considèrent qu'une divorcée est forcément une vieille, même lorsqu'elle n'a que trente-quatre ans.

J'ai pesé le pour et le contre, j'ai réalisé que ma solitude me faisait mal. Le soir, quand je me retrouve seule dans mon grand lit, j'ai des idées noires. J'ai besoin de la présence et de la chaleur d'un homme. Mon corps et mon âme le réclament. Moi qui n'ai jamais eu d'insomnie, j'ai désormais du mal à m'endormir. J'ai beau me caresser, je n'arrive à rien. Des images persistantes me harcèlent : tantôt Daniel me prenant avec force, tantôt Nabile atterré, en larmes. Cela fait des mois que je n'ai pas fait l'amour. C'est fou comme on s'habitue, même si de temps en temps un désir fou surgit et nous trouble.

J'ai décidé de coucher avec Ali. Je me suis dit après tout, à un mariage d'amour peut succéder un mariage de raison. Nos grands-parents ne se connaissaient même pas avant leur nuit de noces ; vous imaginez, une femme attendant l'arrivée d'un inconnu qui va la dépuceler et devenir son homme pour la vie ? Ou encore un homme s'imaginant que la femme choisie par sa mère est d'une grande beauté et se retrouvant face à une personne sans charme, avec qui il va devoir passer le restant de sa vie ? Tout a changé avec notre génération. Aujourd'hui, on se rencontre, on se parle, on se séduit, on couche ensemble, et puis on décide d'aller plus loin ou non.

Quand je suis entrée dans la chambre d'Ali, la première chose que j'ai remarquée, c'est une boîte de Viagra. Cet homme, qui n'est plus si jeune, n'a plus l'énergie de faire l'amour sans s'aider d'une petite pilule bleue. Quand mon regard s'est posé sur la boîte, il m'a dit :

— Je dois t'avouer que j'ai eu quelques soucis avec ma prostate. Ça ne va pas fort de ce côté, mais je me soigne. J'ai fait ce qu'on appelle « le choix François Mitterrand » : entre l'ablation avec une guérison possible mais plus de sexe et des médicaments qui ne perturbent pas ma sexualité, j'ai choisi.

— Et Mitterrand, qu'avait-il choisi ?

— Tout pourvu qu'il puisse continuer à faire l'amour ! Il en est mort, mais il aura bien profité de la vie. On vient d'apprendre qu'il entretenait, en plus de sa maîtresse officieuse, une relation avec une étudiante de vingt ans !

Cette conversation m'a coupé l'envie, qui n'était déjà pas bien grande, de coucher avec Ali. Il a insisté.

Ce fut un fiasco. Lui tremblant, moi tendue. Rien n'était simple. J'étais obsédée par mes deux hommes, et lui, préoccupé par sa bandaison qui n'arrivait pas. Impossible de me pénétrer. Nous étions pathétiques. Jamais je n'aurais pensé arriver un jour à un tel niveau de médiocrité… Plus tard, dans la salle de bain, je me suis longuement regardée dans le miroir. Les seins qui tombent. J'avais changé.

Je me suis rhabillée et, pour ne pas le vexer, je lui ai dit que c'était normal, nous ne nous connaissions pas si bien. Alors que je partais, il a murmuré :

— Me donnerais-tu une deuxième chance ?

— On verra.

Je ne me sens pas bien. Mes angoisses sont revenues et je refuse de prendre des médicaments. Il n'y a que le travail pour me sauver. Je me suis mise à parcourir les cahiers de comptes en prévision de la déclaration d'impôts. Cette tâche fastidieuse m'aide à oublier. Le soir, je fais les devoirs avec les enfants, je passe du temps avec Najat qui est de plus en plus éveillée. Ils me tiennent compagnie jusqu'au moment où ils vont se coucher. L'autre jour, j'ai téléphoné à Kenza : elle était en colère, sa copine était partie avec une autre. Elle ne pleurait pas, mais pestait contre tout, puis elle est redevenue raisonnable :

— C'est normal, la fille a vingt ans, moi quinze de plus ! Avec moi elle a découvert qu'elle préférait les femmes. Mais je la soupçonne d'être tombée dans les bras d'un mec, genre ton Daniel. Elle m'a dit que c'était une copine du collège, mais je ne la crois pas. Son homosexualité est fragile ; ça ne m'étonnerait pas qu'un de ces jours elle m'annonce un grand mariage avec un fils de bonne famille qui ne sait rien de sa vraie vie. Il faut que je l'oublie. Pour ça, rien de tel qu'une bonne drague. Mais où ? À Casa, il n'y a pas de boîte gay… Il y a juste toutes ces applications sur iPhone dont je me méfie.

Le soir, nous sommes sorties. Dans les bars, les hommes nous regardaient comme si nous étions des putes. Kenza les provoquait en leur faisant des doigts d'honneur. J'essayais de la retenir, mais elle n'en avait que faire. Ses yeux étaient comme des radars.

— Tu vois la brune aux cheveux longs ? Je me la fais.

— Mais elle est accompagnée…

— Oui, mais je lui ai fait un signe et elle m'a répondu. Tu ne peux pas imaginer le nombre de femmes mariées qui s'autorisent une petite aventure avec une lesbienne pure et dure. Elles adorent, pourvu que ça ne se sache pas.

En repartant, elles se sont échangé leurs numéros de portable. J'étais sidérée.

Kenza m'a raconté plus tard que Soumaya était « un bon coup », sauf qu'elle était mariée et tenait à sa petite famille. Elle se disait « bi », mais sauvait les apparences. Pour la première fois depuis que nous nous connaissons, Kenza m'a suggéré d'essayer avec une femme. Ça ne m'attire pas du tout.

Je me suis inscrite au club de sport. Des bourgeoises arrivent avec leur bouteille d'eau minérale, certaines avec de l'Évian – ça fait chic et riche, puisque c'est importé. Ridicule. J'ai pris un coach, on l'appelle Antar, du nom d'un héros mythique. Son corps est sec, sculpté dans du bronze, il a les yeux bleus, il est d'une rare souplesse. Dès le premier jour, j'ai su que c'était lui qu'il me fallait pour me décoincer et sortir de cette tension permanente qui me donne la migraine. Je le vois une heure, un matin sur deux. Cela me fait le plus grand bien. Il travaille avec précision et connaît parfaitement le corps féminin. Il me fait faire des exercices pour m'assouplir, travailler mon équilibre et me redonner confiance dans mes gestes. Antar est un miracle, je parle tout le temps de lui autour de moi. Une copine m'a avertie :

— Attention, ne tombe pas amoureuse de lui, c'est un collectionneur. Méfie-toi, si tu montres la moindre attirance, tu es foutue !

Je n'allais évidemment pas recommencer l'aventure Daniel, sauf qu'Antar est pudique, taiseux, et travaille bien. Ses cours de sport, c'est mieux qu'une séance chez un psychiatre ou un psychanalyste. Du reste, notre culture résiste au discours analytique : pour beaucoup de Marocains, être suivi par un psychanalyste, c'est être fou, et la maladie mentale est très mal considérée. Moi, je n'ai pas de préjugé, mais je préfère faire du sport plutôt que m'allonger sur un divan.

Depuis quelque temps, je dors mieux. Je fais moins de cauchemars. J'ai appris à méditer avant de me mettre au lit. La méditation me répare peu à peu. Je noie l'angoisse dans le silence, dans la blancheur de l'espace que j'invente. Je me retire du monde et me concentre sur ma respiration. J'avais déjà appris à faire ça lors des cours de yoga que je prenais il y a quelques années.

Reste le problème du désir. Cela me préoccupe. Je ne suis pas une nymphomane, mais j'aime l'amour, j'aime faire l'amour. En être privée, ça, je ne le supporte pas.

2

Ali est revenu à la charge. Il m'a invitée à déjeuner dans un superbe restaurant du centre-ville. Il a été délicat, attentif, il a essayé de plaider sa cause. Vers la fin du repas, il m'a raconté son histoire :

« Mon épouse, Ibtissam, plus jeune que moi, avait choisi d'être une femme au foyer, entourée de domestiques. Notre premier différend est venu du fait qu'elle refusait de travailler : elle avait une licence de lettres modernes et aurait pu accepter un poste d'enseignante au lycée, mais elle n'en voulait pas. Le second différend était plus grave : nous avions constaté, après maintes tentatives, que nous ne pouvions pas avoir d'enfant. Incompatibilité biologique. Les médecins nous avaient dit : "Vous n'êtes pas stériles, mais pour le moment, ça n'accroche pas." Un jour, Ibtissam m'a annoncé qu'elle était enceinte. Nous étions très heureux, sauf que peu après, elle m'a révélé que je n'étais pas le père. Je ne pouvais pas rester avec une femme qui était allée se faire faire un enfant par quelqu'un d'autre ! Je n'ai pas fait de scandale, j'ai ramassé mes affaires et je me suis installé dans l'appartement que tu connais. Nous avons divorcé à l'amiable, je n'ai pas cherché à la culpabiliser. Elle avait eu le courage de tout avouer très vite. D'ailleurs, elle s'est mariée avec l'homme qui l'avait mise enceinte. Je crois qu'elle va bien, qu'elle est heureuse.

« De mon côté, j'ai adopté une vie de célibataire casaoui. Des aventures sans lendemain avec des jeunes femmes de toutes sortes. Avec un ami d'enfance, divorcé lui aussi, on organisait des soirées sympathiques ; à force, c'est devenu lassant et sans charme. Je rêvais de tomber amoureux. C'est un documentaire sur le tournage du *Parrain* de Francis Ford Coppola qui m'en a fait prendre conscience. Durant une pause entre deux scènes, Marlon Brando discute avec James Caan :

« — Dis, Marlon, nous sommes célèbres, riches, nous faisons un métier formidable et nous ne sommes pas heureux. Que nous manque-t-il pour l'être ?

« Après un moment de réflexion, Brando répond :

« — Ce qui nous manque, ce qui me manque en tout cas, c'est d'être amoureux. C'est ce qui me rend vivant.

« Cela m'a marqué. Une vie sans amour est une vie tiède, ni bonne ni mauvaise. Une vie sans amour, ça éteint un être. Coucher avec des femmes, c'est une chose, s'arrêter sur l'une d'elles et la retenir parce qu'il y a quelque chose de plus que le sexe, c'en est une autre. J'ai mis fin à ces soirées arrosées et ces rencontres sans intérêt. Je viens d'avoir cinquante-huit ans. Je ne pouvais pas continuer à avoir cette petite vie merdique – pardonne-moi le mot, mais je n'étais pas fier, je perdais peu à peu toute estime de moi-même. J'ai eu en plus des problèmes de santé, ce qui n'a rien arrangé à mes angoisses. »

En l'écoutant, je me demandais si je pourrais envisager de vivre avec lui. Il n'était pas désagréable, il avait une certaine classe. Il m'a pris la main, l'a portée à ses lèvres et l'a embrassée.

— Si tu veux de moi, je serai l'homme le plus heureux du monde ; je te connais depuis longtemps, j'ai toujours eu un faible pour toi, mais tu t'es mariée très vite, très jeune. Ne me réponds pas tout de suite. Prends ton temps. On remplira à deux un « cahier des charmes », ce que d'autres appellent « un cahier des charges », et on essaiera de vivre dans le respect. Ce sera une première au Maroc…

Le fait que l'on soit cousins me gênait un peu ; mais comme il n'était pas question d'avoir des enfants, ce n'était pas si grave. Le soir j'ai pensé à lui, à ses mots, à ses gestes délicats, à ses silences. Je n'étais pas amoureuse, non, ce n'était pas le coup de foudre comme avec Daniel, ni un premier amour comme avec Nabile. J'ai décidé d'attendre. On verrait bien si je pensais encore à lui dans quelques semaines. L'épouser était une solution confortable et sans grand risque.

J'en ai parlé avec Kenza, qui s'était calmée depuis la dernière fois :

— Ah, la sagesse ! Il y a l'amour fou et aveugle, l'amour de raison et enfin l'amour de sagesse, qui arrive ou n'arrive pas… C'est un pari. Pourquoi pas ? Au moins, il y aura un homme dans ta vie, tu ne dormiras plus seule dans ce grand lit, sans tendresse, sans caresses. Reste un point important : il faut qu'il accepte tes enfants, sans ça ce n'est pas possible.

J'ai aussi consulté mon père, qui comme d'habitude m'a renvoyée à ma responsabilité.

— Je connais Ali, c'est un brave type. Il n'a pas eu de chance dans son mariage. Ton oncle aurait été certainement très content de vous savoir ensemble, s'il était encore de ce monde.

Ma mère était plus réticente :

— Il est plus vieux que toi ; et puis, ce n'est pas bien de se marier en famille, ça donne des enfants à problème.

Quand je lui ai dit qu'il ne pouvait pas avoir d'enfant, elle a eu cette réflexion qui m'a laissée sans voix :

— Alors pourquoi il se marie ?

Je n'ai pas insisté. Le cadre de pensée de ma mère est limité. Même si elle est allée à l'université, elle a gardé en elle quelque chose de la mère traditionnelle analphabète. Mon père, c'est le contraire.

Dans mon for intérieur, je pensais qu'Ali m'aiderait à me débarrasser des deux hommes qui hantaient mes pensées. J'ai accepté sa proposition après avoir discuté avec lui de la place des enfants, de ma liberté d'action dans le travail, de mes déplacements – bref, de mon indépendance.

— C'est ce que j'apprécie chez toi, ton dynamisme, tes ambitions, ta volonté d'aller toujours de l'avant, ta liberté. Je ne te demanderai pas de me rendre des comptes, mais nous vivrons dans le respect, c'est fondamental pour moi. Quant à tes enfants, je les aime, je les ai vus naître ; aucun problème de ce côté-là.

À ce stade, Ali était parfait. Je verrais au quotidien si cette impression se vérifiait, mais pour l'instant je le sentais sincère. Je me suis aussi posé la question de la sexualité. De toute évidence, Ali n'était ni un Apollon ni, désormais, un fou de la chose. J'ai gardé en réserve ma petite boîte à outils érotiques, on ne sait jamais. C'est Daniel, à un de ses retours de voyage, qui m'avait rapporté ces objets magiques ; il m'avait dit en riant :

— Tu les essaieras quand je te manquerai !

Rétrospectivement la blague est amère. Mais un soir, après ma rupture avec Nabile, je m'en suis servie. Fantastique. Au Maroc, on ne parle pas de ce genre de choses. Pourtant, quand j'en ai touché un mot à Kenza, elle a renchéri :

— Toi, tu utilises des sextoys ? Wouah ! C'est une première ! Moi, ma chérie, j'ai toujours mon attirail avec moi. Nous les filles, on a recours à ce genre d'objets, ça nous aide à atteindre l'orgasme. Plus besoin de mecs ! À part ça, ça te dit que je t'emmène voir *Les monologues du vagin* adaptés en arabe dialectal ? Ça se donne dans une petite salle, protégée par la police, parce que les islamistes, et pas qu'eux, essaient d'interdire cette pièce qui a été jouée dans le monde entier.

Il faut dire qu'entendre des mots sexuels en arabe a un effet particulièrement gênant et perturbant. Nous, nous ne nommons pas les choses. Nous fermons les yeux, nous nous livrons au plaisir en silence, et manifestons notre joie une fois satisfaits, voilà tout. Par la suite, je n'ai raconté à personne que j'avais vu cette pièce dont je n'ose même pas prononcer le nom. La pudeur nous étouffe. Il y a des choses qui ne se disent pas, qui ne se montrent pas, dont on ne parle pas.

3

Le mariage a eu lieu en famille, sans tapage. Un déjeuner, puis une signature en bas d'un acte rédigé par des adouls. J'ai osé demander qu'on ajoute : « Je refuse la polygamie ainsi que la répudiation. » Un des adouls m'a répondu : « C'est dans la nouvelle Moudawana. » Pas tout à fait, en réalité : la polygamie n'est pas interdite ; elle est autorisée si la première femme l'accepte. Quant à la répudiation, c'est vrai qu'elle n'existe plus. Elle a été remplacée par un divorce confié à un avocat. En tout cas, les adouls n'étaient pas contents de mon insolence : c'est très rare qu'une femme leur adresse la parole pendant qu'ils rédigent l'acte de mariage.

Nous avons passé la nuit de noces dans la maison d'Ali. Nous nous sommes mis au lit et sommes restés longtemps silencieux, moi faisant des efforts pour entrer dans cette nouvelle vie, lui probablement intimidé. Il s'est serré contre moi et m'a caressée longuement. Sans trop penser, je me suis donnée à lui.

La nuit fut douce. Le matin, il a sorti son ordinateur et inscrit sur la barre de recherche « Amalfi ». Je ne connaissais pas cette partie de l'Italie du Sud, mais j'en avais entendu parler par des collègues.

— Une petite semaine à Amalfi, dans un hôtel de charme où l'on mange très bien, ça te tente ? Je crois savoir qu'il y a un vol Casa-Naples mercredi. De Naples, on prendra une voiture et en moins d'une heure nous serons dans un petit paradis !

J'étais émue par sa gentillesse. Il fallait que je m'organise et que je prévienne les enfants, ainsi que leur père. C'est pour Yasmine que le mariage a été le plus dur ; elle a pleuré. Mehdi, lui, s'est montré compréhensif, à condition, m'a-t-il dit, qu'« Ali ne me commande pas ! ». Nabile a accueilli la nouvelle avec une indifférence apparente. Il m'a quand même souhaité bonne chance.

Le voyage en Italie a été des plus agréables. Mais je regardais les paysages, la mer d'un bleu sublime, et je repensais tantôt à Daniel, tantôt à Nabile. Je n'étais pas guérie. Je faisais des efforts pour ne rien montrer. J'avais besoin de temps et d'un travail sur moi pour les oublier. Je comptais sur la présence d'Ali pour y arriver.

L'hôtel se trouvait en haut d'une falaise surplombant un petit port de pêche. La gentillesse de l'accueil m'a touchée. Il se trouve que mon anniversaire tombait le lendemain de notre arrivée : le personnel m'a offert un bouquet de fleurs et une bouteille de prosecco. Il faisait beau, nous passions notre temps entre la plage et la chambre. Nous avons visité le village, notamment une vieille fabrique de papier. Ali m'a couverte de cadeaux. Tout était merveilleux, à part ma machine à souvenirs intérieure qui projetait sans cesse des images du passé. Il m'arrivait d'avoir l'air d'être ailleurs, Ali faisait un petit geste pour me ramener à lui. Je ne pouvais décemment pas le repousser ni faire preuve de mauvaise humeur. Quand je le regardais, je ne voyais que ses défauts physiques : son embonpoint, sa poitrine flasque, ses muscles mous, son dos légèrement courbé – bref, c'était un vieux, un petit vieux qui n'avait même pas soixante ans, qui essayait de revenir à la vie, et qui comptait sur moi pour l'y aider.

Au retour de ce voyage, je me suis confiée à lui et lui ai fait part de mes atermoiements. Je n'avais rien à perdre, il fallait que je m'en sorte. Il s'est voulu rassurant : « Notre amour viendra, il sera plus solide que les passions tumultueuses. » Il m'a écoutée en fumant cigarette sur cigarette.

— Ne sois pas impatiente. Avec le temps, tout rentrera dans l'ordre. Il ne s'agit pas de réveiller un feu qui dort, mais de te concentrer sur ta nouvelle vie. Nous allons nous installer dans une maison que tu pourras décorer comme tu veux. Et comme dit Woody Allen, « le secret de l'entente conjugale, c'est d'avoir deux salles de bain » ! Nous aurons chacun la nôtre. La maison sera assez grande pour accueillir tes enfants, tu auras tout le confort dont tu as besoin. Tu travailleras moins et tu t'occuperas plus de tes enfants. Je viens de faire un héritage imprévu et ma petite fortune a pris de l'ampleur : cet argent, je voudrais le consacrer à notre nouvelle vie.

À Casa subsistent encore quelques rares maisons des années trente de style Art déco. Grâce à son métier, Ali a eu l'opportunité d'en racheter une alors qu'elle était vouée à la destruction. La restaurer m'occuperait et me sortirait peut-être de mes obsessions. Au moment de l'achat, Ali m'a prévenue que cette maison serait à nous deux, signe de son engagement dans notre mariage.

Ali s'arrangeait pour ne plus aller au bureau du vendredi au dimanche inclus. Trois jours où il s'occupait de la maison avec moi. Il emmenait aussi les enfants au cinéma, au cirque, ou voir des spectacles comiques en tournée à Casa. Il était patient. Et moi je commençais à m'attacher. Nos ébats aussi s'amélioraient ; il prenait de l'assurance et j'étais moins tendue.

Restaurer une maison, ce n'est pas comme la construire. Là, j'avais affaire à des artisans qui rendaient tout son éclat à cette demeure en ruine. Nous sommes tombés sur un artisan de Fès qui avait été l'un des principaux décorateurs de la Grande Mosquée Hassan II. Il s'appelait Othmane et avait la main heureuse. Je lui ai demandé de respecter le style original, ce qu'il a fait en introduisant une touche andalouse dans le salon et les chambres. Le résultat était original et réussi. Des architectes amis d'Ali ont même demandé à visiter. La restauration de cette maison a contribué à restaurer en moi une volonté de vivre dans la réalité, et d'accepter le confort matériel et moral que m'offrait mon mari.

VII

NABILE

1

Deux ans plus tard

Avec Saïda, nous n'avons pas deux salles de bain, mais nous nous aimons simplement, sans nous poser de questions inutiles. Sa présence me suffit. Savoir qu'elle est là me rassure, et il en va de même pour elle. C'est un bonheur simple et humble, qui ne se crie pas sur les toits.

Quand je prends les enfants avec moi, elle fait le maximum pour satisfaire leurs demandes. Elle cuisine aussi bien que Khadija, mais les enfants aiment tout ce qui ressemble au fast-food, alors un jour elle leur a fait des hamburgers et des frites : ils ont applaudi et l'ont élue meilleure cuisinière de Casa. Avec eux, on parle beaucoup et je continue, en bon pédagogue, à leur expliquer certains concepts. Si j'avais du temps, j'écrirais un manuel de philo pour les enfants. À partir de dix ou douze ans, ils sont en mesure de bien comprendre des notions comme le droit, la justice, la morale, la jalousie, l'envie, l'amour, l'amitié. En tant que père, je les ai mis en garde contre les adultes qui aiment toucher les enfants – on dit « pédophile », mais il faudrait dire « pédosexuel » pour désigner celui qui pratique le sexe avec des enfants, ce qui fait de lui un criminel. Je leur ai aussi expliqué ce qu'est l'inceste. Ils m'ont écouté attentivement et m'ont répondu que leur mère leur avait déjà dit de faire attention.

Nous menons une vie paisible où de temps en temps pointe l'ennui. Je me suis remis à la lecture. Pour le moment, je suis dans les classiques, Balzac en tête. Il faut dire qu'après une journée penché sur des enfants qui crient de douleur, je suis fatigué. Saïda aussi. Quand je fais des visites à domicile, il m'arrive de m'arrêter au café et de boire un cappuccino en fumant une cigarette. Notre vie n'a rien d'extraordinaire. Je n'ai plus le temps de cultiver le ressentiment ou la haine à l'égard de mon ex-femme. Souvent, elle essaie de me joindre. Je ne réponds pas. Un jour, elle est passée à l'improviste au cabinet, j'ai refusé de la recevoir. Elle a aussi parlé avec Saïda, laquelle a répondu poliment.

Une routine s'est installée, une vacherie de routine. Je m'en veux. Normalement, on ne devrait pas s'ennuyer. Le travail nous prend la majeure partie de notre temps. Mais j'ai besoin d'air, envie que ça déraille, c'est curieux – l'homme n'est jamais content. Saïda est d'un naturel triste, et puis elle n'est pas rassurée, elle sait que Lamia tourne autour de moi.

Elle me soupçonne, sans le dire, de ne pas m'être totalement détaché de ma première épouse.

J'avoue avoir parfois la nostalgie de nos moments amoureux avec Lamia. La paix dans le couple est souhaitable, à condition qu'elle n'entraîne pas de la lassitude. Au bout de deux années de vie commune avec Saïda, ma libido est en berne. Le désir se fait rare et quand il est là, il ne dure pas longtemps. Pourtant son corps est svelte, ses seins fermes. Mais il me manque quelque chose. Je me dis que je me conduis comme un enfant gâté.

L'autre jour, Saïda s'est mise à pleurer en rentrant à la maison. Elle m'a reproché de ne plus la désirer. Je n'ai su quoi répondre, parce que c'était la vérité. Je l'ai consolée comme j'ai pu. Nous avons couché ensemble et c'était médiocre. Je me souviens d'un article de l'humoriste Topor où il donne cent raisons pour se suicider. Parmi elles : un coït médiocre. J'aurais dû prendre une de ces pilules qui aident, c'est ce que je ferai la prochaine fois.

Je ne cesse de me demander si le premier amour est aussi le dernier. C'est stupide cette manie de vouloir retrouver ses premiers émois, de vouloir rejouer la même scène comme au théâtre. J'ai besoin de faire un travail sur moi pour me détacher tout à fait de Lamia. Elle revient à la charge, alors qu'elle s'est remariée. J'ai l'impression que nous nous trouvons dans une situation identique. Le sentiment amoureux ne s'efface pas par le remplacement de la personne aimée. Saïda ne peut pas faire revenir son premier amour, elle a fait son deuil. Moi, je navigue entre une petite vie paisible et une nostalgie cruelle.

L'autre jour, alors même que mes pensées étaient tournées vers Lamia, j'ai vu son nom s'afficher sur mon téléphone. J'ai hésité puis à la cinquième sonnerie, j'ai répondu :

— Bonjour Lamia.

— Tu me manques !

— Ah bon…

— Je voudrais te voir et qu'on parle.

— Mais parler de quoi ? Écoute, là, je suis en consultation, je te rappellerai plus tard.

Saïda a surpris notre échange. Elle n'a rien dit, mais son visage s'est crispé. Entre deux patients, j'ai essayé de la rassurer. Des larmes ont coulé sur ses joues. Je lui ai promis que je ne ferais rien qui puisse lui causer du tort. J'étais sincère. Mais face à Lamia, je perds mes moyens.

Une des cousines de Saïda lui a proposé de l'emmener consulter une voyante au don exceptionnel. Voilà ce qu'elle lui a dit : « Ton homme n'est à toi qu'à moitié ; l'autre moitié est entre les mains d'une autre femme. Je vois qu'il n'arrive pas à ramasser son corps pour le coller à son âme. Quelqu'un de très fort travaille pour qu'il penche de l'autre côté. Il a été pris en main par un esprit puissant et obscur. Attends. C'est une question de patience. Ce n'est pas sa faute. » Elle a pleuré en me relatant cela. Je l'ai calmée en lui soutenant que cette femme se trompait. Il ne faut pas croire les charlatans.

Une semaine plus tard, j'ai cédé aux demandes de Lamia. J'en ai parlé avec Saïda. J'ai évoqué des problèmes avec les enfants, dont nous devions discuter. C'était un simple déjeuner, il n'y avait rien à craindre. Je pense qu'elle m'a cru.

Lamia est passée me prendre au cabinet. Nous sommes allés dans un restaurant sur la Corniche. Dès que nous nous sommes installés face à la mer, elle s'est mise à me poser plein de questions :

— Est-ce que je te manque ? Es-tu heureux ou fais-tu semblant ? As-tu l'intention de faire des enfants ? Comment vont tes finances ? Et tes amis ? Et tes parents ?

J'étais embarrassé et content à la fois. Il y a en elle quelque chose qui me bouleverse, malgré tout ce que nous avons traversé. Elle m'a pris la main et l'a embrassée. Je n'ai pas pu résister, j'ai fait de même. Elle est ma principale faiblesse. J'ai pensé : « Quelle histoire ! Impossible de tourner la page… »

J'ai retiré ma main en lui rappelant qu'on ne pouvait pas revenir en arrière.

— Une deuxième chance, tu ne veux pas ?

— Non, on a tous les deux refait notre vie, on ne va pas blesser les autres pour recommencer un mariage qui a été torpillé par ta trahison.

— Tu parles comme si tu n'y étais pour rien…

Je me suis levé, j'ai réglé l'addition et fait appeler un

taxi. Je l'ai laissée, sombre, devant son verre de Coca, le visage tourné vers la mer. Cela m'a fait plaisir d'avoir su résister. Il faut lui barrer la route. Elle est redoutable.

2

Par honnêteté, j'ai tout raconté à Saïda. Elle n'a pas réagi sur-le-champ. Le soir, elle m'a fait jurer de ne plus voir Lamia. J'ai juré, sachant pertinemment que c'était impossible, ne serait-ce qu'à cause des enfants.

— Je te promets de ne plus la voir en tête à tête.

Je ne veux pas faire de la peine à Saïda ; elle mérite que je l'aime et que je la fasse passer avant tout le reste. J'essaie.

Nous sommes partis quelques jours en vacances à Marrakech. Nous avons visité les environs et avons parlé de notre avenir. De retour à Casa, j'ai trouvé une lettre de Lamia :

Nabile, mon amour,

Je ne voudrais pas déranger ta vie, te créer des problèmes, car je te sais heureux avec ta nouvelle épouse. Je voudrais juste te dire que mon amour pour toi vit toujours, il survit dans tout ce que je fais, tout ce que j'entreprends. À chaque fois que je dois prendre une décision, je me demande ce que tu aurais pensé. Tu es là, une présence doublée d'une absence physique. Ton image surgit souvent, de nuit comme de jour, et je ne sais quoi faire. Je pense m'être libérée de la folie qu'avait créée en moi l'autre que je ne nommerai pas. Je crois même que je l'ai oublié. Mais toi, toi qui m'as aimée sans allumer de grands feux, je n'arrive pas à t'effacer de ma mémoire.

Ça ressemble à une déclaration, oui, comme une adolescente, je te fais une déclaration en espérant qu'elle te ramène à moi. Je sais, tout est compliqué. Dans cette histoire, de mon côté comme du tien, nous avons pris des engagements. Mon mari est brave, il est brave comme on le dit d'un boulanger qui fait bien son travail, qui donne du pain à chacun tous les matins. Je pense, peut-être comme toi, à ce film que nous avions vu ensemble, La femme du boulanger, *de Marcel Pagnol, où Raimu, le boulanger du village dont la femme s'en est allée avec un autre, se met à parler à sa chatte, la Pomponette, partie à l'aventure puis revenue au moment où son chagrin était immense. Je pense que c'est ce qui nous est arrivé. Sans nommer Aurélie, la jeune et belle épouse du brave homme, tout le monde comprend sa douleur, et les larmes de la femme lorsqu'elle revient nous avaient tant émus.*

Mes larmes, tu ne les vois pas. Pourtant je pleure souvent, loin des enfants. Je pleure sur mon sort, sur mes faiblesses, sur mes prétentions, sur ma vie. La vie, me diras-tu, ce n'est pas du cinéma. Pourtant, un film sorti en 1938 et vu dans une vieille cinémathèque un après-midi d'hiver a surgi dans ma mémoire en écho à la réalité. Je suis revenue. Mais tu ne m'as pas vue. Tu n'as pas voulu me voir.

Je sais que tu es un homme de parole. Je sais que tu ne quitteras pas ta nouvelle femme. Je sais que tu fais tout pour m'oublier, nous oublier. Mais ce que je te demande, c'est une petite sortie de route, une échappée pour quelques heures de temps en temps – clandestinement, car nous n'avons pas le droit de faire du mal à nos conjoints respectifs.

Comment ? Quand ? Dis-moi d'abord si tu es d'accord, si tu te sens capable de faire revivre par moments ce premier amour. Dis-moi si ma proposition ne t'effraie pas – même si elle te met dans l'embarras et que, te connaissant, tu dois déjà être contrarié, et maudire ce lien qui ne veut pas mourir.

Le passé a été gâché par nos défauts, par ma trahison, par ta blessure. Oublions-le. Gardons, de ce que nous avons vécu, les jours merveilleux de bonne entente, de joie, de plaisir et de folie.

Nous avons construit une maison ensemble. Aujourd'hui, elle a perdu une grande partie de son âme. Je n'y vis plus, elle est faite pour accueillir une famille unie et heureuse. Je ne l'aime plus. Je la néglige. Heureusement que Khadija en prend soin. Elle astique les objets, nettoie tous les recoins, on dirait qu'elle attend ton retour, comme si tout allait recommencer. Elle soupire et m'envoie des regards pleins de reproches. Les enfants aussi. Je suis de plus en plus présente auprès d'eux et ils vivent avec moi chez mon mari qu'ils respectent, sans plus.

Mon père m'a suggéré de vendre cette maison. Mais ce serait vendre mes plus anciens et mes plus beaux souvenirs. Sur le marché, ça ne vaut pas grand-chose. Comme dit la chanson de Léo Ferré, « achète-moi, je ne vaux rien, parce que l'amour n'a pas de prix ». Je cite de mémoire, mais j'ai toujours aimé cette idée que l'essentiel, l'amour, ne s'achète ni ne se vend.

Mon cher Nabile, je ne vais pas te chanter « Ne me quitte pas ». Tu sais que je n'ai jamais aimé cette chanson, malgré sa beauté, parce que je ne voudrais pas être « l'ombre de ton ombre, l'ombre de ta main, l'ombre de ton chien ». Et le pire dans tout cela, c'est que c'est moi qui suis à l'origine de notre rupture. Je t'ai dit cette phrase terrible : « Il m'a quittée… et je te quitte. » Tu ne savais pas de quoi je parlais, tu étais choqué, bouleversé, consterné.

Me voici aujourd'hui, non pas à genoux comme l'homme amoureux de Brel, mais les yeux baissés, venue, par cette lettre, te demander de m'accorder dans ta vie un peu de place, un peu de temps, pour qu'on se voie sans engagement – pour qu'on se voie, simplement parce que nous nous sommes tant aimés. Encore le titre d'un film ! Mais si, pour conclure, je devais me référer à un film, je choisirais la fin du chef-d'œuvre d'Ingmar Bergman, Scènes de la vie conjugale, *où les deux époux se retrouvent clandestinement pour s'aimer encore et encore. C'est aussi la fin d'une série américaine, où, comme moi, c'est la femme qui quitte le mari : dans le dénouement, ils se retrouvent sur les lieux de leur premier amour, dans une vieille maison qui ne leur appartient plus et où ils s'aiment comme au premier jour.*

Mon cher Nabile, ne jette pas cette lettre. Elle est importante pour moi. Je l'ai écrite avec mon chagrin et mes remords.

À toi.

Lamia.

Je dois l'avouer : cette lettre, lue et relue, m'a ému. Je ne sais pas quoi répondre. Je vais réfléchir. Si je fais ce qu'elle me demande, je devrai mentir, ce qui n'est pas dans mon caractère, je devrai devenir quelqu'un d'autre. Mais cette lettre a réveillé des sentiments. Je suis déchiré et je ne dois rien montrer. La lettre, je vais la cacher dans un endroit sûr, sans doute chez ma mère. Saïda n'en saura rien.

Je suis l'homme des contradictions. Cette lettre me rend heureux et me met en colère. En colère contre Lamia, qui ne renonce pas. En colère parce qu'elle a dû percevoir que mon amour n'a pas totalement disparu. Il faut que je protège Saïda. Pour le moment, je ne vais rien faire, je ne vais pas répondre à Lamia, je vais attendre.

3

L'occasion de faire une « échappée », comme avait écrit Lamia, s'est présentée quand Saïda m'a annoncé qu'elle allait accompagner ses parents à la Omra, le petit pèlerinage à La Mecque qui dure une quinzaine de jours. C'est avec ses économies qu'elle leur a payé les billets d'avion. Quand je l'ai su, j'ai signé un chèque et lui ai dit :

— C'est ma contribution pour qu'ils réalisent leur rêve. Et pour le cabinet ? Tu as pensé à te faire remplacer ?

— Oui, j'ai tout réglé, une amie, excellente infirmière, va prendre un congé pour me remplacer. Elle n'est ni jeune ni belle, mais elle est fiable et efficace. Deux semaines de séparation nous feront du bien. D'ailleurs on devrait toujours se donner une ou deux semaines de vacances loin l'un de l'autre pour consolider le lien, c'est toi qui m'avais exposé cette théorie sur le bonheur conjugal.

— Ça va être dur, mais que veux-tu, je respecte ton

choix. Et puis tes parents sont si aimables avec moi. As-tu besoin de quelque chose ?

Le chèque était sur la table, elle a hésité avant d'accepter.

J'étais sincère et un peu hypocrite, on aurait dit que je m'entraînais à jouer un rôle. J'étais sans doute capable de mener une double vie, même si je savais que ce serait fatigant, dangereux et risqué. J'étais travaillé par l'idée de revoir Lamia. Ce n'était ni correct ni moral. Mais je suis faible, il faut le reconnaître. Lamia en profite. La mauvaise conscience me guette. C'est ainsi. J'ai appris à mentir, à faire semblant, à faire finalement comme la plupart des gens, chose qui me déplaît mais c'est plus fort que moi. Si je croyais à la sorcellerie, j'aurais dit que Lamia m'avait jeté un sort avec l'aide d'un de ces charlatans qui sévissent à l'entrée de la Joutia. Mais certains sentiments ne s'éteignent jamais.

J'allais me contenter d'une seule échappée avec Lamia. Juste une fois pour voir. Pour mettre à l'épreuve mes sentiments. Parfois, on se fait tout un cirque et une fois face à la réalité, la déception vient éteindre tous les feux. Je me disais : « Juste une fois ! Je le jure, je tiendrai ma promesse, je le jure… » Pourquoi avais-je besoin de me convaincre que je ne tomberais pas dans les rets de Lamia ? J'étais comme un bandit qui s'apprête à commettre son premier crime. J'allais trahir une femme qui m'aimait et qui ne méritait pas que je lui sois infidèle.

Dès que Saïda a pris l'avion, j'ai immédiatement envoyé un message à Lamia :

— Quand et où ?

Elle n'a pas répondu tout de suite. J'étais impatient. Elle devait se réjouir de voir son plan réussir. Moi, je me jurais que ce serait sans lendemain. Ce serait une confrontation, peut-être un règlement de compte, ou simplement un rendez-vous marqué par la nostalgie. De toute façon, j'irais.

Au bout d'une longue journée, elle m'a répondu :

— Dans notre maison, celle que nous avions construite, il n'y a personne. Viens ce vendredi, c'est le jour de congé de Khadija et de Lahcen. Les enfants sont chez mes parents. Nous serons seuls. Mon mari a une réunion de notaires à Marrakech. Mais ne te fais pas remarquer, entre par la porte du fond, celle du jardin, je t'attendrai dans notre chambre, là où plus personne ne dort.

Elle avait tout prévu. Je reconnaissais bien là la stratège, la femme décidée à obtenir ce qu'elle voulait.

Mon impatience se doublait d'un sentiment étrange, entre la culpabilité liée au péché moral et l'excitation. En temps normal, j'aurais décliné cette invitation. Mais une part de cet amour premier n'avait pas disparu. Il en restait des traces, un parfum, quelque chose de persistant et d'incontrôlable. Je ne pouvais en parler à personne, n'importe qui m'aurait dissuadé de remettre le pied dans l'engrenage. Je savais que c'était mal, ma conscience me suppliait de ne pas y aller, la voix douce de Saïda m'implorait de ne pas la trahir. La nuit du jeudi au vendredi fut peuplée de rêves inachevés et de cauchemars réalistes, j'avais l'impression d'étouffer. Je m'en voulais de me mettre dans cet état. J'aurais dû rester ferme et ne pas répondre à Lamia. Je manquais de force. Je ne cessais de me dire : « Tu es ce que tu peux. » Oui, je suis ce que je peux, et je ne peux pas grand-chose. Un homme faible incapable de rester droit et inébranlable. Je ne me tiens pas droit, j'ai tendance à avancer courbé : c'est l'attitude des lâches.

Vendredi, j'ai travaillé toute la journée. Je n'ai pas arrêté, même pour manger un morceau. Je pensais sans cesse au moment où je serais face à Lamia. À dix-huit heures, j'ai fermé le cabinet et je suis rentré chez moi pour prendre une douche, me changer et me préparer à revenir dans mon ancienne maison comme un voleur, la honte et la peur au ventre. Il y avait là les affaires de Saïda, le parfum de Saïda, l'ombre de Saïda. Je fermais les yeux pour ne rien voir.

Vers dix-neuf heures, j'ai poussé la porte du jardin, restée ouverte, et j'ai marché entre les arbres comme un étranger, un fugitif, un voleur qui cherche refuge dans une belle villa abandonnée. Le jardin était un peu négligé, les arbustes et les plantes pas taillés. Je m'y suis faufilé comme un animal traqué. Je transpirais, alors qu'il ne faisait pas chaud. Je m'encourageais en me répétant que j'allais simplement retrouver mon ancienne femme. Oui, mais ce n'était plus mon épouse et je n'étais plus son mari. Tout avait changé et j'allais commettre une faute, une saloperie de faute. Si j'avais été croyant, j'aurais prié et demandé à Dieu de me pardonner, mais je n'avais que ma morale, ma fragilité et ma faiblesse.

Je marchais presque sur la pointe des pieds et une voix ne cessait de me dire : « Attention, tu vas le regretter, ce que tu t'apprêtes à faire est mal, tu peux encore rebrousser chemin et rester en paix avec toi-même… » Une autre voix lui succédait, qui avait les intonations de celle de Hakim : « Va, mon vieux, profite de cette occasion pour assouvir un désir enfoui que tu n'osais satisfaire ; laisse la morale de côté, va, n'oublie pas que le premier amour est souvent le dernier, on passe sa vie à le rechercher, là tu as l'occasion de le mettre à l'épreuve, de voir si ton sentiment amoureux est toujours là ou s'il a disparu pour se porter sur la gentille Saïda. »

Lamia m'attendait sur le seuil de la porte, habillée d'un chemisier bleu ciel transparent, l'air de celle qui a tout préparé. Elle m'a ouvert les bras et m'a serré fort. Je me suis laissé faire. Je l'ai suivie dans la chambre où brûlait un encens qui m'a rappelé celui qu'on avait l'habitude d'utiliser quand on faisait l'amour. Elle m'a déshabillé, m'a embrassé avec une fougue que je ne lui connaissais pas. J'étais entre ses bras, perdu. J'avais chaud, je ne pensais plus. J'ai mis ma langue dans son vagin, chose que je ne faisais pas du temps de notre mariage. Elle me tenait la tête avec ses mains et m'encourageait à continuer. Je buvais son suc, son désir, sa folie. Je me sentais puissant, physiquement et mentalement. Elle a joui en poussant un grand cri. Jamais elle n'avait crié aussi fort. J'avais l'impression que tout était nouveau. Ensuite, je l'ai pénétrée avec douceur et j'ai pris mon temps, jusqu'à notre orgasme simultané. Elle m'a montré des positions nouvelles, probablement apprises chez l'amant de malheur. Elle me disait des choses inouïes en arabe, ce qui était particulièrement excitant. Elle répétait : « Baise-moi ! » Cette injonction en arabe a quelque chose de terrible. C'était la première fois que Lamia me parlait ainsi, elle me répétait ces mots jusqu'à me rendre fou. La langue arabe, notre langue maternelle, de taboue, était devenue une langue érotique qui nous dépassait et nous comblait de plaisir.

Je suis resté affalé sur son corps un bon moment. Je crois même que je me suis assoupi. Elle ne s'est pas dégagée de mon étreinte. J'ai vu des larmes couler sur ses joues. Cet amour physique, avec son intensité, sa chaleur, sa puissance, était pour moi une révélation. Quand nous étions de jeunes amoureux, nous faisions l'amour sagement et je n'ai pas souvenir de moments aussi grandioses. Fallait-il en parler ? Non, pas la peine. Je lisais sur son visage ému une satisfaction mêlée de regrets.

Puis elle a préparé un dîner froid accompagné d'un bon vin. Nous avons mangé dans la chambre. Nous nous regardions à peine. Une certaine pudeur s'était installée après l'amour. La langue française mâtinée d'arabe était revenue entre nous – on se parlait comme la plupart des Marocains, avec des mots arabes francisés, ou des mots français arabisés. Une drôle de langue. Elle a ouvert la bouteille de bordeaux, a rempli nos deux verres et nous avons trinqué.

— Merci Nabile.

— Merci de quoi ?

— De ce moment magique que nous venons de vivre.

Je n'ai pas su quoi répondre. J'ai baissé les yeux et j'ai embrassé ses seins magnifiques. Ils sont restés naturels, elle n'a jamais eu recours à la chirurgie, contrairement à la plupart de ses amies qui se sont fait refaire les seins, les fesses, les lèvres.

— Es-tu heureuse ?

— Là, maintenant ? Oui, très.

— Non, dans ta nouvelle vie.

— Ma vie est banale. Ali est un brave homme, gentil avec moi et avec les enfants. Nous menons une existence tranquille et sans surprise. Il ne demande pas plus. La vérité, c'est que je m'ennuie avec lui, mais je ne veux surtout pas le lui faire sentir. L'amour ? Nous ne le faisons pas souvent. J'ai l'impression que ce n'est pas trop son truc. Au début, j'essayais d'instiller quelques fantaisies érotiques, mais pas de réaction.

— Pourquoi restes-tu avec lui ?

— J'ai assez fait de mal autour de moi. Maintenant, je me suis rangée, comme on dit. C'est un bon mari, attentionné, un bon père aussi. Les enfants l'aiment bien, pour moi c'est l'essentiel. Mais mon amour, mon premier amour, mon seul amour, c'est toi, idiot !

Elle a ri. Nous avons bu, puis mangé des toasts au saumon fumé et au tarama. Elle savait que j'aimais ça. Après un moment de silence, elle a repris :

— Et toi ?

— Moi, quoi ?

— Ta nouvelle vie…

— Pareille à la tienne. Saïda m'a été d'une aide énorme. Elle m'a accueilli au moment de notre rupture et m'a réparé. Oui, je lui dois d'avoir survécu. Tu ne te rends pas compte du mal que tu m'as fait. Elle m'a ramassé, elle a recousu les morceaux et m'a redonné l'envie de vivre. Elle savait que je n'étais pas amoureux d'elle au moment où je lui ai proposé le mariage. Nous avons fait un mariage de raison, en espérant qu'il se transforme en mariage d'amour.

— Et alors, c'est arrivé ?

— Pour être honnête, ça commençait, quand tu as resurgi. Mais tu crois que je serais venu aujourd'hui si j'étais très amoureux de Saïda ? Elle a été ma bouée de sauvetage, c'est un ange qui s'est penché sur moi et m'a sauvé. Tu te souviens du film de Wim Wenders, *Les ailes du désir* ? Eh bien c'est un peu ça. Elle a posé sa main sur mon épaule et m'a doucement éloigné de l'enfer.

— L'enfer ? Mais quel enfer ?

— Celui que tu m'as fait vivre avec ton cynisme et ta violence !

— Moi ? Mais ce n'est pas vrai… La situation était terrible pour nous deux.

— Écoute, nous n'allons pas revenir là-dessus. Nous venons de vivre un beau moment, restons-en là.

— Tu as raison, tu as toujours raison. Verse-moi un peu de vin. Tu sais que j'ai arrêté de boire ? J'ai une hygiène de vie très équilibrée – pas d'alcool, pas de cigarette, gym et yoga. Je n'ai pas pris un gramme. Tu as vu, mon corps n'a pas changé…

Quand elle a enlevé son chemisier, j'ai remarqué un bleu sur sa nuque.

— Qui t'a mordue là ?

— Mon mari ! Il adore m'embrasser là, il aime mordre ma nuque, ça lui plaît. Je le laisse faire. Il est si gentil.

— Et tu aimes ça ? Je ne le savais pas.

— Maintenant tu le sais ! Et si tu me mordais l'autre côté de la nuque ?

Je l'ai serrée dans mes bras, j'ai posé ma tête au creux de son épaule en caressant son dos et sa longue chevelure, sachant que c'était la dernière fois que je caressais ce corps magnifique. Nous nous sommes embrassés. Elle m'a poussé vers le lit où elle m'a chevauché avec fougue, même si je bandais moins fort que tout à l'heure. Je la regardais, ses yeux fermés, son va-et-vient maîtrisé, ses mains agrippées à mes épaules, et moi, la tenant par les hanches. Elle me faisait l'amour comme si c'était la dernière fois. J'avais la certitude que notre amour venait de toucher à sa fin, dans une apothéose et une plénitude absolues.

Un mois plus tard, Lamia m'a rappelé :

— Mes parents emmènent les enfants à Ifrane et mon mari les accompagne. Moi, je ne peux pas quitter Casa, j'attends la visite de mes associés espagnols. J'ai appris que ta femme emmenait sa mère chez le marabout Bouya Omar près de Marrakech : nous sommes donc libres tous les deux. Voilà ce que je te propose – tu peux refuser, mais ce serait dommage… La maison de campagne de mon oncle est vide. Je passe te prendre dimanche à huit heures, qu'en dis-tu ?

— Laisse-moi le temps de réfléchir.

— Idiot ! Tu as besoin de réfléchir pour retrouver l'amour de ta vie ?

J'ai cédé par faiblesse, parce que cet amour ne veut pas s'éteindre. J'aime Saïda, mais l'envie de retrouver Lamia est plus forte. À l'idée de la revoir, j'ai des palpitations, je suis tel un adolescent qui se rend à son premier rendez-vous amoureux. Cette femme me possède. Elle le sait et elle fait de moi ce qu'elle veut. Pas moyen de lui échapper.

— Prends ton maillot, on ira nager. Je m'arrêterai au coin de la rue, pas besoin que les voisins nous voient, ils vont encore jaser.

Quand nous nous sommes retrouvés dans ce cabanon suintant l'humidité, nous avons eu froid. Nous nous sommes serrés l'un contre l'autre :

— C'est super d'être célibataires pour une petite journée ! dit-elle.

— Oui, nous n'avons rien appris de nos âmes, ni la nuit ni le jour. C'est fou comme cet amour interdit met le feu à mon corps et à mon âme.

— C'est l'effet de la clandestinité ; je te trouve meilleur comme amant que comme mari. L'air de ce matin est frais, le ciel est limpide et notre bonheur fait une halte dans ce cabanon où l'on est bien malgré l'humidité et le froid.

— C'est une parenthèse douce et réconfortante.

— Oui, c'est bien, serre-moi fort, on ne change rien.

Paris-Tanger.

Novembre 2021-janvier 2023.

Œuvres de Tahar Ben Jelloun (suite)

L'INSOMNIE, 2019 (Folio nº 6867)

DOULEUR ET LUMIÈRE DU MONDE, 2019

Dans la collection « Écoutez lire »

LE MARIAGE DE PLAISIR, 2017

L'INSOMNIE, 2019

Dans la collection « Albums junior »

LA PHILO EXPLIQUÉE AUX ENFANTS, 2020

Aux Éditions Denoël

HARROUDA, 1973 (Folio nº 1981), avec des illustrations de Baudoin, Bibliothèque Futuropolis, 1991

LA RÉCLUSION SOLITAIRE, 1976 (Folio nº 5923)

Aux Éditions du Seuil

LA PLUS HAUTE DES SOLITUDES, 1977 (Points-Seuil)

MOHA LE FOU, MOHA LE SAGE, 1978 (Points-Seuil). Prix des Bibliothécaires de France, Prix Radio-Monte-Carlo, 1979

LA PRIÈRE DE L'ABSENT, 1981 (Points-Seuil)

L'ÉCRIVAIN PUBLIC, 1983 (Points-Seuil)

HOSPITALITÉ FRANÇAISE, 1984, nouvelle édition 1997 (Points-Seuil)

L'ENFANT DE SABLE, 1985 (Points-Seuil)

LA NUIT SACRÉE, 1987 (Points-Seuil). Prix Goncourt

JOUR DE SILENCE À TANGER, 1990 (Points-Seuil)

LES YEUX BAISSÉS, 1991 (Points-Seuil)

LA REMONTÉE DES CENDRES suivi de NON IDENTIFIÉS, édition bilingue, version arabe de Kadhim Jihad, 1991 (Points-Seuil)

L'ANGE AVEUGLE, 1992 (Points-Seuil)

L'HOMME ROMPU, 1994 (Points-Seuil)

ÉLOGE DE L'AMITIÉ, Arléa, 1994 ; réédition sous le titre ÉLOGE DE L'AMITIÉ, OMBRES DE LA TRAHISON (Points-Seuil)

POÉSIE COMPLÈTE, 1995

LE PREMIER AMOUR EST TOUJOURS LE DERNIER, 1995 (Points-Seuil)

LA NUIT DE L'ERREUR, 1997 (Points-Seuil)

LE RACISME EXPLIQUÉ À MA FILLE, 1998 ; nouvelle édition 2009 et 2018

L'AUBERGE DES PAUVRES, 1999 (Points-Seuil)

CETTE AVEUGLANTE ABSENCE DE LUMIÈRE, 2001 (Points-Seuil). Prix Impac 2004

L'ISLAM EXPLIQUÉ AUX ENFANTS, 2002

AMOURS SORCIÈRES, 2003 (Points-Seuil)

LE DERNIER AMI, 2004 (Points-Seuil)

LES PIERRES DU TEMPS ET AUTRES POÈMES, 2007 (Points-Seuil)

Chez d'autres éditeurs

LES AMANDIERS SONT MORTS DE LEURS BLESSURES, Maspero, 1976 (Points-Seuil). Prix de l'Amitié franco-arabe, 1976

LA MÉMOIRE FUTURE, Anthologie de la nouvelle poésie du Maroc, Maspero, 1976

À L'INSU DU SOUVENIR, Maspero, 1980

LA FIANCÉE DE L'EAU suivi de ENTRETIENS AVEC M. SAÏD HAMMADI, OUVRIER ALGÉRIEN, Actes Sud, 1984

ALBERTO GIACOMETTI, Flohic, 1991

LA SOUDURE FRATERNELLE, Arléa, 1994

LES RAISINS DE LA GALÈRE, Fayard, 1996 (Folio n° 5824)

LABYRINTHE DES SENTIMENTS, Stock, 1999 (Points-Seuil)

Composition : IGS-CP à L'Isle-d'Espagnac (16).
Achevé d'imprimer
sur Roto-Page
par l'Imprimerie Floch
à Mayenne, en mars 2023.
Dépôt légal : mars 2023.
Numéro d'imprimeur : 102230.

ISBN 978-2-07-300694-3 / Imprimé en France.

554397